老舍小传

老舍（1899.2.3—1966.8.24），我国现代文豪，小说家，戏剧作家。原名舒庆春，字舍予，满族，北京人。出身寒苦，自幼丧父，北京师范学校毕业，早年任小学校长、劝学员。1924 年赴英在伦敦大学东方学院教中文，开始写作，连续在《小说月报》上发表长篇小说《老张的哲学》、《赵子曰》、《二马》，成为我国现代长篇小说奠基人之一。归国后先后在齐鲁大学、山东大学任教，同时从事写作，其间代表作有长篇小说《猫城记》、《离婚》、《骆驼祥子》，中篇小说《月牙儿》、《我这一辈子》，短篇小说《微神》、《断魂枪》等。抗日战争爆发后到武汉和重庆组织中华全国文艺界抗敌协会，对内总理会务，对外代表“文协”。创作长篇小说《四世同堂》，并对现代曲艺进行改良。1946 年赴美讲学，四年后回国，主要从事话剧剧本创作，代表作有《龙须沟》、《茶馆》，荣获“人民艺术家”称号，被誉为语言大师。曾任中国文学艺术界联合会副主席、中国作家协会副主席及北京市文联主席。1966 年“文革”初受严重迫害后自沉于太平湖中。

鼓书艺人

老舍 著

舒乙 主编

译林出版社

一

一九三八年夏，汉口战局吃紧。

浑浊的扬子江，浩浩荡荡地往东奔流，形形色色的难民，历尽了人间苦难，正没命地朝着相反的方向奔逃。翅膀下贴着红膏药的飞机，一个劲儿地扔炸弹。炸弹发出揪心的嗞嗞声往下落，一掉进水里，就溅起混着血的冲天水柱。

一只叫作“民生”的白色小江轮，满载着难民，正沿江而上，开往重庆。船上的烟囱突突地冒着黑烟，慢慢开进了“七十二滩”的第一滩，两岸的悬崖峭壁，把江水紧紧挤在中间。

房舱和统舱里都挤满了人，甲板上也是水泄不通。在浓烟直冒的烟囱底下，有五六十个小孩子，手足无措紧紧地挤在一起。他们已经没了家，没了父母，浑身都是煤烟和尘土，就像刚打煤堆里钻出来一样。

湍急的扬子江，两岸怪石林立，江水像条怒龙，一会儿向左，一会儿向右，发狂地在两山之间扭来扭去。过了一道险滩，紧接着又是一道，然后直泻而下。船在江面上颠来簸去，像一条毛毛虫在挣命。汽笛一响，船上每个人都吓得大气也不敢出，唯恐大难临头。

每过了一道险滩，船上的人就松一口气，像在一场紧张的摔跤中间，喘过一口气来。有的人转过身去看岸边的激流与浪花，只见人和水牛在水中间打转，水面上只露着黑色的头发梢，和转得飞快的，两只长长的牛犄角。

有的时候，迎着激流而上的满载的船，猛地摇晃起来，江水从船帮一涌而入，把甲板上的每个人都浇个透湿。

太阳一落到峭崖的背后，寒风就吹得乘客们直打颤。偶尔一线阳光从岩石缝里漏过来，在汹涌的江面上投下一道彩虹，美得出奇。

大江两岸，座座青山，处处陡坡，都有自己的名字。它们千姿万态，构成一幅无穷无尽的画卷。古往今来，多少人讴歌过江上变幻莫测的美景，多少人吟咏过有关它的神奇传说。楚怀王和巫山神女幽会的古迹犹存。可是这些逃难的旅客已顾不得这些，当江轮穿过巫峡，打绝代佳人——神女峰面前驶过时，他们都毫不动心。

难民们没闲心，也没立足的地方，没法凭栏观赏景致。所有乘客，不分老少贵贱，都被眼面前的危险和茫茫前途吓住了。特别使人难受的，是生活上的不便。房舱里的人出不来，因为甲板上满是人，行李堆成了山。甲板上的人也活动不了，因为没空档儿；哪怕就是喘口大气，或是一只腿倒换一只腿地站着，也很难。所有的人都紧紧地挤在一块儿。可是，疲劳不堪的茶房还是想法给乘客们开饭。他们光着脚走路。那些沾满了煤烟和尘土的脚丫子，把它们挨过的所有东西都蹭脏了，在行李卷和包袱上留下小泥饼子。他们的脚沾不着甲板，只好见什么踩什么，——哪怕是踩在乘客的脸上或身上呢。被踩的人又叫又骂，结果是更乱，更惨。

在“民生”轮上，谁心里也不平静，人们不是烦恼，就是生气，悲伤。两岸美丽的青山映入眼帘也振奋不了他们。

生活太无情，真是遭不完的罪孽，说不尽的伤心。

乘客之中看来只有一个人是既不悲伤，也不发愁。虽说他也和别人一样，饱尝战争之苦，备受旅途艰辛。

这人就是方宝庆，四十开外。他靠一面大鼓，一副鼓板和一把三弦，在茶馆里唱大鼓，说评书吃饭。他是个走江湖卖艺的，大半生带着全家走南闯北。现在一家子也还都跟着他。他大哥躺在满是煤灰的甲板上，轮船每晃一下，他就“哎哟，哎哟”地哼哼。人家都叫他窝囊废。他真是个窝囊废，整天除了咳声叹气，什么事也不干。那个拿胖乎乎的背靠着房舱墙壁，和窝囊废挤在一起，手拿一瓶酒的中年女人，是方宝庆的老婆。她正提高了嗓门，眼泪汪汪地骂旁边的什么人。

离方二奶奶不远，半躺半坐地靠着，看起来又可怜，又肮脏的，是方宝庆的亲生女大凤。

靠栏杆那边的甲板上，坐着个十四岁的女孩儿。她是方宝庆的养女秀莲。秀莲和她爸爸一样，在茶馆里卖唱。她清秀的脸上带着安详的神色，一个人在那里摸骨牌玩。船每颠一下，窝囊废就叫唤一声，秀莲就骂一句，因为船身的摇晃弄乱了她的骨牌。她声音很小，不粗，也不野。

方宝庆不愿意和家里人坐在一起，他喜欢走动。听着哥哥叫唤，老婆一个劲儿地唠叨，他受不了。

方宝庆虽然已经四十开外，说书卖艺经历了不少的风霜，他的模样举止倒还很纯朴——连他说话的神情，一举手一抬腿，都显得那么和蔼。他不蠢，要不，这么多年了，不会过得这么顺遂。他像个十岁的孩子那样单纯、天真、淘气，而又真诚。他要是吐一下舌头，歪一下肩膀，做个怪脸，或者像傻瓜一样放声大笑，那可不是做戏，也不是装假。这都叫人信得过。他是为了让自己高兴，才那么干。他的做作和真诚就像打好的生鸡蛋一样，浑然溶为一体，分不清哪是蛋黄，哪是蛋清。

日本人进了北平，宝庆带着全家去上海。上海沦陷了，他们又到汉口。如今敌人进逼到汉口市郊了，他和全家又跟大伙儿一起往重庆逃。北平是宝庆的家。他唱的大鼓，全是京韵的。他要想留在北平很容易，用不着遭这么大罪，受这么多苦，成了千百万难民中的一个。宝庆相貌憨厚，差不多算是个文盲。不过，在北平，能够认得几个字的鼓书艺人本来就不多，他也算得上一个。敌人决不会来杀他，可是他宁愿丢下舒舒服服的家和心爱的东西，不愿在飘着日本旗的城里挣钱吃饭。他既天真又单纯。他不明白自己是不是爱国，他只知道每逢看见自己的国旗，就嗓子眼儿发干，堵的慌，心里像有什么东西在翻腾。

这一群人里最反对离开北平的是窝囊废。他只比兄弟大五岁，但他觉着自己是个长者，应当受到尊敬。头一条，他要求别搅乱他在家时的那份清静。他怕一离开家就得死。他一个劲儿地哼哼，样子真叫人厌烦。其实他并没有什么不舒服，他就是要用这种办法让宝庆知道，他的想法没变。

离开北平也罢，上海也罢，汉口也罢，二奶奶可不在乎。她反对的，只是她丈夫总是在最后关头才决定离开，总是叫她没法把想要带上的东西都打好包带走。她从不考虑打仗的时候运东西有什么困难或不便。眼下她一面抿着瓶里的酒，一面想着她那双穿着舒服的旧鞋和几双破袜子，真要是带了来该多好！大家走，她也走，可要她把东西都扔下，她真舍不得！她喜欢喝上一口，一喝起来，她倒更絮烦，常常连舌头也不听她使唤了。

宝庆受不了他哥哥的叫唤，也受不了老婆的唠叨。他整天沿着甲板费劲地挤来挤去，随着船身东倒西歪。这样走动可真叫受罪。当他从睡着的人们身上跨过时，要是有人突然那么一下合上了嘴，真会咬下他一截大脚指头来。

他看起来一点也不像个卖艺的。不怎么漂亮，也不怎么丑。他就像当铺或是百货店的伙计那样长相平常。他的举止也毫无出奇之处，丝毫不像个艺人。他也不像有的好演员，不用装模做样，就能显出才华来。他有时流露出一点艺人的习气，倒更叫人家猜不透他是个干什么的。

他个子不高，然而结实丰满。因为长得敦实，有时显得迟钝、笨拙。不过要是他愿意的话，也能像猴儿一样的机灵、活跃。你跟他一块走道儿，要是遇上一摊水，你准猜不出他到底会一下子蹦过去呢，还是稳稳当当往水里迈，把鞋弄个精湿。

他圆圆的脑袋总是剃得油光锃亮。他的眼睛、耳朵、嘴都很大，大得像是松松地挂在脑袋上。幸好他的眉毛又黑又粗，像是为了维持尊严才摆在那儿的。有了它，脸上松弛的肌肉就不会显得可笑。它们就像天上的两朵黑云，他一抖动眉毛，人家就觉得它们会撞出闪电来。

他的牙长得挺整齐，老露着，因为他喜欢笑。鼻子很平常，但嘴唇总是那么红润、鲜亮。虽然眼睛下面已经有了中年人的皱纹，可这对红嘴唇倒使他看起来年轻多了。

眼下他像那些茶房一样，光着脚在挤满了人的甲板上转圈子。船走得很不稳当，他尽量避免踩着人，所以才光着脚。光脚踩了人，比穿着厚重的鞋子踩人，容易得到别人的原谅。

他卷起裤腿，露出又粗又白的腿肚子。他穿着一件旧的蓝绸长衫，手攥着长衫的下摆，怕扫了躺在甲板上的人的脸，也为了走得更利索点。

他一手攥着衣角，一手招呼朋友。他已经习惯了表演，会不自主地觉着身边所有的人都是听众，他应该对他们笑，友好地打手势。于是他一手提衣襟，一手招呼乘客绕着船转圈儿。他抬腿的动作像是在迈过一条小溪，或是在“跳加官”。

他习惯每两三天剃一次头，脑袋瓜子老是那么亮晃晃、光溜溜的。他的光头就是他的招牌。听过他的大鼓的人，都记得他那个光头。他的脸远不如他的光头那么惹人注意，引人叫好。如今他的头已经有一个多星期没剃了，他一面在甲板上走动，一面不时挠挠那讨人厌的短发茬儿。

上了“民生”不到几个钟头，他就认得了几乎所有同船的人。没过多久，他行起事来，就好像他是当初造这个船的监工一样。船的每个角落他都熟悉，什么东西在哪里，他都知道。他知道上哪儿去弄瓶酒给他的老婆，让她喝了好睡觉，不再老拿手指点他。他也知道上哪儿去找碗面汤来，让他窝囊废大哥喝了，不再叫唤。就像变戏法的能打空气里抓出只兔子和鸟儿来，宝庆还能给害头疼或是晕船的乘客找来阿司匹林，给打摆子的人找来特效药。

他用不着费劲，就能打听出船上人的底细来，好像船长对他们的了解还不如他呢。眼下船长也成他的老朋友了。用了三十年的一把三弦、一面大鼓（这是宝庆的宝贵财产）帮他结交朋友。他和秀莲就靠这些乐器挣钱吃饭，养活全家。这些乐器只有在北平才买得到。要是碰伤了，压坏了，可就再也买不着了。所以他一上船，就把这些乐器托付给了船长。船长根本不认识他，没有义务替一个茶馆里卖唱的照料三弦和大鼓。本来嘛，他自个儿该管的事还忙不过来呢！不过宝庆仿佛有点儿魔力。像一阵温暖的春风，他悄悄溜进船长室，使船长觉着，替他保管三弦和大鼓，简直是件顶荣誉不过的事。

宝庆“跳加官”，跳不上几步就得停一下。有时是自己想住住脚。但多半是同船的伙伴们叫他。这个人跟他要几片阿司匹林，那个人又要头痛粉。还有些人抓住他的袖子，要他给说段笑话。他要是想借一副牌，或者打听一下时刻，就马上住下脚来。要是他实在找不到别的事可干，就顺着狭窄的铁梯，爬上甲板，看看烟囱下面那些没人管的，满身是煤烟的小孩儿。

宝庆没儿子，他喜爱男孩胜过女孩。看到这些一身煤烟的可怜孩子多一半是男孩，他觉着心疼。看着他们，他的大圆眼忽然潮润起来。想起他说过的那些动人心弦的故事，他体会得出这些可怜的小家伙在大乱中失去爹娘时的那份伤心劲儿。他也想象得出他们怎样没衣没食，挨饿受冻，从上海、南京一路挨过来，现在又往四川奔。

他希望能拿出三四百个热腾腾的肉包子来，给这些面带病容的黑乎乎的小宝贝儿吃。可是有什么法子呢，他什么也拿不出。他仅有的一点宝贵财产就是他的三弦和大鼓，都交给船长保管了。

他想要给孩子们唱上一段，要不就讲几个故事。可是他心里直翻腾，说不出口。他跑江湖卖唱，多年学来的要来就来的笑容和容易交朋友的习惯，在这些遭难的孩子面前，一点也使不上。不行，不能拿出戏台上那一套来对待他们。他一言不发，傻里傻气地站着发愣。突突冒烟的烟囱里落下来的黑煤灰，在他那没戴帽子的秃头上，慢慢地积了厚厚的一层。

看见这些孩子，他想起了他的养女秀莲。他买她的时候，她刚七岁。卖她的是一个瘦男人，自称是她的叔叔，拿去二十块现大洋。她那时看起来就和这些孩子们一样——病病歪歪的，那么脏，又那么瘦，他真怕她活不长。

那就像是昨天。现在她可是已经十四岁了。他不知道她是否还记得她的亲爹娘。她当真拿他当亲爸爸吗？她会让个有钱人拐去当小老婆，还是会自个儿拿主意嫁一个自己可心的人呢？他常常在心里嘀咕这些事儿。

他的买卖、他的名声、他全家的幸福，都和秀莲紧紧地联系在一起。当然她还只有十四岁，什么都不懂。可是她不能老是十四岁，要是她出了什么事儿，他全家都得毁了。

他全家么？他一想起他们，脸上就浮起一丝苦笑。他那不中用的大哥，老是喝得醉醺醺的老婆，还有那蠢闺女大凤！怎么能不让秀莲从这样一个家里跑掉？

听见下面甲板上传来欢呼声，他像从梦中醒来，往下看。乘客们都在高兴，因为船已经驶过了最后一道险滩。两岸只有平缓的山坡，江面变得又开阔，又平静。小小的白色汽船在找地方歇口气。它像个精疲力竭的老妇人，慢慢地，疲乏地驶向沙滩，它实在需要休息一下了。船抛了锚。岸上有几间苇子和竹子搭的小屋。

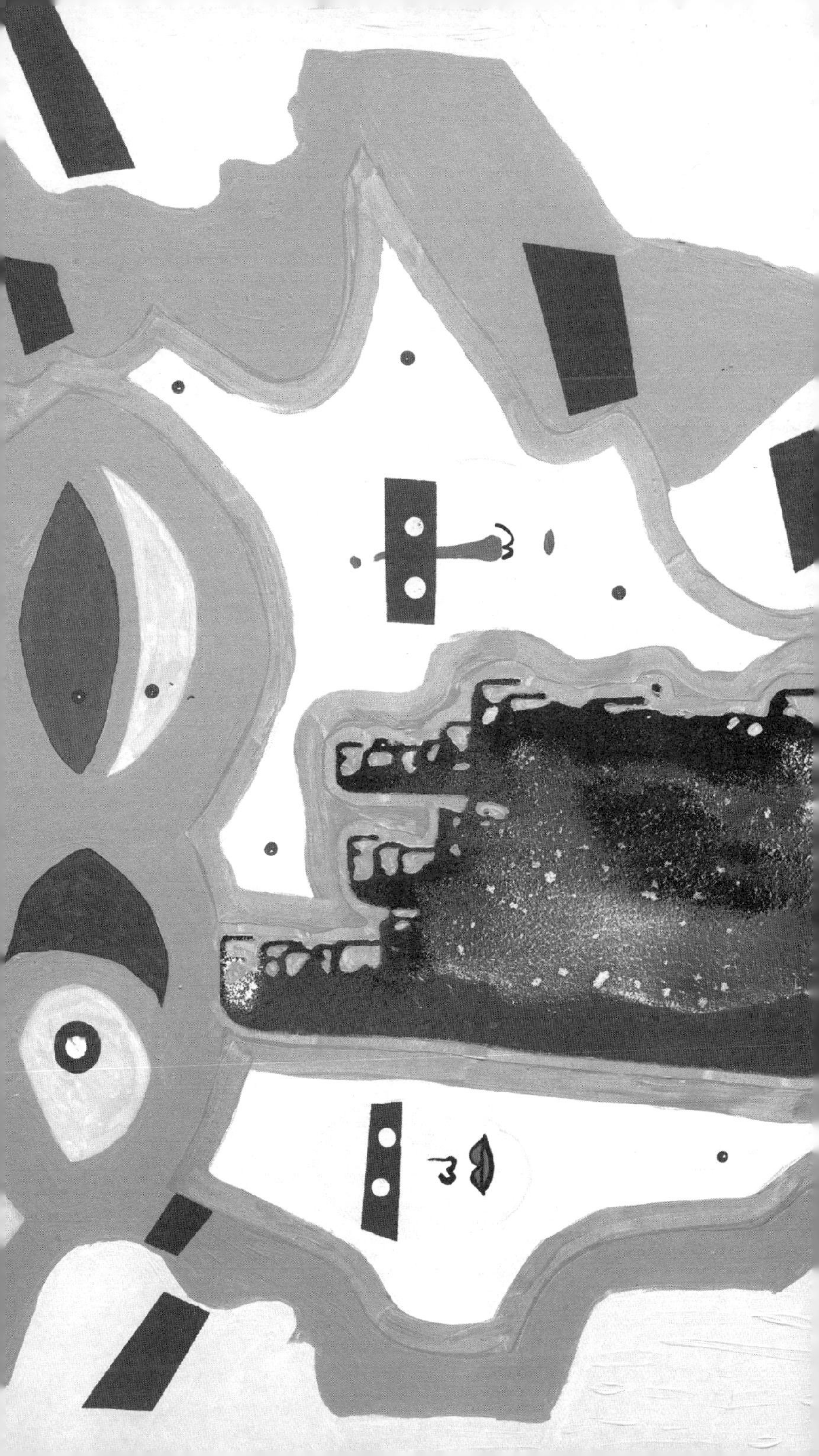

船拢岸时，西边天上的太阳已经现出金红色。一时间谁也没动。那些驾着船安然穿过险滩的船长和领港，那些瞧着他们的茶房和乘客，一个个都累得不想动了。就连小白船看来也乏得动不了窝儿了。

宝庆掸了掸光头上的煤灰，张大了嘴，大声对孩子们叫道："来，快来，都来，洗个澡。"

他推开人群，领着孩子们走过跳板，像赶一群鸭子，扑通扑通地跳进水里。

二

重庆是座山城，扬子、嘉陵两条大江在它脚底下相遇。两条江汇合的地方一片汪洋。两股水碰在一起，各不相让，顶起一道水梁，在阳光下闪闪发光。这道水梁是两江的分界，又好像是在那里提醒过往船只，小心危险。

沿江停泊着一溜灰黑色的大木船，轻轻地晃动着。高高的桅杆顶上，一些小红旗迎风招展。光脊梁、光脚丫、头上缠着白包头布的人，扛着大大小小，形形色色的货物，在跳板上走上走下。

轮船、木船、渡船和寒伧的小木划子，在江里来来往往。大汽船一个劲儿地鸣汽笛。小木划子像一片片发黑的小树叶，在浪里颠来簸去。到处都是船。走着的，停着的，大的，小的。有老式木船，也有新式汽船。有的走得笔直，有的曲里拐弯。这么多的船聚在一处，挤得两江汇合的这一片汪洋，也显得狭窄、拥挤、嘈杂、混乱。

岸边有一溜茅草和竹子搭的棚棚，难民们争先恐后地跑去买吃的。有大盆冒着热气的米饭，大块鲜红的猪肉，一挂挂大粗香肠，成堆的橘子。大家围着小吃担子，一边买着，一边聊着，一边还欣赏着肥肥的大白猪和栗子色的比驴大不了多少的小川马。

天热得叫人受不了，一丝风也没有。这一片江水像个冒着热气的大蒸锅——人人都冒汗、喘气、烦躁。划船的和坐船的、挑夫和客人、买的和卖的，都爱吵架。

灼热的阳光从水面反射上来，照得人睁不开眼。黄黄的砂子和秃光光的大石头，也让太阳照得发出了刺眼的光芒。人都快烤焦了。山城比江面高出好几十丈，蒙着一层灰白色的雾，也热得人发昏。下面是一片水，上面是一片石头。山和水之间，隔着好几百级石阶——又是一道道晃眼的反光。水面是个大蒸笼，山城是个大火炉。

宝庆像抱孩子似的把他那宝贵的三弦紧紧地搂在怀里。大凤手捧着大鼓。她像托菩萨似的，小心翼翼，恭恭敬敬捧着那面大鼓。宝庆并不急着上岸，他不打算在人堆里穷挤。多年来跑码头，使他掌握了一整套讨巧省力的本事。他找了个不挡道的地方，抱着他的三弦，从从容容等着别人先走。好几个钟头以前，他就已经跟同船的伙伴儿们，还有逃难的孩子们，客客气气地道过别了。

从乘客们丢魂失魄的样子看来，人家会以为船上着了火，而不是船靠了岸。大家争先恐后地走下跳板，有的发脾气，有的叫喊、骂人。你推我搡，大家都挤得摇摇晃晃，有的妇女把孩子挤得掉进江里去了，有的挤掉了高跟鞋。

忘了锁箱子的，到了岸上，只剩下个空箱子。里头的东西，全都折到水里了。扒手也忙得不亦乐乎，小偷抄起别人的伞就跑。下流男人的手专找女人身上柔软的地方摸。

宝庆生怕挤着秀莲，不住地招呼："小莲，别忙，别忙!"

虽然秀莲还没有发育完全，她却到处引人注意。也许因为她是个下贱的卖唱的，谁都觉着可以占她点儿便宜；也许是因为她的脸儿透着处女的娇艳，正好和她言谈举止的质朴动人相称。

她的脸小而圆，五官清秀，端正。无论擦不擦脂粉，她的脸总是那么艳丽。她的眼珠乌黑，透亮。她并不十分美，可是有一种说不出的天然诱惑力，叫你一见就不得不注意她。她的鼻子又小又翘，鼻孔略略有些朝天。这一来她脸的下半部就显得不那么好看了，像个淘气的小娃娃。她把小下巴颏儿小鼻子朝上那么一扬，好像世界上的一切她都不在乎。她的嘴唇非常薄，只有擦上口红才显得出轮廓来。她的牙很白，可是不整齐。这点倒显出了她的个性。

她的头发又黑、又亮、又多，编成两个小辫儿。有时垂在前面，有时搭在后面，用颜色鲜亮的带子扎着。

她的身材还没有充分长成。她穿着绣白花的黑缎子鞋，使她看起来个儿更矮，人更小。她脚步轻盈，太轻盈了，看来有点不够稳重。她的脸、她的两根小辫儿和她的身材都和普通的十四岁女孩儿没有什么不同。只是有时带出轻飘飘走台步的样子来，这才看得出她是个卖艺的。眼下她虽然穿的是绣花缎子鞋，她那年轻灵活的身子却只穿着一件海蓝色的布褂子。

天实在太热，她把辫子都甩到脑后去了，也没扎个蝴蝶结。汗水把她脸上的脂粉冲了个干净，露出了莹润的象牙皮色。她的脸蛋因炎热而发红，比擦脂粉好看多了。

她好奇的大黑眼睛把岸上的一切，都看了个一清二楚——青的橘子、白的米饭、小小的栗色马，还有茅草和竹子搭的棚棚。对她来说，这些东西都那么新鲜、有趣、动人。她恨不得马上跳上岸去，买上一些橘子，骑一骑那颜色古怪的小马。她觉着，重庆真了不起。谁能想到这儿的马会比驴小，橘子没熟就青青地拿出来卖！有些携家带口的，已经到竹棚棚里去歇着了。一个赤条条的小胖孩引起了她的注意。她忘了热，忘了那些不称心的小事。她只想赶紧上岸，不愿意老呆在船上。

她知道爸爸正盯着她呢！不论心里多着急，她还是不敢一个人下船。她还小，又是个卖唱的。得要爸爸保护。她只好安安静静地站着，眼巴巴望着青橘子和肥肥的大白猪。

窝囊废坐起来了——他并不想坐起来，可是要不坐起来，争先恐后往下挤的人就会踩着他的脸。他还在叫唤。据他说，乱七八糟的人打他身边挤过去弄得他头晕。

从外表上看，他很像他的兄弟，只是高点儿，瘦点儿。因为瘦，眼睛和鼻子就显得特别大。他的头发向后梳，又光又长，简直就像个刚打巴黎跑回来的艺术家！

他也会跟着大鼓和弦子唱鼓书，唱得比他兄弟还好。可是他看不起唱大鼓这一门贱业。他也会弹三弦。但他不愿给兄弟和侄女儿弹弦子，因为干这个傍角的活儿的更低下一等。他什么也不干，靠兄弟吃饭。据他自己说，这不会有失身份。他很聪明。要是他愿意，他本可以成个名角儿。可是他不打算费这份劲儿。他向来看不起钱，拿弹弹唱唱去卖钱！丢人！

从人伦上讲，宝庆不能不供养窝囊废。他俩是一个爹妈生的，不得不挑起这份儿担子。不过窝囊废在家里多少也有点用处：只有他治得住宝庆的老婆。她的脾气像夏天的过云雨一样，来得快去得快。一旦宝庆对付不了她，只有大哥能对付。她一发脾气，窝囊废也得发脾气。要是俩人都同时发了脾气，总有一个得先让步。只要她先一笑，窝囊废跟着也就笑了。俩人都笑了，家里也就安生了。窝囊废老陪着弟妹，跟她一起打牌，喝酒。

宝庆护着秀莲，自有他的道理。她是他的摇钱树，而且凭良心讲，他也不能不感激她。她从十一岁起就上台作艺，给他挣钱。不过他总是怕她会跟那些卖唱的女孩儿们学坏。她越是往大里长，他觉着，这种危险也就越大。于是他也就越来越不放心她。她在娱乐场所卖唱，碰到一些卖唱的女孩儿，她们卖的不光是艺。他有责任保护她，管教她，可不能宠坏了她。为了这，怜爱和担忧老在他心里打架；他老拿不定主意，到底该怎么做才好。

窝囊废对秀莲的态度可就大不一样了。他并不因为花了她挣来的钱就感谢她。他也不担心她这行贱业会使她堕落。他对她就像对亲侄女一样。秀莲想要的东西，兄弟和弟妹要是不给，他真能跟他们干仗。可是他自己就有好多次惹得秀莲生气。他要是没了钱，保不住就要拿她一个镏子，再不然就是一双贵重的高跟鞋，拿去卖掉。要是秀莲不生气，他就对她更亲近，更忠心。万一她生了气，他就会涨红了脸，数落她，不搭理她，非要她来赔了不是，才算了结。

靠岸前不久，方二奶奶刚刚睡着。她向来这样。没事的时候，她的主意来得个多。一旦有了事，她总是醉得人事不醒。等她一觉醒来，要是事情都妥妥帖帖地办好了，她也就不言声。要不然，她就得大吵大闹，非说还是她的主意对。

二奶奶的爸爸也是个唱大鼓的。按照唱大鼓人家的规矩，做父母的绝不愿意让自己的亲生女儿去学艺，总惦记着能把她们养成个体面的姑娘，将来好嫁个有身份的丈夫。他们往往愿意买上个外姓女孩儿，调教以后让她去挣钱。

话是这么说，可是二奶奶自己并不是体体面面地长大的。结婚以前，她也干过卖唱的姑娘干的这一行。

她年轻的时候，也还算得上好看。如今虽已是中年，在没喝醉的时候，也还有几分动人之处。她长圆的脸，皮肤又白又嫩。但一醉起来，脸上满是小红点，一副放荡相。她的眼睛挺漂亮，头发总是随随便便地在脑后挽个髻儿。这个髻有时使她显得娇憨，有时显得稚气。她个子不高，近年来背开始有点驼了。有时她讲究穿戴，涂脂抹粉；但经常却是邋里邋遢的。她的一切都和她的脾气一样，难捉摸，多变化。

宝庆本不是个唱大鼓的，他学过手艺，爱唱上两句。后来就拿定主意干这一行了。他跟她唱鼓书的爸爸学艺的时候，迷上了她的美貌。后来娶了她，他也就靠卖艺为生了。

二奶奶觉着，既然秀莲是个唱大鼓的，那就决不能成个好女人。二奶奶这样想，因为她早年见惯了卖唱的姑娘们。秀莲越长越好看，二奶奶也越来越嫉妒。有时她喝醉了，就骂丈夫对姑娘没安好心。她出身唱大鼓的人家，一向觉着为了得点好处买卖姑娘算不得一回事。她打定主意趁秀莲还不太懂事，赶紧把她卖掉，给个有钱人去当小老婆。二奶奶知道这很能捞上一笔。她可以抽出一部分钱，再买上个七八岁的姑娘，调教调教，等大了再卖掉。这是桩好买卖。她不是没心肝的人，这是讲究实际。当年她见过许许多多小女孩儿任凭人家买来卖去，简直是天经地义的事儿。再说，要是一个阔人买了秀莲，她一辈子就不愁吃喝，也少不了穿戴。就是对秀莲来说，卖了她也不能算是缺德。

宝庆反对老婆的主意。他不是唱大鼓人家出身。买卖人口叫他恶心。他买过秀莲，这不假。可他买她是为的可怜那孩子。他原打算体体面面地把她养大。一起头，他并没安心让她作艺。她很机灵，又很爱唱，他这才教了她一两支曲子。他觉着，要是说买她买得不对，那么卖了她就更亏心了。他希望她能再帮上他几年，等她够年纪了，给她找个正经主儿，成个家。只有那样，他的良心才过得去。

他不敢公开为这件事和老婆吵架，她也从不跟他商量秀莲的事。她一喝醉了，就冲着他嚷："去吧，你就要了她吧！你可以要她，那就该称你的心了。她早晚得跟个什么不是玩意儿的臭男人跑了！"

这类话只能使宝庆更多担上几分心，使他更得要保护秀莲。老婆的舌头一天比一天更刻薄。

船快空了。秀莲想上岸去，又不敢一个人走。她坐也不是，站也不是，把两条小辫一会儿拉到胸前，一会儿又甩到背后。

秀莲不敢叫醒她妈。宝庆和大凤也不敢。这事只有窝囊废能做。可是他得等人请，只有这样才能显出他的重要。

"您叫她醒醒。"宝庆说。

窝囊废停住叫唤，拿腔作势地卷起袖子，叫醒了她。

二奶奶睁开眼来。打了两个嗝。一眼看见山上有座城，马上问："到哪儿啦？"

"重庆。"窝囊废神气活现地答道。

"就这？"二奶奶颤巍巍的手指头指着山上。"我不上那儿去！我要回家。"她抓起她的小包袱，好像她一步就能蹦回家去。

他们知道要是和她争，她能一头栽进水里，引起一场大乱子，弄得大家好几个钟头都上不了岸。

宝庆眼珠直转。他从来不承认怕老婆。他还记得当初怎样追求她，也记得婚后的头两年。他记得怎样挖空心思去讨好她，把她宠到使自己显得可笑的地步。他一面想，一面转眼珠子。怎么能不吵不闹，好好把她劝上岸去。终于，他转过身只对大凤和秀莲说："你们俩是愿意走路呢，还是愿意坐滑竿？"

秀莲用清脆的声音回答说："我要骑那匹栗子色的小马。准保有意思。"

二奶奶马上忘了她打算带回家去的那个小包。她转身看着秀莲，尖声叫道："不准这么干！骑马？谁也不许骑！"

"好吧，好吧，"宝庆说道，马上抓住了这个机会。他在头里走，怀里还抱着那把弦子。"我们坐滑竿。来吧，都坐滑竿。"

大家都跟着他走下跳板。二奶奶还在说她要回家，不过已经跟着大家挪步了。她很清楚，要是她一个人留下，靠她自个儿是一辈子也回不了家的。何况，她一点也不知道重庆是怎么回事。

全家，拿着三弦、大鼓、大包小包，坐上一架架的滑竿。脚夫抬起滑竿，往前走了。

苦力们抬着滑竿，一步一步，慢慢地，步履艰难地爬上了通向城里的陡坡。坐滑竿的都安安静静坐着，仰着头，除了有时直直腰，一动也不敢动。前面是险恶的天梯，连二奶奶也屏息凝神了。她怕只要动一动，就会栽下滑竿去。

只有秀莲感到高兴。她冲着姐姐大凤叫道："看呀，就像登天一样！"

大凤很少说话。这一回她开口了："小心呀，妹妹。人都说爬得越高，摔得越疼呀！"

三

到了山顶，大家下了滑竿。二奶奶虽然是让人给抬上来的，可是一步也迈不动了。她比抬她的苦力还觉着乏。她在台阶上坐下，嘟嘟囔囔闹着要回家。这座山城呀，她说，真是把她吓死了。她要是想出个门，这么些个台阶可怎么爬呢！

秀莲伸着脖子看城里的大街，心里激动得厉害。高楼大厦、汽车、霓虹灯，应有尽有。谁能想到深山峻岭里也会有上海、汉口那些摩登玩意儿呢！

她冲着爸爸跑过去。“爸，那儿一定有好旅馆，我们去挑个好的。”

二奶奶说什么也不肯再往前走了。不远就有一家旅店，那就能凑合。她叫挑夫把行李挑进去。秀莲撅起小嘴，可是谁也不敢反对。

旅店又小、又黑，脏得要命，还不通风。唯一吸引人的，是门口的红纸灯笼，上面写着两行字：

未晚先投宿
鸡鸣早看天

男的住一间，女的住一间，两间房都在楼上，窄得跟船舱一样。窝囊废又“哎哟哎哟”地哼哼起来了。他说他觉着又回到了船上。

旅店是地道的四川式房子，墙是篾片编的，上面糊着泥，又薄，又糟，一拳头就能打个窟窿。房顶稀稀拉拉地用瓦盖着，打瓦缝里看得见天。床是竹子的，桌子、椅子，也都是竹子的。不管你是坐着、靠着，还是躺着，竹子都吱吱地响。

屋子里到处是大大小小的耗子。还有蚊子和臭虫。臭虫白天不出来，墙上满是一道道的血印，那是住店的夜里把臭虫抹死在墙上留下的印子。

一只大耗子，足有八寸长，闷声不响地咬起秀莲的鞋来了。秀莲吓得蹦上竹床，拿膝盖顶着下巴颏儿坐着。她的小圆脸煞白，两眼战战兢兢地盯着肮脏的地板。

除了二奶奶，大家都在抱怨。她跟大家一样，也不喜欢耗子和吱吱叫的竹器家具，可是到这小店儿里来是她的主意，她咬紧牙关不抱怨。“这小店不坏嘛，”她讲给大凤听，“不管怎么说，总比在船上打地铺强。”她打蒲包里拿出个瓶子来，喝了一大口。

天气又闷又热，一阵阵的热气透过稀疏的屋瓦和薄薄的墙，直往屋里钻。小屋像个薄蛋壳，里面包着看不见的一团火。桌子、椅子都发烫，摸着就叫人难受。一丝风也没有。人人都出汗，动不动就一身痱子。

宝庆热得要命，连秃脑门都红了。可是他不爱闲呆着。他打开箱子，拿出他最体面的绸大褂，一双干净袜子，一双厚底儿缎子鞋，和一把檀香木的折扇。不论天多么热，他也得穿得整整齐齐，到城里转悠一圈，拜访地面上的要人。他得去打听打听，找个戏园子。他不能像大哥那样闲在，也不能像他老婆那样什么都不管。他得马上找个地方，秀莲和他就可以去作艺，挣钱。要不然，一家子都得挨饿。

窝囊废见兄弟急着开张，担起心来。“兄弟，”他说，“我们唱的是北方曲子，这些山里人能爱听吗？”

宝庆笑了。“甭担心，大哥。只要有个作艺的地方，哪怕是在爪哇国呢，我也有法挣来这碗饭。”

“真的？”窝囊废愁眉苦脸。他脱下小褂在胸口上搓泥卷儿。他没有兄弟那么乐观，他也不喜欢这座火炉似的山城。

“我的好大哥，”宝庆说，“我出去一趟，您在家照看着点儿。别让秀莲一个人上街去。别让她妈妈喝醉了，还得让她小心着点烟头儿。这些房子糟得就跟火柴盒子似的，一个烟头就能烧一条街。”

“可是怎么能……”窝囊废挺不乐意。

宝庆知道大哥想说什么，就笑了。“别跟我提那个。他们都怕您。他们就听您的。是这么着不是？”

窝囊废笑得有点儿勉强。

宝庆把他的东西收拾到一块儿，拿块包袱皮包了，挟在胳肢窝里。他在穿上最好的衣服之前，得先去澡堂子洗个澡，剃剃头。

他拿着包袱悄悄地走出屋子，不让他老婆看见。

她还是听见了。“咦……你……上哪儿去？”

他没言语，只是摇了摇头，就急急忙忙走下摇摇晃晃的楼梯。

走出大门，他深深地吸了一口气，迈开轻快的步伐。他看着街道，很快就把家里的揪心事儿忘了个一干二净。他喜欢那宽宽的街道，街道两边排着洋灰抹的房子，霓虹灯亮得耀眼。这真好。这么些个灯，还愁没有买卖做吗？

他找到了一家澡堂子。一迈进门坎儿，他就不住地给人点头，连茶房也没漏过，就像他们是他的老朋友一样。他看见有两三个来洗澡的是一起坐船来的伴儿，就跟他们亲热地拉手道好儿。然后他走到柜上去，悄悄地替他们付了澡钱。

他引起了大家的注意。一下子人人都知道，有个不寻常的人来跟大家伙儿一块洗澡来了。就连懒洋洋的四川堂倌也特别献殷勤，跑去给他端来了一杯热茶，还有热手巾。他剃了头，刮了脸，然后脱光衣服，不慌不忙地跳进池子，往身上撩了一通热水，接着坐在池子边，一面在胸口上搓着，一面顺口唱起来。他的声音不高，可是深沉洪亮。他心旷神怡。要做的事多着呢，忙什么。先唱上一段再说。他听着自己的声音，觉得美滋滋的，当然他更喜欢别人捧场。

一身的臭汗都洗净了，他穿上了讲究的绸大褂和缎子鞋，他把脏衣服交给柜上拿去洗，觉得自己干净、利索。走出澡堂门，准备办事去。

首先，他得闹明白当地的园子里演的都是些什么。他花了个把小时转茶馆，看出沿江一带都唱的是本地的四川清音、渔鼓和洋琴。拿北京的标准来看，他觉着本地的玩意儿不怎么样。他唱的鼓书更有味儿，也更雅。不过一个高明的艺人就得谦虚着点，总得不断地学点新玩意儿。

他高兴的是所有的茶馆买卖都很兴隆。要是这些艺人能赚钱，他和秀莲为什么不能呢。重庆人可能听不懂大鼓。可是新玩意儿总是叫座的，四川人一定爱看打远处来的新鲜玩意儿。重庆现在是陪都了，全国四面八方的人都往这儿涌。就是四川人不来看他的玩意儿，难民们也会来的。唔，事情不坏嘛。

可是他得成起个班子来。秀莲和他不能就那么着在茶馆或江边的茶棚儿里卖唱。绝不能那么办。他是个从北平来的体面的艺人。他在上海、南京、汉口这些大城市里都唱过。他必得自己弄个戏园子，摆上他那些绣金的门帘台帐，还有各地名人捧他的画轴和幛子。他得有一套拿得出手的什样杂耍，得有俩相声演员，变戏法的，说口技的。不论哪一桩，他都得去主角。要是他一时成不起一个唱北方曲艺的班子，他就得找俩本地的角儿来帮忙。不论怎样，得叫重庆人看看他的玩意儿。

他加快了步子，又开始冒汗了。不过出汗也叫人舒服，凉快。背上越是汗涔涔的，他越是畅快。

跟别的大城市一样，重庆多的是茶馆。宝庆走了一家又一家，很快就知道了哪些人是应当去拜访的。有些人的名字他在来重庆之前就知道了。去拜会之前，他还是情愿先坐在茶馆里领略一下本地风光。你在这儿什么人都看得见——商人、土匪、有学问的人和耍钱的。宝庆见人就交朋友。

在一家茶馆里，他碰见了老朋友唐四爷。唐四爷的闺女琴珠也是个唱大鼓书的艺人。

宝庆在济南、上海、镇江这些城市里，跟唐四爷在一个班子里混过事。他的闺女琴珠嗓门挺响亮，可是缺少韵味。宝庆看不上她的玩意儿，更瞧不上她的人品。对她来说，钱比友情更重要。她的爸爸唐四爷也是一路货。方家和唐家以前大吵过，后来多年不说话。

可是今天见了面，宝庆和唐四爷都觉着像多年不见面的亲哥俩。他俩亲热地拼命握手，激动得眼泪哗哗的。宝庆要找个唱鼓书的好把班子凑起来，唐四爷急着要给他闺女找个好事由儿，要不然，他愁眉不展地说，他全家都得流落在重庆，一筹莫展。眼下的穷愁使他们忘了过去的那些别扭。在眼前这种情况下再见面，俩人心里都热呼呼的。宝庆很知道，要是跟唐四爷在一个班子里，早晚他得吃亏。可是眼下这么缺人，他不能放过这个机会。在唐四爷那头，他一见宝庆，就觉得好像一块肥肉掉进了嘴里，他决心死死咬住这块肉不放。他明白要叫宝庆上钩并不难。过去怎么办，现在还怎么办。不过在他和宝庆握手的时候，他眼睛里的泪倒的确是真的。

“我的好四爷!”宝庆亲热地说，“您怎么也在这儿?”

“宝庆，我的老朋友……”唐四爷的眼泪滚下了腮帮子，“宝庆，您得帮帮我，我在这荒山野店里真没辙了。”

唐四爷是个矮矮瘦瘦，五十来岁的人。别看他的身子骨儿小，嗓门倒很响亮。他的脸又瘦又长，鼻梁既高且窄，像把老式的直剃刀。他一说起话来，就不住点地摇头晃脑。一对小眼睛深凹凹的，很少正脸瞧人。

“宝眷都来了吗?”宝庆说。

“是呀，连小刘都跟我们来了。”

“小刘?”宝庆一下子想不起来，“是给您闺女弹弦子的那个吗?”

“是呀!”唐四爷瞅着宝庆，瞧出宝庆非常高兴。他猜出宝庆急着要找个弹弦子的。他那大哥窝囊废弹得一手好弦子，可是他不肯干这一行。要是宝庆找不着个弹弦子的，他就算是真的坐了蜡。小刘弹得不算好，可是在这么个偏僻的山城里，也就能将就了。

“走吧，我的好四爷。带我去见见您的宝眷。”宝庆更加亲热地说着。他想马上见见小刘和琴珠，让他们搭他的班子。

“宝庆，我的好兄弟，我们来了快两礼拜了，还没一点辙呢！”唐四爷叹息着说。“您有点门儿了吗？”他想先弄清楚宝庆到底能给他点什么好处，然后再让他见小刘和他闺女。宝庆的亲热，倒引起他的担心来。

宝庆意味深长地指指自己的鼻子，“我的好四爷，只要您肯帮忙，我就能把买卖弄起来。您想想——有了小刘、琴珠、我闺女秀莲和我，这就有了三个段子了。只要再找上几个人——找几个本地作艺的什么的——马上就能开锣了。走呀！”

“您拿得稳？”别人的热心解不开他心里的疙瘩。

“我的好四爷，”宝庆神气起来了，“您想我方宝庆能骗您吗？我说能干起来，就能干起来。”

唐四爷摇了摇头，心里很快打开了算盘。一开头他是想要宝庆帮忙来着，如今他见宝庆那么急着想跟他凑班子，就又觉着该扭转一下形势，让宝庆倒过来求他。

“宝庆，”他开了口，“我得回家去先跟他们合计合计。”

宝庆知道唐四爷滑头。不过他也看出唐四爷没有完全拒绝搭伙儿干。于是他也装作一点儿不着急。“好四爷，您想回就回去吧。有了琴珠和小刘，我可以成班子，不过您也得明白，没有他俩我也成得起个班子来。给他们捎个好。再见。”说着，他就要走。

唐四爷笑了。“别走呀，宝庆。您要是乐意，就来跟大伙儿说说。”

唐家住的店比方家住的还要小。地方越是小，就越是显得唐四奶奶和琴珠“伟大”。四奶奶有三个唐四爷那么宽，琴珠至少要比她爹高上两寸。娘是座肉山，闺女是个宝塔。俩人都一个劲儿地扇扇子。

琴珠只有在台上还有几分动人之处。上台的时候，她可以把脸蛋和嘴唇都抹得红红的。她的眉毛又粗又黑，头发烫得一卷一卷的。此刻她没化装，脸上汗涔涔的。宝庆想：她可是真够丑的了。不过她的眼睛还挺漂亮，能盯得你发窘。乍看之下她的眼珠是褐色的，又大又亮，忽闪忽闪的。可是那对眼珠子要是盯上了你，就会变得越来越黑。

四奶奶是个尖嗓门。不说话的时候，也呼噜呼噜地喘气。

“哟，”四奶奶叫了起来，“我当是谁来了呢，敢情是宝庆呀！”她坐在一把竹椅上，屁股深深地嵌在椅子里，简直没法站起来迎接宝庆。她拿着一把芭蕉扇拼命地扇，用她那尖嗓门喊：“这下可好喽：我这就放心了，这下子我们不会饿死在这儿了。您这边坐，您坐呀。四爷，沏茶来。”

宝庆四面瞧了瞧，没处可坐。“我不坐，”他客气地说，“甭费事了，四爷，我不渴。四奶奶，您身体还好吧？”

“好！”唐太太气呼呼地说，“打来到这么个鬼地方，我都掉了十几斤肉了。”她摸了摸自己的胖胳膊，叹了口气。

“您呢，琴珠姑娘？”宝庆笑眯眯的，想表示好感。

琴珠先笑了一阵子，这才想出话来。“唔，方二叔，您的脑门还是那么亮。”她打趣地说。

宝庆笑了。他想，从琴珠的样子看来，穿得挺随便，又没擦脂抹粉，眼下可能还没干那号买卖。宝庆一向不喜欢她，也不愿意秀莲跟她瞎掺合，怕跟她学坏。只要有钱，琴珠什么都干得出来。宝庆不知道她现在跟小刘是不是也有一手，不过那当然不是为了赚钱。他定了定神，问道："小刘呢？"

唐四爷叫道："小刘，小刘，快出来，方二爷在这儿呢！"

小刘懒洋洋迷离迷瞪地蹭了出来，一面还打着哈欠。他约摸有三十岁，又瘦又弱。他五官清秀，可是瘦得厉害，好像一阵风就能把他吹走。他的脸煞白，像个大烟鬼。这会儿他刚醒，脸上有团粉红色，使他显得年青，单纯。

他见了宝庆真是高兴极了。他笑着，柔声柔气地说："哟，方二爷，"见宝庆站着，忙说，"我去给您搬把椅子来。"

"甭客气，"宝庆很客气地说，"过得好吧，小刘？"

唐四爷连忙打岔："咱们说正经的吧。别尽站着。"

"对，方二爷，"四奶奶说，"您有主意，您先说。"她拼命扇扇子。

宝庆开了口，诚心诚意地说："琴珠，小刘，我来求您们帮忙来了。我想成个班子。"

"那还有什么说的？"四奶奶笑了。"是您要我们帮忙的，所以您得预支点钱给我们。"

宝庆倒抽了一口冷气，不过很快又装出了一副笑脸："我的好四奶奶，您要我预支？咱们不都一样是难民吗？"

四奶奶绷着脸。小刘本来想说他愿意帮忙，可是话到嘴边又咽回去了。他拿出一包"双枪牌"香烟，挨个敬了敬。除了宝庆，每人拿了一支。

"不预支，我们不能干。"唐四爷说。

“交情，信用，”宝庆断然地说，“不是比什么都强吗？”宝庆说得很恳切，动人肺腑。

“要是您成不了班子，我们又在别处找到了事儿。那又怎么办呢？”唐四爷问。他对交情和信用不那么信服。

“那我哪能拦着您府上的财路呵！”宝庆有时也挺厉害。

“是吗？好哇，我们都得白手起家啰，哎哟。”四奶奶泄了气，喊了起来，两眼瞪着天花板。

“说真格的，”宝庆说得挺带劲，“要是咱们成起了班子，我还能亏待了你们？我闺女秀莲拿几成，琴珠也拿几成。小刘呢，给谁弹弦子，就跟谁二八分账，这是老规矩。成不成？”

“我……”小刘结结巴巴说不出话。他不敢把自己的意思大声说出来，点点头，表示同意。

唐四爷和四奶奶拿定主意不再说话了。他们呆呆地盯着宝庆，想难为他，逼他提出更好的条件来，其实他们也知道，他提的条件本来就不坏。

琴珠到底开了口：“方二叔，就依您的吧！”唐四爷和四奶奶暗地里松了一口气。

“那好，就这么定了，回头听我的信儿。”说完，宝庆就告辞了。

四

鼓书场名叫“升平”，是照着宝庆三十年前在北平看见过的一个书场的名字起的。

小小的书场，坐落在最热闹的一条街上，能上二百来座儿。按宝庆的算法，只要有一百个听书的，他就不赔本；有了一百五十个人，就有赚头；要是客满了呢，那就很能捞上两个了。

到了开锣的那天。宝庆睡不好觉。天刚蒙蒙亮，他就起了床，找来一张包东西的纸，把他今天一天要做的事都记在上面。密密麻麻写了满满一张纸，叠起来，放在口袋里，然后出了门。

他先去看他头天在书场外面的布置。招牌的周圈，镶了一道红、白、蓝三色相间的电灯泡。在黎明的曙光里，灯光显得有些昏暗，可是就像在梦境中一般，美极了。牌下面是一个玻璃镜框，里面红纸黑字，写着角儿们的名字。正中横着三个大黑字：方宝庆；两边红底金字，是秀莲和琴珠。下面写着一堆从电影广告上抄来的绘声绘色的词儿。

宝庆笑眯眯地看着自己的名字。真不减当年哪！他实在应该得意。在先，他搭过人家的班，也自己成过班。可是论玩意儿、论名声，他都比不过别人。眼下这是第一次，他挂了头牌，心里没法不得意。

他心满意足，冲着牌儿望了老半天，才恋恋不舍地离去。他走进一家小茶馆，要了一壶茶。

喝完茶，他去找小刘，商量给秀莲溜活[1]的事儿。他自个儿用不着溜，他已经是个老艺人了。万一小刘错了板眼，他会泰然自若地照样往下唱。可是秀莲就不一样了。弹弦的要是走了板，她就得跟着乱套。所以他得让小刘先跟她溜溜活儿，别一上场就砸锅。

但是他没有勇气一直跑进旅店里去把小刘叫出来。要是让唐家的人见了，就会想方设法，硬不让小刘跟秀莲溜活。

他走进旅店的账房，给了茶房几个钱，让他把小刘找下来，悄悄说两句话。见了小刘，宝庆嘱咐他："别拿您的弦子，我那儿有一把，要是我大哥听见您弹，说出点啥话来，您别放在心上。我们总得养家吃饭哪。"

小刘懒洋洋地笑了笑，答应下午来溜活。

宝庆两天前才光顾过理发馆，这会儿又去剃了头，刮了脸。剃完，他打口袋里掏出那张单子，琢磨着。他得拜会所有帮过他忙的人，特别是官面上的和地痞流氓头子，得给他们几张招待券，求他们帮忙，照应。

他还抽出时间，把在书场里干活的人都一一知会到：卖小吃的、卖茶水的、卖香烟瓜子的、管热手巾把的、卖门票的、看座儿的、坎子上的[2]，都招呼到了。他们下午四点来，要先祭祖师爷和财神，求个吉利。

宝庆已经成了城里的知名人物了。他走到哪儿，人人都

① 溜活，排练之意。

② 坎子上的，戏园子里负责维持秩序，把门的人。

认识他。茶馆、酒馆和饭庄里的账房和跑堂的，都知道他成了班，今儿个晚上开锣。他们管他叫“方大老板”，一个劲儿地恭喜他——都想闹张开锣的招待券。不过宝庆只是向他们拱手道谢，对他们的种种暗示未置可否。他一走开，就自个儿叨咕：“我光顾你们的时候，什么时候拿过你们的招待券？哪一次没给小费？”

等他回到小旅店，已经是两点了。一切都已准备就绪。小刘也过来跟秀莲溜过活了。她已经上了装，正在抱怨没钱买一双新鞋。

“今天先凑合着吧，”宝庆说，“就穿那双缎子的绣花鞋好了。等我一有了钱，就给你买双新的。”她撅着嘴，不过还是穿上了缎子鞋。

二奶奶是盛装打扮，清醒得出奇。她记得是四点祭神，一直没敢喝酒，怕亵渎了神仙会招灾。只要戏一完，钱柜子里有了钱，她就要喝上一两杯，庆贺一下。

大凤看来不大高兴。祭神跟她没关系。再说，看见妹妹打扮得那么漂亮，她有点嫉妒。

宝庆觉出来了。“好大凤，别耍孩子脾气！等我挣了钱来，也给你买一双新鞋。就买我今天在铺子里见过的那种顶漂亮的鞋。”

大凤没言语。

“好大哥，”宝庆又对窝囊废说，“我要歇口气，今儿晚上我得把所有的玩意儿都亮出来。我的亲大哥，请您上一趟园子，把祭神的事儿预备一下。您的记性比我好，求您帮我操持操持。等散了戏，我请您喝两盅儿。”

连求带哄，他说得窝囊废答应帮忙。这一来，他就只好听窝囊废没完没了地讲，祭神的时候，场子该怎么安置。窝囊废爱显摆他的学问。

“是，好大哥，”宝庆连连点头，“我听您的——求您别再往下说了。已经两点了，就请动身吧。”

一晃就是四点。祭神是在后台。窝囊废已经把一切都弄得井井有条。墙上贴上了红纸，写的是祖师爷——周庄王之神位。神位前有香案，一对红烛，一个大极了的锡香炉，供着几碟干鲜果品。还有三杯白酒。桌子四周围着大红绣花的缎子桌围。

周围三面，靠墙摆着凳子。屋子当中一张长桌，铺着白桌布，摆着茶壶茶碗，点心、瓜子、香烟，还有一瓶刚掐来的花儿。

应邀来参加表演的本地杂耍艺人，一个一个地走了进来。他们都穿得挺破烂，因为都失业很长时候了。有的抽着长杆烟袋，有的一面扇着芭蕉扇，一面喷着香烟。

门一下子开了，宝庆走了进来。他冲着屋里的人一躬到地，秃脑袋从左到右转了半个圈子。嘴里不住地说：“请坐，请坐。”他知道大家都会站起来迎他。他不大佩服本地艺人，本地艺人也瞧不起“下江人”[①]。不过宝庆不愿意这种彼此瞧不起的劲头显得太露骨。

他直起了腰。秀莲慢慢走了进来。他带着笑脸，向大家介绍：“这是我闺女秀莲。”

秀莲调皮地笑着。她微微一鞠躬，走到桌边，摘下一朵花，别在身上。

---

① 四川人把逃难来的外省人都称为“下江人”。

“秀莲，”宝庆吩咐，“敬客人们瓜子。”他还站在门口，等他的老婆。

秀莲拿起瓜子碟，自己挑了一粒，正要嗑，又放回去了。

“这是我内人，”宝庆又介绍开了。

二奶奶架子十足，挺有气派地点了点头，跟艺人们一起坐下。她想用四川话跟本地艺人聊天，他们又想用她说的那种官话来回答。结果谁也听不懂谁的，不过彼此都觉得尽到了礼数。

“哦，大哥，”宝庆说着，冲窝囊废奔了去，“真行，真行，真有您的！我布置不了这么好。”他一边说，一边往四面瞧着。

窝囊废听着兄弟一个劲儿地夸他，不由得高兴地笑了。他打了个呵欠，伸伸懒腰，好让宝庆看看他有多么累。

在园子里干活的人这会儿也来了：看座儿的、卖票的、捡场的、拉琴的。他们不是艺人，本来用不着来祭祖师爷。可是宝庆把他们大家都请了来，想让他们看看，艺人也讲规矩，也有自个儿的祖师爷管着；他们不是像外人想的那样，是没人要的野叫花子。

唐家来得最晚，这是身份。唐四奶奶打头阵，跟脚就是琴珠，唐四爷殿后，小刘像个没爹没娘的孤儿，可怜巴巴地跟着。

四奶奶穿了一件肥大无比，闪闪发亮的绿绸旗袍，看起来有四个唐四爷那么大，堆满了横肉的脸上抹了厚厚的一层脂粉，嘴唇也涂满了口红。她身上真是珠光宝气：一对大耳环，手指上戴了四个戒指，都镶着假宝石，迎着光，闪闪发亮。

她一进门，就摇摇摆摆直奔二奶奶和秀莲，像招呼最要好的朋友那样招呼他们，“好姐姐——哟，瞧小莲多俊哪。”完了就招呼方家兄弟。别的人，她正眼也不瞧。

四奶奶不跟宝庆商量，就把她丈夫叫了过来。“给祖师爷上香!”她想让他来主祭。

宝庆忙把唐四爷拉开，摇了摇头。他是班主，不能让别人来主祭。他走到神位跟前，点着了香。等冒出一缕缕弯弯曲曲的蓝烟，他就把香插进香炉。然后又点着蜡烛。神位前一下子亮了起来，闪烁着各样的色彩。大家都安静下来，一片肃穆。宝庆恭恭敬敬地向祖师爷磕了头。求祖师爷赏饭吃，保佑他买卖兴隆，叫他说唱叫座儿。他跪着，心里一直在默祷，求祖师爷保佑秀莲，别让四奶奶和她丈夫捣乱。

园子外面响起了震耳的爆竹。

五

到七点半，园子里就快上满了。宝庆看着一排排挤得满满的座儿，高兴得合不拢嘴，不过他也担着心，怕书场门口出事。他请了本地两个坎子上的来把门。他们都有经验，好人坏人，一眼就能瞧出来。不过宝庆可不愿意他们真动手。开锣头一晚就打架，总不是吉庆事儿。他也不愿意亲自去管那书场门口的事。要是跟人闹起来了呢，岂不更糟。他得处处走到，事事在心，又不能让别人注意他。可一旦要是出了事，他又得随时在场。

他在后台，留神着每一件事。需要的时候，他就伸出闪闪发亮的秃脑袋，指点一气。他鞠躬，谁到了眼前就跟谁握手，满脸堆笑，叫人生不起气来，大事化小，小事化了。

女角儿的脂粉香，总会吸引一些爱惹是生非的浪荡子弟。宝庆不断把泡在舞台门前的这号人撵开。他们就爱跟姑娘们纠缠。可是这种事也难办，有的人可能是地面上要人的朋友。要是的话，他总得把他们请到后台喝茶。于是就会有那么一位，自动跑上台去，当场送给他一幅幛子，给他捧场。一个艺人有多少操心的事儿！

到了八点，园子里已经是满满的了——不都是买票的。人这么多，是因为宝庆发出了一批请帖和招待券。尽管如此，他还是很高兴。客满是件吉祥事儿。他奔到前面，兴奋地叫人在门口挂上了“客满”的牌子。他掌心发潮，又急忙回到后台，张罗开演。

头一个节目是一位本地艺人的金钱板——尖着嗓门，野调无腔，不地道。听众都不理会他的，只顾说话，喝他们的茶。

宝庆打后台往外瞧，场子宽而短，小小的戏台前面是一排排的木头凳子。靠两边墙摆着好些方桌，每张桌子周围，都摆了四五把椅子。舞台的门帘上绣着有绿叶衬托的大红牡丹，还绣着他的名字。这是特意在上海定做的。墙上挂着幛子，还有各地名人送给他和秀莲的画轴。书场虽小，却颇吸引人。台前悬着一对大汽灯，射出白中带蓝的强光，把听众的脸都照得亮堂堂的。宝庆乐了，这都是他的成就。门帘台帐上都绣着他的名字。每一幅画，每幅幛子，都使他回想起过去的一段历史，他到过上海、南京等许多大城市，有过不少莫逆之交。

他从台后瞅着台下。前两排坐的是本地人，其余的听众多数是“下江人”。就是本地人，多半也是在外省住过，在外省混过事儿的，因为打仗才跑回重庆。他们来听宝庆的，不过是为了让人家知道他们见过世面，听得懂大鼓书。宝庆久久地盯着坐在舞台两侧的一些人看。有些是熟座儿，他们都是内行，到这里来，是为了看看宝庆和他这一班人的玩艺儿。他们背冲戏台坐着。只听、不看。他们对女角的脸蛋儿不感兴趣。宝庆皱着眉观察他们的表情。要是他和秀莲的玩艺儿打响了，他们就会常来。渐渐地，听众越来越安静了。宝庆知道，这就是说玩艺儿越来越招人。这也说明，听众已经喝够了茶，也嗑完瓜子了。要是再不看看台上，就没什么事可干的了。

轮到秀莲上场了。

小刘已经定好弦子。他慢慢走上台，手里拿着一把三弦，瘦小清秀的脸，在发着蓝光的汽灯下苍白得耀眼。他那灰色的绸大褂，像把银刀鞘似的紧紧裹着身子。他静静地在桌子旁边坐下，十分小心地把弦子放在桌上，卷起袖子。然后，他拿起弦子，搁正了，用绑在手指头上的指甲试了试弦。他歪着脑袋听了听调门，接着就傻盯着一幅幛子瞧着，脸上带了一副不屑的神气，好像很不情愿当个傍角儿似的。

桌边支着一面大鼓，那是宝庆从几千里外辛辛苦苦带来的。鼓楗子比筷子长不了多少。还有一副紫红的鼓板，带着黑穗子。桌围子是绿绸子的，绣着红白两色的荷花，还有“方秀莲”三个大字。

门帘慢慢地挑起来，“别紧张，别紧张，留着点嗓子，”她还没出场，宝庆就一再提醒她。帘子一掀，秀莲安详地走了出来，穿着漂亮的服装，像仙女一样娇艳。

她静静地站了一会儿，吸引听众的注意。然后她抬起小圆脸，脸上浮起了顽皮的微笑。

她穿了一件绉纱的黑旗袍，短袖口镶上一道白色的图案花边。手腕子上一块小表闪闪发亮。两条小辫扎着红缎带，垂在胸前。红缎带和她的红嘴唇交相辉映。她每走一步，都像在跳舞。

她以轻盈的步态，极富魅力地飘飘然走到鼓架前，拿起鼓楗子，打了一段开场鼓套，小刘马上开始弹了起来。秀莲跟着弦子，偶尔敲两下鼓，不慌不忙，点出了板眼。她眼神注视着鼓当中。微笑还留在脸上，好像她刚想起了一个笑话，却使劲憋着，不让笑出来。

大鼓和弦子一下子都打住了。秀莲笑了笑，朝下望着听众。她腼腆地轻声说，要“伺候诸位”一段《大西厢》，接着就起劲地敲起鼓来。

文怕《西厢》，武怕《截江》，半文半武《审头刺汤》。[①]《大西厢》是大鼓书里最难唱的段子。只有三四位名角儿敢唱它。崔莺莺差红娘去召唤张生的恋爱故事，尽人皆知。可是，大段的鼓词和复杂的唱腔，往往吓得人不敢唱它。它的词儿都是按北京土话来押韵的。要是北京话地道，口齿又伶俐，吐字行腔就能清晰、活泼，像荷叶上的露珠一样。可是，要是唱的人没有这一门嘴皮子上的功夫，那就八成儿非砸不可。

秀莲铺场[②]的时候，声音很小。坐在两厢那些内行的熟座儿，背冲着戏台，根本没听见她说的是什么。她唱完头一句，大家都不由得回过头来，看看是谁在唱这个难对付的段子。她的声音不高，可是，唱腔是没的可褒贬的。她一口气唱完了长长的第一句，像是吐出了一串珠子，每一个字都是那么圆，那么实在，那么光润：

> 二八的俏佳人懒梳妆，崔莺莺得了个不大点的病她躺在牙床，躺在牙床上，半斜半卧。您看这位姑娘，蔫呆呆得儿闷悠悠，茶不思，饭不想，孤孤单单，愣愣磕

---

① 《西厢》曲调繁、唱词多，唱工较难；《截江》是要表现蜀将赵云智夺后主阿斗，“武架身段”繁重；《审头刺汤》，唱、念、表并重。

② 铺场，即开场白。

磕，冷冷清清，困困劳劳，凄凄凉凉，独自一个人，闷坐香闺，低头不语，默默无言，腰儿瘦损，乜斜着她的杏眼，手儿托着她的腮帮。

自始至终，秀莲唱得很拘谨，好像并不想取悦听众。可是一到难唱的关口，她蛮行。她不像有的角儿，一遇到复杂多变的拖腔，就马虎带过。她唱得越来越快，但她态度从容，一副活泼的神情，怡然自得地唱着，充满了感情。唱到最后，她来了一个高腔，猛然间刹住了鼓板，结束了演唱。她把鼓槌子和鼓板轻轻地放到鼓上，深深一鞠躬，小辫上的缎带头，差不多碰到了鼓面。然后她转过身去，慢慢走向下场门。快到门口就跑起来，像个女学生急着想放学一样。

直到她跑进下场门的帘子里，才响起一阵掌声。坐在前排的听众不懂她唱的是什么。掌声来自两厢的熟座儿。虽然她的嗓门还嫩，他们还是鼓了掌，他们知道，这么年青的姑娘唱这么复杂的段子，是很不简单的。

小刘知道秀莲挑的这个段子是最难唱的，他的活没出错，心里很高兴。秀莲一唱完，他长出了一口气，整了整衣衫，跟着她下了场。

有的听众站了起来，好像要走的样子，他们觉着失望，因为秀莲唱的时候，正眼也没瞧他们一眼，更糟的是，他们根本不懂她唱的是什么。

桌围子又换了一副。这回绣的是一只鹤和两只鹿，还用五彩丝线绣了两个大字：琴珠。听众又坐下了。等等也好，看看琴珠是不是会好一点儿。

小刘先出场。这回他定弦的时候，把弦拨得分外响。他给秀莲傍角儿的时候，想的是别出错，到了这会儿，他想卖弄一下才情了。定好了弦，他心急地等着琴珠上场。两眼目不转睛地盯着上场门的帘子。

琴珠终于从帘子后面走了出来。她低着头，很快地走到鼓架跟前，好像她忙着要快点把段子唱完，好去干别的更要紧的事儿。

她是个高个儿，加上今晚上又穿上了高跟鞋，烫得卷卷的头发，高高地堆在头上，看着像个高大的穿着中国旗袍的洋女人。她的脸涂抹描画得很仔细，身上紧紧箍着一件大红旗袍。她的耳朵、手指和手腕上，都戴着从她妈那儿借来的假宝石首饰，俗不可耐的闪闪发光。

舞台是个古怪的地方，它能叫丑女人显得漂亮。琴珠长相平常，可是技艺和矫揉造作，使得她的一切都显得五光十色，闪闪发亮。她的外地派头和怪里怪气，使她一出场就博得个迎头彩。

音乐又算得了什么！她的鼓点敲得很响，荒腔走板，合不上弦。小刘使出全身的劲儿拨弄着三弦。为了使手指用得上劲，他身子略往后仰，因为用力太过，使劲咬着下嘴唇。

大鼓、云板、三弦齐响，弄得人发昏，可是听众都聚精会神，好像早已习惯了这种声响。

琴珠很快就觉出了她的成功，于是就给自己的那号买卖拉起生意来。她先对某一个人做了一阵媚眼，然后转过去又找第二个人。对两个人都使了个眼色，眼珠子从棕到黑，从黑到棕变化了好一会儿。第一个段子唱完，她宣布要“献演”一个特别节目：《杜十娘怒沉百宝箱》。听众都乐了，来了个满堂彩。

她的嗓门很尖，很响，后音有点嘶哑。她一个劲儿地在那儿喊，不是唱，毫无低回婉转之处。谁也不理会她咬字清不清，就是吐字吐错了，也没什么要紧。谁也不注意她唱的是什么。男人们懂得她抛过来的眼神，喜欢她的媚眼。对琴珠来说，这比咬字清楚重要得多了。

小刘的弦子，跟她合不合得上，也无关紧要。他把胳膊抬得高高的，使劲地弹着。一个弹得带劲，一个喊得响亮，就是走了板，俩人也搭配得好极了。听众都凝神屏息地瞧着。

乌烟瘴气地吵了有二十来分钟，琴珠才唱完了她的段子。她低头朝下看，脸儿从左到右，又从右到左地看了好几遍。然后她抬起头，慢慢走下场，一路故意地扭着屁股。她背后是雷鸣般的掌声。

宝庆唱的是压轴戏。

他的桌围子是红哔叽的，没绣花，用黑缎子贴了三个大字：方宝庆。桌围子刚一绑上，园子后面的门就开了，人开始往外涌——听过那个穿高跟鞋的娘儿们，谁还要再听一个男人家唱？只有少数人没走。他们也腻歪了，不过总得有点礼貌。

门帘一掀，汽灯的亮光，照得宝庆那油光锃亮的秃脑门闪出绿幽幽的光。他走上台来的工夫，对观众的掌声，不断报以微笑，同时不住地点着头。他穿着一件宽大的海蓝色绸长衫，千层底的黑缎子鞋。他上场时总是穿得恰如其分。

他沉着地走向鼓架，听众好奇地瞧着，他才不在乎那些弃他而去的人呢，那不过是些无知的人，他对自己的玩意儿是有把握的。那些熟座儿会欣赏他的演唱。走几个年青人没什么要紧。他们到书场里来，也不过就为的是看看女角儿。

他的鼓点很简单，跟秀莲敲得相仿佛。不过他敲得重点儿，从鼓中间敲出洪亮悦耳的鼓点来。他的眼睛盯着鼓面，有板有眼地敲着。鼓到了他手里，就变得十分驯服。他的鼓点支配着小刘的弦子，他这时已经弹得十分和谐动听。

唱完小段，宝庆说了两句，感谢听众光临指教。今儿是开锣第一天，有什么招待不周的地方，请大家多多包涵。他说，要不了几天，就能把场子收拾利落了。他本想把这番话说得又流利又大方，可是到了时候，本来已经准备好了的话，一下子又说不上来了。他一结巴，就笑起来，听众也就原谅了他。他们衷心地鼓掌，叫他看着高兴。

他介绍了他要说的节目——三国故事《长坂坡》。他还没开口，听众就鸦雀无声了。他们感觉得出来，他是个角儿，像那么回子事。宝庆忽然换了一副神态。他表情肃穆，双眉紧蹙，两眼望着鼓中间。

他以高昂的唱腔，迸出了第一句："古道荒山苦相争，黎民涂炭血飞红……"听众都出了神，肃然凝听，大气儿也不敢出。宝庆的声音如波涛汹涌，浑厚有力，每一个字儿都充满激情。他缓缓地唱，韵味无穷。忽而柔情万缕，忽而慷慨激昂，忽而低沉，忽而轻快，每个字都恰到好处。

宝庆的表演，把说、唱、做配合得尽善尽美。他边做边唱："忠义名标千古重，壮哉身死一毛轻。"他也能凄婉悲恸，摧人肺腑："糜夫人怀抱幼主，凄风残月把泪洒……"只有功夫到家的人，唱起来才能这样的扣人心弦。

宝庆一边唱，一边做。他的鼓槌子是根会变化的魔棍，演什么就是什么。平举着，是把明晃晃的宝剑；竖拿着，是支闪闪发光的丈八长矛；在空中一晃，就是千军万马大战方酣。他一弯腰，就算走出了门；一抬脚，又上了马。

秀莲和琴珠唱的时候，也带做功。可是，秀莲没有宝庆那样善于表演，琴珠又往往过了头。宝庆的技艺最老练。他的手势不光是有助于说明情节，而且还加强了音乐的效果。

猛的，他在鼓上用力一击，弦子打住了，全场一片寂静，他一口气像说话似的说上十几句韵白。再猛击一下鼓，弦子又有板有眼地弹了起来。

这段书说的是糜夫人自尽，赵子龙怀抱阿斗，杀出重围。他唱书的时候，听众都觉得听见了杂沓的马蹄声和追兵厮杀时的喊叫。

最后，宝庆以奔放的热情，歌颂了忠义勇敢的赵子龙名垂千古。他说这段书的时候，时而激昂慷慨，时而缠绵悱恻，那一份爱国的心劲儿，打动了在场的每一个人。然后，他一躬到地，走进了下场门。演出结束，一片叫好声，掌声雷动。

宝庆擦着脑门上的汗珠，走到台前来谢幕。又是一片叫好声。他说了点什么，可是听不见。大家都叫："好哇！好哇！"

"谢谢诸位！谢谢诸位！"他笑容满面，不住地道谢。"明儿见！请多多光顾，玩意儿还多着呢！务请光临指教。"说着话，他抻了抻海蓝的绸大褂儿，褂子已被汗湿透，紧紧地贴在脊梁骨上了。

六

唐四爷忙着来拿开锣第一天晚上琴珠应得的那份钱。跟往常一样，他总觉着大家都合计好了要骗他。宝庆和账房先生忙着结账的时候，他用怀疑的眼光打量着他们。他从账房走到后台，留神大伙儿都在干些什么，然后又走到前边来。他要马上把钱拿到手，谁也甭想少给他闺女一个子儿。

四奶奶实在太胖了，没法亲临账房，监督算账。要是她挤进账房，别人就谁也甭想进去了。所以她像一尊弥勒佛似的，坐在后台一把大椅子里，眼睛净盯着她男人瞅不到的那些地方。她分钱的劲头儿比谁都足。眼下她正在跟秀莲闲聊，听秀莲说些孩子话。四奶奶也疼孩子，别人家的小孩越不懂事，她越觉得有趣。

招待券发得太多，收入无几，演员们拿不到足“份儿”。按老规矩，不足之数，大家分摊。可是，宝庆大方地说，这是开锣第一夜，他情愿一个子儿不要，让大家拿满份儿；他希望明儿晚上大家还是都来。不论怎么说，他得邀买人心。

唐四爷一听，更加起了疑。他从来不肯吃亏，也不相信别人会自己找亏吃。宝庆一定是昧下了一些钱，这会儿又来装大方，我唐四爷可不能就这么着让他把钱拿走。可是收入和账目都在眼前，唐四爷挑不出毛病。他急急忙忙跑到他老婆跟前，和她咬了一会儿耳朵。怎么办？怎么对付这个狡猾的宝庆？他俩靠琴珠吃饭已经有十来年了。过去就受过骗。得想出点招儿来打宝庆身上多挤出俩钱，哪怕只有半块呢！

耳朵咬了有一分来钟，四奶奶决定还是接受分给琴珠的那份儿钱。她得把钱拿过来，放在贴肉口袋里，这才算牢靠。然后，她让唐四爷把琴珠带回家，留下她来对付宝庆。她是个妇道人家，就是败下阵来，也算不得丢人，过几天就算没这档子事了。她长吸一口气，双手交叉搁在高耸的胸前，等着宝庆。

琴珠也急着要走，她想门外一定有好多人等着瞧她。也许还会有财主、漂亮的阔少爷什么的。她喜欢人家瞧她。当人家盯着她瞧的时候，她真觉着自己是个美人。于是她使劲地扭着屁股，走出了门，她爹很体贴地跟她保持着一段距离。

四奶奶坐在那儿，咯咯咯咯地傻笑着，像只刚下过蛋的鸡。忽然之间，她绷起了脸。“宝庆呀，”她叫着，“上这边儿来，我有话要跟您说。是要紧的事儿！”

宝庆明知她决不会说出什么好话来。不过他还是过来了，笑着问：“您有什么吩咐呀，我的四奶奶？”

“我要问您的就是这个。今晚上谁的好儿最多？”

“当然是琴珠啦！她是个角儿。”宝庆很坦率地承认。

“好，宝庆，您这回总算是说了老实话。我也要跟您说点老实话。我们两家合伙儿成班子。我的闺女长相好，又能叫座。这么说，她唱的是头牌。要是她唱的是头牌，她就该拿头牌的钱。话是这么说不是？”

宝庆不愿意对她说，哪怕琴珠再学上三年，她的唱腔也比不上秀莲的。她的嗓门又响又俗。他也不想对她说，要是他不组班，琴珠一个子儿也捞不到。他只是讨好地冲四奶奶笑了笑。

四奶奶也冲他笑着。“宝庆，别净站在这儿笑，得干点什么去。要是您不打算多给头牌俩钱，我闺女可就要……”

“要干吗？”宝庆的粗眉毛一拧，生了气。两个星期以来，他跑穿了十来双袜子，为的是让大家伙儿都有个挣钱吃饭的地方。他以为人家会领情。没想到这个臭婆娘……

四奶奶一见宝庆这副模样，就软了下来。“宝庆，甭跟我说您不知道琴珠的事儿该怎么办！作艺的事儿您懂。”

“我不懂，”宝庆再也按捺不住自己了。“我也不想懂。”他天不亮就起床，整天都在忙，到处都得把话说到，该争的争，该劝的劝，该夸的还得夸。如今，他唱了半天，一个子儿没捞着。晚饭还没吃上呢，真是再也耐不住了。他瞪着眼瞧她。

“好吧，”四奶奶嘟囔着，使劲把她那胖身子拔出椅子。“看样子您不打算再添了——一分钱也不添了？”

“我干吗该添呢？我今天白干了一天，你们可都拿的是满份儿。您真不讲理。”

“我的好兄弟，还得图个身份呢。琴珠至少得比秀莲多拿一块钱。她值。”

宝庆坚决地摇了摇头。“不行，一分钱也不能多拿。”

“好吧，您真没见识，我们明儿再见。”四奶奶摇摇摆摆地走了。走到门口，她又站住了，慢慢回过身来，“也许我们明儿就不再见了。”

“随您的便，四奶奶。”宝庆简直是在喊了，脸气得铁青。

窝囊废已经把宝庆的老婆二奶奶送回旅店了。秀莲还在书场里等着宝庆。自从秀莲登台作艺以来，她每逢下了戏，总等着宝庆带她回家。要是天气好，住处又离园子不远，他们就在夜晚晴朗的天空下走回家去。散场后走这么几步，是宝庆生活里顶顶快乐的时候了。

他总是走得很慢，好让秀莲跟上。他背着手，耷拉着肩膀，低着头。难得有这么一小会儿心情舒畅的时候，他慢慢吞吞地走着。这样走一走，可以暂时忘掉那极度的疲劳。秀莲到这会儿总爱把她那些小小不如意的事儿向他抱怨一番。宝庆爱听她抱怨。有的时候也会安慰上她几句，有时什么也不说，只咂咂嘴。他会带她到附近的小饭铺里去，买上点什么好吃的。他喜欢看她那发亮的大黑眼睛期待地等着她爱吃的东西。他也带她上小摊，给她买个玩具什么的。秀莲已经十四岁了，不过她照样喜欢洋娃娃和玩具。

今晚上，四奶奶走了以后，宝庆紧背双手，在台上走来走去。要是明天四奶奶真的不让琴珠来唱，那可怎么好！哼，她不过会招徕一些市井俗人，不来也没什么了不起！

“爸，”秀莲轻轻地叫，“回家吧！”

宝庆见了她那表情恳切的小脸儿，笑了。这可爱的小东西和琴珠真是天渊之别。唉，不值得为琴珠伤脑筋。唐家要她卖的是身，不是艺。那号生意赚的钱更多。可是秀莲还是一朵含苞未放的小花儿。她已经跟作艺的姑娘们混了四年多了，并没学坏。“好，回家！”宝庆答应了。“走着回去吧！”他把那些揪心事儿一古脑都忘掉了。他想起来在北平、天津、上海那些地方，他在散场后跟她一路走回家时的快乐情景。

等宝庆和秀莲走出了戏园子，街上已经没有什么行人了。大多数铺子都已经上了门板，街灯也灭了。宝庆慢慢地走着，垂着头，背着手。他觉着松快极了。街道很暗，这使他很高兴——这样就没人会认出他来了。非常清静。他用不着每走几步就跟什么人打招呼。他越走越慢，想让这种不用跟人打招呼，非常轻松的愉快劲儿，多维持一会儿。

“爸，”秀莲低声叫道。

“唔?”宝庆正想着心事。

“爸，您刚才干吗那么生四奶奶的气?要是明儿琴珠真的不来了，那可怎么好?”她的黑眼珠出神地望着他。她单独跟爸爸在一起的时候，总喜欢用大人的口气说话。她想让他明白，她已经不是个只会玩洋娃娃的小妞儿了。

“没……没什么了不起的。有她能吃饭，没她也能吃饭。”宝庆在家里人面前，总是装得很自信。有的时候他拿腔作势。不过这都出自好心，——想让大家伙儿安心。

“琴珠可有法儿挣钱啦，他们饿不着。”

宝庆清了清嗓子，看来秀莲也懂事了。她早就该明白这点了。可不是，她老跟唱大鼓的姑娘们混嘛。他带着笑声问：“她有什么别的买卖好做呢?”

秀莲叽叽呱呱地笑了。“我也知道得不详细。”她有点抱歉地说，因为她提起的事儿，没法再往下说了。“我不该这么说，是吗，爸?”

宝庆没马上回答。琴珠到底怎么挣外快，秀莲不清楚，这点他并不奇怪。她每天说唱的，是那些才子佳人的事儿，可是她并不真懂。他担心的是闺女总要长大成人。她会成个什么样的人呢?他的肩膀又觉得沉重起来了，好像挑起了一副重担。

迟疑了半天，他说："我不能学唐四爷，你也不要去学琴珠。听见了吗？"

"是，爸爸，听见了。"秀莲说。从她的口气听来，她并没听明白爸爸究竟是什么意思。

他们一路没再说话。

到了旅店里，宝庆才想起来，他和秀莲还没吃晚饭呢。他爬楼梯的时候，很觉着饿了。他希望家里能有点什么吃的东西，要是能和全家人一起美美地吃上一顿，庆祝庆祝开锣，该多么好。

出乎他的意料，二奶奶居然醒着，还给他们备了饭。

宝庆一下子高兴起来了，高兴得把一天的忧愁都忘到九霄云外了。要他称心并不难。稍微体贴他一点儿，哪怕他刚才还愁肠百结，也会马上兴高采烈起来。眼下他想说点什么夸夸老婆。"晚饭！真好极了！"他一下子叫了起来。她瞪了他一眼。

"你还想要什么？"她狠狠地问。

宝庆的脸一下子拉长了。"甭跟我生气，"他恳求地说，"我累坏了。"

窝囊废早就睡了。他照料了开张祭祖师爷的事儿，很觉着有点累。宝庆把他叫起来，一起吃晚饭。

秀莲帮着爸爸，想使空气融洽点儿。她亲热的管养母叫了声"妈妈"，又帮着姐姐大凤摆饭。

二奶奶对秀莲从来没有好脸色。她的那一份慈母心肠只能用在她亲生的闺女身上。

大凤比秀莲大两岁，可是看起来至少有二十三四了。她是个矮胖姑娘，比秀莲高不了多少，可是宽多了。长圆脸儿，长相平常，满脸还净是粉刺。她总穿一件士林布的旗袍，把厚厚的头发，简简单单编成一根大长辫子，拖在背后。她总像是在发愁。偶尔一笑，就露出了两排整整齐齐的漂亮牙齿。她笑起来的时候，好看多了，也年轻多了。

近几个月，秀莲才知道自己是个没爹没娘的孤儿，才知道登台唱书是一门贱业。大凤长相平常，又不会作艺，可是秀莲知道她有身份。只要大凤冲她一乐，她准知道她在耻笑她。

吃完饭，窝囊废又倒头睡了。二奶奶酒没喝过瘾，不那么痛快。等大家都吃完了，她喊起来："都给我走开。让我安安生生地喝一口。"

宝庆、大凤和秀莲都拿不定主意。要是真把她撂下，她会大发雷霆。可要是他们留下，她又会喝上一整夜。宝庆累得真想马上倒头睡去。可又怕她发脾气，不敢就走。他咬了咬嘴唇。今儿个得过得快快活活的，才能吉祥如意。他得尽量避免吵架。

他看看老婆，一个劲地想把一个呵欠压下去。她挺有情意地冲他挤了挤眼，一本正经地说，她不再喝了。

宝庆再也支持不住了。他大声打了个呵欠，倒在一把躺椅里。二奶奶不愉快地瞅着他："去吧，睡你的，睡死你。"她吼着说，她的眼睛阴沉沉的，像是受了侮辱。

宝庆没言语。他冲着俩姑娘点了点头，走出了房门。走进自个儿的屋子，他舒展开身子，长叹一口气，马上睡着了。又过了一天，平平安安的。

"大凤儿，"二奶奶说，"别嫁作艺的，晚上一散场，他总是累得什么似的。"然后她冲着秀莲："哼，卖唱的娘儿们更贱！"

秀莲倒抽了一口凉气，没敢吱声。

七

几个爱唱戏的，在书场楼上租了三间房，每个礼拜到这儿来聚会两次，学唱京剧。他们以前在北平时学过几段戏，这会儿到重庆来组织了一个票房，每周只聚会几个钟头，其余的时间，屋子就空着。

他们会唱的戏并不多，都加在一起，也凑不上一出戏。聚会了几次，他们对京剧的兴趣逐渐淡薄，不少人再也不想唱了。他们就是到票房来，也不过是打打麻将。可他们还是每月按时付房租，占住这三间房，表示他们都是票友。

宝庆得找个住处，总不能老住在小旅店里。重庆是一天比一天拥挤了，每天都有一船船的人到来，要想找个住处，简直比登天还难。书场楼上有那么三间空屋，真是再好也没有了。得把这三间屋要过来。可是那班票友又怎么办呢？

他去见票房管事的。他机智老练，一句没提空房子的事儿。只是大谈特谈，京剧的历史如何悠久，管事的在京剧上的功夫又是多么深。他在北平、上海、南京跑码头的时候，管事的不就已经名噪一时，名闻全国了吗？那回走票的时候，南京的报纸不都轰动了吗？（事实是，这位管事的从来没有玩过票，不过他也不愿意否认。）从京戏又扯到大鼓。宝庆是那么能说会道，他一点儿一点儿地把话引到正题，管事的也只好赶紧附和，说是大鼓也就仅次于京剧，而实际上，他这一辈子还从来没有听过一回大鼓呢。宝庆是从文化之城北平来的有文化的人，他得像欢迎老朋友似的欢迎宝庆。真正懂得艺术的人总是心心相通的。半小时以后，票房的三间屋归了宝庆。再过一小时，宝庆就带着全家搬了进来——搬到鼓书场楼上。

秀莲和大凤住一间，宝庆两口子住一间，中间是堂屋。窝囊废不乐意每天晚上临时到堂屋里搭铺，宁愿住在小店里受罪。他心甘情愿地在那儿受罪，好在是一个人一间屋，自由自在，没人打扰。

宝庆对新居很满意。租钱少，房子就在书场楼上。还有什么可说的呢？他每天用不着来回奔波，还能抽出点时间来料理家务。

他只高兴了几天。他早就知道唐家放不过他。唐家想给琴珠长钱，事没办成，就会想出别的招儿来折磨他。当然唐家也有唐家的难处，最要紧的，是挣钱养家吃饭。他们不能让琴珠跟宝庆散伙，那样就会一个钱也捞不到了。他们拿定主意要找宝庆的麻烦。又胖又大的四奶奶，她的拿手好戏就是惹人生气。她男人跟着她学，她呢，也紧盯着她男人，决不能让他落了空。

她三天两头打发男人去找宝庆，替琴珠借钱。孩子总得有两件衣服穿穿，饭食也接不上了。再不就是琴珠生了病，上不了场，得请上一天假。

宝庆无可奈何地忍受着这一切。他明白，不能去填这些无底洞。不过他替他们觉着难受，唐家的人压根儿就不懂什么叫知足！他们要预支琴珠的包银，他没答应。这也没能使他们安分点。

方家搬到书场楼上的那一天，差点吵起来。唐四爷像个来给鸡拜年的黄鼠狼一样，天一亮就到书场来了，他一脸的怒气，嘴角没精打采地往下耷拉着。

他直截了当地对宝庆说，唐家的人都觉着他不是玩意儿，光把自己一家人安顿得舒舒服服的。唐家是他的老朋友，一向对他忠心耿耿，他倒好意思撂下不管。“老哥儿们，”他责备宝庆说，“您得帮我们一把。您有门路呀！您得给我们也找个安身的窝儿。这不是，您倒先给自个儿找了个安乐窝了。”

宝庆答应给找房，但能不能找着，可不一定。要他许愿不难，可是他不愿意许愿。要是他答应了人家，又不打算兑现，这使他觉着违心。唐家没完没了地埋怨他，他只好点头。唐四爷一个劲儿地叨唠，他心平气和地听着，不住地点头赔笑。

四奶奶也参加了社交活动。她每天都摇摇摆摆地走到书场楼上，来看她的好朋友二奶奶。她每回来都是一个样子。先是笑容满面地走进堂屋，喘着气说：“可算走到了。我一路走了来，特为来看您。我心想，不论怎么说，我们在这个破地方都是外乡人，得互相亲近亲近。我只有您们这几位朋友，每天要是不见上一面呀，简直就没着没落儿。我一想起今儿还没见着您，心里就憋闷得慌。”

说完，她找来一把最宽大的椅子，把她那大屁股填进去，然后就唠叨开了。“您那位有本事的掌柜的给我们找到住处了吗？”她问二奶奶，“找到了没有？您可得催催他。我们的命不济，到现在还住在旅店里，房租贵得怕人。我们简直活不下去了。”

她一坐就是几个钟头，见茶就喝，见吃的就吃。

来串门的还不光是她。还有巡官、特务、在帮的和几位有钱的少爷。他们来是为了看秀莲，坐得比四奶奶还久。宝庆当然得应酬他们。拿茶，拿瓜子，还得陪着说话。

他们常常在秀莲还没有起床的当儿就来了。坐在堂屋里，眼睛老往秀莲那屋的花布门帘上瞟。宝庆知道他们想干么，可是又不敢撵他们出去。他要是给他们点厉害，场子里演出的时候，就会来上一帮子，大闹一通。砸上几个茶壶茶碗，再冲电灯泡放上那么一两枪，那就齐了。闹上这么一回，他的买卖就算玩完了。

更糟的是，一早就来的年青人里，有一位保长。他长得有模有样的，笑起来流里流气，玩女人很有两下子。他来了就一屁股坐下，嘴里叼一根牙签，两眼死盯着里屋门。还有一天，一个最放肆的年青的站了起来，二话不说就走进秀莲的卧室，秀莲还正在睡觉。别人也都跟着。

宝庆见他们都盯着闺女看，作揖打躬地说了不少好话。秀莲太累了。晚上唱书，白天得好好睡一睡。他们很不情愿地走了出来，坐在外屋等。宝庆心如火焚，可是使劲压着火，还赔着笑脸。这就是人生，这就是作艺。

他老婆要能帮着说两句，情形也就不同了。她至少可以对这些地痞流氓说，秀莲只卖艺。要是她能这么说一说多好，——可是她偏不。她对秀莲，自有她的打算。

大家都瞅秀莲，秀莲觉着很别扭。她知道这些人没安好心，她不想理睬他们。她一跨出里屋门，就会遇上这帮家伙。她总是求大凤陪陪她，可是大凤不答应。她不愿意跟长得漂亮的妹妹走在一块儿。她懂得堂屋里那些男人是来看妹妹的，他们对她可是连正眼也不瞧一下。所以她总是叫秀莲独自一个人往外走。她的态度很清楚：抱来的妹妹不过是男人的玩物，而她可是个有身份的闺女。

最后秀莲只好一个人走出来，就像作艺时登台一样。她总是目不斜视，笔直地穿过堂屋，走进她妈的屋子。她不敢朝那些男的看上一眼，准知道，要是这么做，他们都会围上来。

早起穿过外屋走出去，对秀莲来说是件很痛苦的事。她明白，她只不过是个没有爹妈的孩子，一个唱大鼓的。她的养母顶多能对她和气点儿，要说疼，那谈不到。她如今已经大了，她需要有人疼，希望有人能给她出主意。

随着年龄的增长，她的胸脯开始隆起，旗袍也掩盖不住她身体柔和的曲线了。她非常需要有人能保护她，安慰她。她需要人开导。有些事，她想跟二奶奶说说，可是又不敢。那么还有谁能跟她说说呢？

每天早晨，当她穿过坐满人的外屋，上她妈屋里去的时候，她总是希望能碰上妈妈好脾气。可是二奶奶从来没有好脸色。“出去招待你那些客人吧，贱货。”她总是粗声粗气地说。秀莲呆板地笑着，只好又回到自己屋里，心里老想着，她要是个十来岁不懂事的孩子该多好，她希望她身体上那些成熟的标志都消失掉。

她见过男人纠缠唱书的姑娘——摸她们的脸蛋儿，拧她们的大腿。她知道有的姑娘不得父母许可就跟着男人跑了。她也知道有些暗门子能挣钱，不过她并不清楚到底是怎么回事。她自然而然地依靠爸爸保护。对于她来说，宝庆既是爹，又是娘，还是班主和师父。要是有人说起，哪家的姑娘跟人跑了，或者是跟什么男人睡了觉，她都觉着特别神秘；要是这话是悄悄讲的，她就更想听个明白。

她也注意到，每逢堂会，总有些唱书的姑娘任凭男人亲近，还接受人家的贵重东西。她问大凤，为什么男人要摸她们，还送东西。秀莲想，大凤是有身份的人，她应该知道。可是大凤只是红涨了脸，不说话。她又问琴珠，琴珠是靠着跟男人鬼混挣钱的，不过琴珠也只是嘻嘻哈哈地一阵笑，说："你还太小，小孩子家不该什么都问。"

那就只好问宝庆了。不过，要向爸爸提出这样的问题，可不那么简单。当她终于鼓起勇气，提出问题时，宝庆脸红了。她从来没见过爸爸这么难堪。她永远不能忘记，爸爸是那样苦恼地皱起了眉头，心事重重地用手搓着秃光光的脑门。沉默了半晌，他才说："孩子，别打听这种事。这些事太下贱，你不该去想。"

秀莲不满意。她听出了宝庆责备的口气。因为难堪，她的脸也红了。她很灰心，可又不服。"爸，"她脱口而出，"要是这些事下贱，那我们的买卖不也就下贱了？我知道好多姑娘都那么干嘛。"

"那是从前，"宝庆说，"从前人都看不起戏子和唱大鼓的，不过比奴才和要饭的好些罢了。可是如今改样儿了。只要我们行得正，坐得直，人家就不能看轻咱们。"秀莲想了一会儿。爸爸从来没跟她说过，艺人的身份什么时候改过样，他只常常对她说，他们唱的书是上千年来一代代传下来的。

"爸，我们为什么不做点别的什么买卖呢？"她问。

宝庆没回答。

秀莲一心认为她干的是下贱事，永世出不了头。这一回，当她走进坐满了男人的外屋时，她存心想随和点儿，看看那又会怎么样。可是她抬头看见爸爸就站在门口，吓得马上改了主意，像个耗子似的，一溜烟钻进了自己的卧室。她在屋里一个人摸骨牌，一直玩到上书场去的时候。她下楼的当儿，还有两个捧她的人坐在家里。

四奶奶还是照常来。她明白那些男人为什么要等在堂屋里，觉得应酬应酬这些人，也怪有意思。她打定主意要报复方家一下子，他们虽是朋友，却又势不两立。方家都是强盗，诈骗了她全家。她跟那帮男人说，要想把秀莲弄到手，就要舍得花钱，一要有耐心，二要有钱。

她算是打错了如意算盘，宝庆不吃她这一套。只要是碍着秀莲的事儿，他就不能不说话。有一天，他冲四奶奶发了火。他气得脸都憋红了，声音直打颤。“请吧，”他说，“您要是上我这儿来，请到我内人屋里坐。我用不着您来应酬客人。”

四奶奶笑笑。她弹了一下响指，咯咯地像个下了双黄蛋的老母鸡似的笑了起来，“嗬，嗬，我帮您接待了这些贵客，还落个不是。”她大声说，“算我的不是，可是他们玩得不错嘛。”

宝庆狠狠地盯着她，气得两眼发直。“我不乐意您这么着，”他说，“我请您记住，这儿不是窑子。这儿是书场——是卖艺的地方。”

四奶奶脸上一副恶毒的神色，说：“哼，等着瞧吧，我倒要看看干我们这一行的，谁能清白得了。”她扭着她那庞大的屁股，猝然离开了宝庆，回到那些男人堆里去。

她有几天没来。她告诉琴珠，场间休息的时候，别上后台去。要是她想歇会儿，就上秀莲屋里去。她知道宝庆就腻歪这个。

这一来，宝庆又多担着一份心事。他最恨的就是琴珠要跟秀莲交朋友。琴珠懒洋洋地靠在秀莲床上，带着一股浓浓的香水味，一副傲慢懒散的样子。

琴珠拿秀莲的屋子当化装室。她下午早早地就来了，抹口红，涂指甲，描眉，狠忙一气。秀莲的化装品，她拿起来就用，很叫秀莲心疼。大凤要用只管用好了，可是像琴珠这么个暗门子，可不能随便使她的。她会挣钱，为什么不自己花钱买去。她向爸爸诉了一通苦，可是爸爸没答碴儿。他不想为这么件小事犯口舌。“甭发愁，”他说，“等用完了，我再给你买。”

秀莲知道他会再给买，可是不明白琴珠的化装费为什么要他来付。

“您看，”有一天她拿定主意对琴珠说，“我那粉是挺贵的。”

琴珠高兴地咧开嘴笑了。“当然啦，所以我才喜欢它。我自个儿买不起。”她越发来了劲，把粉往胳肢窝和身上乱扑，还使劲抖粉扑，弄得满屋飘的都是香粉。秀莲气得脸发白。

有一天，琴珠带了个男人来，他们一直走进秀莲屋里，一屁股坐在床上。秀莲脸红了，站起来要走。可是不能让琴珠待在她屋里。她会把什么都偷走。再说，她上哪儿呆着去呢？要是她穿过外屋，上她妈屋里去，又可能会惹气。不走吧，她又不愿意瞧着琴珠招待男人。她又想看看，一个姑娘招待一个男人，到底是个什么样子。真的那么下贱吗？总有一天她得知道。于是她就干脆坐下来瞧着。

琴珠和她的客人又说又笑，和一般人没什么两样。看不出有什么不对劲的地方。后来他们拉起手来，但这也算不了什么坏事。他们走了以后，秀莲很纳闷，是不是男人家掏钱，就为的是在床上坐一会儿，跟琴珠说上两句话呢？终于有一天，她回到屋里，看见琴珠正跟一个男人躺在床上亲嘴。

秀莲气得发狂。她真想把他们都撵出去，但为了爸爸的买卖，她又不敢得罪琴珠。她跑进妈妈屋里。妈妈知道该怎么对付这种局面。

二奶奶已经半醉了，不过她还是觉出来发生了什么事。她嘟囔了两句。这个闺女呀，真是个小蠢丫头。当然一个黄花闺女比个暗门子值钱，可是闺女也叫人淘神。让琴珠挣点外快有什么要紧！她总得找张床嘛，要是秀莲也这样，倒是件好事，能叫宝庆开开窍。他对这姑娘真是死心眼。谁听说过把个抱来的闺女娇惯得像个娘娘似的。二奶奶乜斜着眼睛望着吓傻了的秀莲的时候，心里想的净是些见不得人的肮脏事。“滚出去！”她叫道，“你不也跟她一样，是个卖唱的。你当你是谁哪？”

她举起酒杯，手停在半空，好像在琢磨。猛的，她把杯子朝秀莲扔了过来。没打中，不过秀莲的衣服却溅上了棕黄色的酒印儿。

秀莲目瞪口呆，脑子发木，也挪不动步了。原来妈妈要她学琴珠！妈妈不在乎，不疼她。秀莲气极了。她想打这个女人，想用指甲抓烂她的皮肉，咒死她！

她一转身，跑到楼下的书场里去找宝庆。他不在。她又走到门前，他上哪儿去了？然后回到暗下来了的舞台上。她站在舞台上，又是跺脚，又是咒骂。只有她的骂声在空荡荡的屋子里回响。

她盲目地朝门外走——世界上只剩下一个关心她的人了，那就是窝囊废。

秀莲一路跑着，走过许多条街，来到窝囊废住的旅店。

“好好跟我从头说说，”他说，神气像个法官命令证人叙述目击的罪证那样严肃。听完秀莲的话，他一口气把琴珠和她爹妈臭骂了一通。

他的主意并不高明。他想到书场去，打琴珠一顿，看她还敢不敢再在男人面前扭屁股。他要跟唐家拼命，他得好好教训那胖老娘儿们四奶奶一顿。秀莲只是摇头。这些办法都不行，不能为了她把爸爸的买卖毁了。

窝囊废坐在床沿上，用他那又脏又长的指甲搔着脑袋。那怎么办呢？这么下去总不是个事呀！

秀莲诉了一通委屈，心里觉着好受点了。她知道窝囊废是疼她的。有这么个人肯听她诉苦，也就算是一种安慰了。他骂人的话，听着叫人肃然起敬，用的都是有学问人用的字眼。

窝囊废有个现成的主意，要是秀莲手边有钱，就先上小铺吃顿饭再说。再不就去买上几个橘子。他知道有个地方，花上五角钱，就可以买上一大堆橘子，够全家撑得肚子疼的。他还知道山边上有个好去处，可以消消停停坐在那儿吃橘子。

秀莲说，要是大伯肯送她回家，那就更好，爸在家里该不放心了。

“让他们不放心去，”窝囊废说，“上场以前，就甭回那坏窝子里去了，要是他们敢骂你，我就亲手拆了那个场子。走吧，买橘子去，肚子里有了食儿，出门逛悠逛悠，看看景致，主意就出来了。”

八

战局恶化，汉口失陷。从北方和沿海一带来的难民，大批涌入四川。本来已经很拥挤的城里，又来了这么多人，宝庆的书场，买卖倒更兴隆了。唯有他这个班子，是由逃难的艺人组成的，很受欢迎。因为听众大多是来自四面八方的“下江人”，宝庆这一班艺人对他们的口味儿。那些爱听大鼓的人觉着，全城只有宝庆的书场，是个可以散心的去处。他们又可以在这里领略一番家乡情调。

四川是天府之国，盛产大米、蔗糖、盐、水果、蔬菜、草药、烟草和丝绸。生活程度也比别的地方低。东西便宜，收入又有所增加，宝庆就有了点积蓄。他打算存一笔钱，自己盖个书场。要是有了自己的书场，他就可以办个艺校，收上几个学生。这些学生经过他的调教，会成为出色的演员，而不是普通的艺人了。盖个书场，再办所学校，这是他在曲艺上的宿愿。真要那么着，今后唱书的就可以夸口，说他们上过宝庆的曲艺学校，得过他的传授。

宝庆一想起盖书场，办学校的事儿，心里就高兴得直扑腾。但冷静一想，又觉着这种想法简直是狂妄，是野心勃勃，是一种可怕的想法。

他一下子犹豫起来，用手揉着秃脑门。说真格的，这样野心勃勃的打算，甭想办到。还有秀莲，要是她……他必得好好看着她，一步也不能放松。他叹了口气。只有秀莲不出事儿，他才能发展他的事业。

重庆的雾季到了。从早到晚，灰白色的浓雾，罩住了整个山城。书场生意兴隆。一场又一场，人老不断。平常晚间爱在街上闲逛的人，也走进书场，躲那外面阴沉沉的浓雾。宝庆总在提防着空袭。他一家已经受够了苦，再不能漫不经心。他心惊胆战地想到，在这个陪都，多一半的房子像干柴堆。都是竹板结构，跟火柴盒似的又薄又脆，一点就着。一家着了火，只消几个小时，就会烧成一片火海。

因为雾，日本飞机倒不敢来了。雾有时是那么浓，在街上走路，对面不见人。有了这重雾保护着，居民们的心放宽了。战争像是远去了。生活又归于正常。可以寻欢作乐，上上戏园子了。

因为雾，四川的蔬菜长得很快，葱翠多汁，又肥又大，宝庆真是开了眼。宝庆的买卖也十分兴旺。书场里总是坐得满满的，秀莲越来越红，座儿们很捧场，很守规矩。一个当班主的，还有什么不称心的呢？在雾季里，他买卖兴旺，名气大。而战争这出大戏，却在全国范围内没完没了地进行着。

琴珠还是老样子，她声音嘶哑，穿戴却花里胡哨，很能取悦男人，在书场里很叫座。唐家还是那样见钱眼开，常捣坏。如今他们不大到方家走动了，要是来的话，必是有事儿，不是开份儿，就是想额外多挤出俩钱去，宝庆已经把他们看透了。

有一次，宝庆买了些希罕的吃食，亲自给唐家送了去。这些花钱的东西，唐家未必常吃，他不想闹翻。头一桩，他得把事情弄明白。要是疑神疑鬼，互相猜忌，早晚会闹出事来。

他满脸春风地招呼胖大的四奶奶，“四奶奶，多日不见，您身体好？我给您送好吃的东西来了，准保您满意。”

四奶奶没打算接礼物。她那满脸的横肉，一丝笑纹也没有；说话的调儿又尖酸又委屈：“我的好宝庆，您发财了。我们这些穷人哪儿还敢去看您哪！”

宝庆吃了一惊：“咱们也就该知足了，”他有点瞧不惯。“咱们不过是些作艺的罢了。好歹有碗饱饭吃就算不错，还有几百万人挨着饿，快要活不下去了呢！”

四奶奶的嘴角耷拉了下去：“您可是走了运。您有本事。我们家那一位，简直的就是块废物点心。他要是有您这两下子，就该自己成个班，自个儿去租个戏园子。没准他真会这么办。”说着，嘴角往上提了一点儿，脸上浮起了一层像是冷笑的笑容。

“有了您这么一位贤内助，四奶奶，”宝庆附和着，“男人家就什么都能办得到。”他赶紧把话题转到无关紧要的小事上。他又是赔笑，又是打哈哈，一个劲儿地奉承，终于使她转怒为喜，眉开眼笑。时机一到，他就告辞了。

在回家的路上，宝庆又犯起愁来了。苦恼像个影子似的老跟着他，哪怕就是在他走运的时候，也是一样。要是唐四爷也弄上那么几个逃难的艺人，他就能靠着琴珠成起个班子来。那当然长不了。唐家会占那些艺人的便宜，四奶奶会冲他们大喊大叫，给他们亏吃，最后散伙了事。不过，就是暂时的竞争，对宝庆的买卖来说，也是个打击。

他把这件事前前后后琢磨了个透。他非得有了确实的把握，知道唐家不能拿他怎么样，才能安下心来。

有一夜，刚散场，他想了个主意。问题的关键是小刘。要是他能让这位小琴师站在他的一边，就有了办法。他就能左右局面。没了小刘，唐家就成不起班子来。要说琴珠，没有琴师，也唱不起来。只要他能紧紧地抓住小刘，他就再也不用担心唐家会来跟他唱对台戏了。他先打听了一番，逃难来的人里有没有琴师。从成都到昆明，一个也没有。小刘真成了金不换的独宝贝儿了。

为了这件事，宝庆琢磨了好几个晚上。有一夜，他从床上坐了起来，用发潮的手掌揉搓着秃脑门。自然啦——事情也很简单，要想拴住小刘，最好的办法就是跟他攀亲，让他娶大凤。但这他可受不了。对不起大凤啊。可怜的凤丫头。虽然小刘有天分，又会挣钱，可是要叫她嫁个琴师，真也太委屈了她。他暗想，虽然他自个儿也是作艺的，他还真不情愿把闺女嫁给个艺人。

不该让大凤落得这般下场。她单纯，柔顺。小刘呢，也天真得像个孩子。不过宝庆操心的首先是男方的职业，而不是人品。小刘人品再好，也还是个卖艺的。

有一天，他邀小刘上澡堂洗澡，是城里顶讲究的澡堂子。他还是头一回请这位小琴师。小刘觉着脸上有光，兴高采烈。他俩在满是水汽的澡堂子里，朋友似的谈了两个来钟头。宝庆什么都扯到了，就是没提他的心事。他细心打量了小刘脚丫子的长短，分手的时候，心里已经有了谱儿了。

下一回再请小刘洗澡的时候，宝庆带了个小包。他把包给了小刘，站在一边看着小刘拆包。果然不出所料，小刘很高兴。里面是一双贵重的缎鞋，是重庆最上等的货色，料子厚实，款式大方。小刘把鞋穿在他那窄窄溜溜的脚上，高兴得两眼放光，他挺起胸膛，高高地昂起了头。这一下，琴师和班主近乎起来了。

宝庆像个打太极拳的行家，不慌不忙地等待着时机。话题一转到女人和光棍生活，他就柔声地问，“兄弟，干吗不结婚呢？像你这样又有天分，又有本事的人，为什么还不成家呢。我一直觉着奇怪。还没相中合适的人？”

小刘有点不好意思。他那瘦削俊俏的脸上，忽然现出小学生般腼腆的表情。他干笑了一声，想掩盖自己的惶惑：“不忙，我还年青呢。我把时间都用在作艺上了，这您是知道的。”他踌躇了一下，想了想，说：“再说，这年月，要养家吃饭也不容易。谁知道往后又会怎么样呢？”

“要是你能娶上个会挣钱的媳妇，那就好了。俩人挣钱养一个家，这也算是赶时髦。”宝庆真诚地回答道。

小刘的脸更红了。他不知怎么好了，用深感寂寞的眼神望着宝庆，心里想着，这人心眼真好，艺高，又够朋友，和自己的爸爸差不多。能跟他讲讲心里话吗？谈谈自己的苦闷，还有他爱琴珠的事儿。唐家倒是愿意把琴珠给他的，为的什么，他也知道。他俩要是配了对儿，琴珠和他就永远得在一起作艺。这他倒没什么不情愿。不过他希望琴珠能完全归他。他知道她的毛病，要是娶个媳妇，又不能独占，叫他恶心。跟琴珠结婚，还有更叫人发愁的事儿。他的身子骨儿不硬朗，琴珠可是又健壮又……永不知满足。要想当个好丈夫，他就得毁了自个儿的身子，艺也就作不成了。他失眠，夜里翻来覆去睡不着，想着这件事。他还是不知道该怎么着才好，也找不着个可以商量的人。他呆呆地、询问般地看着宝庆那慈祥的脸。

他只说了声，“好大哥，要是……”就忽然打住了。宝庆不喜欢琴珠。跟他说说，不提名道姓的行不行？

“要是什么？”宝庆接着问，“别瞒着我，咱俩不是朋友吗？”

“是我和琴珠的事儿，”小刘一下子脱口而出了。他用手指比划着，想解释什么，“我和她，——唔，这您知道。”

宝庆用手掌搓着脑门，心里想，宁毁七座庙，不破一门婚。于是他说：“这可是个好消息。恭喜恭喜。那你怎么还不结婚呢？”

小刘倾诉了他的烦恼。宝庆没给他出主意。他只反问：“小兄弟，我想问问你，你觉着我待你怎么样？我没亏待过你——。”

“当然啦！”小刘马上热心地说，“这可没说的。您心眼好，又大方。谁也比不了。”

“谢谢，可要是你跟琴珠结了婚，你就得永远跟着唐家，把我给忘了，对不？”

“哪里！”小刘像是受了惊：“我决不会忘记您对我的恩情。要知道，大哥，人家说您的坏话，我从来不信。您对我一片诚心，我也对您忠心耿耿。您放心，我不是个反复无常的小人。”

“好，我信得过你。”宝庆说，“我希望你和琴珠一辈子快快活活的。我希望你和我也能一辈子亲如手足。你知道我一向疼你。我总想，要是你我能在天地面前拜个把子，就好了。”他哈哈地笑起来。“小刘，我当你的老把兄怎么样？”

小刘睁大了眼睛。他看着宝庆，心里又是惊，又是喜，又不大放心。他笑了起来，“您是个名角儿，我是个傍角儿的。我哪能拜您为大哥呢？我可不敢。”

“别这么说，”宝庆用命令的口气说，“咱俩就拜个把子，皇天在上，永为兄弟。”

他俩分手以后，宝庆心里还是不踏实。可能他已经赢了一个回合，但还没定局。他当然能够左右小刘，但并没有十分的把握。琴珠和她娘才是真正的对头。她们要是拿定了主意，就能随心所欲地拿捏小刘。一个艺人有多少揪心的事儿！

快过年了。宝庆打算丰丰盛盛、痛痛快快地过个年。年过得热热闹闹，人就不会总想着老家了。再说他也乐意款待款待大家，这能使家里显出一股和睦劲儿来。

他给二奶奶一些钱，叫她带着大凤上街买东西去。她很会买东西。别看她好酒贪杯，情绪又变幻莫测，买东西，还价钱，倒很内行。就是他亲自出马去讲价钱，也没她买的便宜。

拿到钱，乐坏了二奶奶。为了庆祝这个，她先喝了一盅，接着一盅，又是一盅。等她带着大凤上街时，已经醉得快走不动道儿了。她醉眼惺忪，可还起价钱来，还是精神抖擞。那些四川的店铺伙计，顶喜欢为了争价钱吵得面红耳赤，二奶奶也觉得讨价还价是件有滋有味的事儿。要是她买一斤蚕豆，准得再抓上一把葱，塞进菜篮子里。不多一会儿，她就带着闺女回来了，篮子塞得满满的。她给自己剩下了一些钱，够她好好喝上几天酒了。

宝庆去看大哥窝囊废。他给了大哥点钱，要他回家团圆团圆，过个热闹年。

窝囊废冷笑了。“在这么个鬼地方过年？你说怎么过？算了吧！”他愁眉苦脸，本来，他整天没什么挂心的事，可最近为自己的年纪，担起心事来了。头一条，他不愿意死在外乡。

“甭那么说，哥，”宝庆笑着说，“越是离乡背井的，越是得聚聚。我就是为这个，才给您送钱来了。我成心要您快活快活，散散心。上街给您自个儿买点什么去。”

窝囊废不好意思降低身份，伸手去拿兄弟的钱。他指了指桌子，“我不要钱，”他说：“你可以把钱搁在那儿——搁在桌子上。”

宝庆走了以后，窝囊废就上了街。他走到集上，买了个叫做“五更鸡”的小油灯，既能当灯使，又可以温茶水；一个竹子做的小水烟袋，一对假的玉石耳环，还有一把香。回到家，他用红纸一件件包起，准备年三十晚上，送给大伙儿。

宝庆像个八岁的孩子似的盼过年。他一闻到厨房里飘来的香味儿，就忍不住咂咂嘴，盼着除夕到来，好大吃一顿。他想方设法，要大家也跟他一样起劲。于是全家都一心一意准备着这个喜庆日子。连大凤也高高兴兴地在厨房里帮妈的忙。

事与愿违。除夕晚上，宝庆的班子有堂会，宝庆很伤心。他准备了家宴，打算一家人吃顿团圆饭。可是，堂会怎么能不去呢？他不能不替班子里其他的人打算，不能不让大家去挣这一份节钱。不论他怎么惋惜三十晚上这顿团圆饭，他还是得去。

堂会散了的时候，已经是清晨两点钟了。外面下着雪。

秀莲、小刘和宝庆走出门，穿过狭窄的街道时，雪落在他们的衣服上，脸上的雪都化成了水。三个人都垂头丧气。琴珠没来唱堂会，小刘知道她准是跟个男人去了。他气坏了，没跟唐家一起吃上年夜饭不说——琴珠也扔了他走了。秀莲眼里含着泪，心里头很难过。

宝庆两手在嘴边围成个喇叭筒，大声叫滑竿。他的声音淹没在茫茫的大雪里，抬滑竿的也回家吃年夜饭去了。街上空荡荡的，除了宝庆的一班人和雪花以外，什么也没有。他们步履艰难，深一脚、浅一脚地往前走。间或有一家，窗帘里面还有亮光。只听见里面围席而坐的人，在哈哈地笑着。秀莲眼里满是泪水。

忽然间，来了一乘滑竿，一堆黑糊糊的影子，歪歪斜斜地在雪地里走着。宝庆叫住了滑竿。他不等抬滑竿的张口要价，就把手伸进口袋，抓出一把毛钱。

可是，谁该坐滑竿，谁又该走路呢？一乘滑竿不能把三个人都抬走。小刘忽然不好意思起来，觉着自己抱怨得太多了。“让秀莲坐吧，”他说，“我能走。”

“你坐上去，”宝庆下了命令，“我们喜欢走走。你的身子骨要紧。坐上去吧，我求你啦！”

小刘上了滑竿。大哥那么尊重他，他很高兴。他笑着招了招手。“好大哥，”他说，“明儿我来给您拜年——一定来。”

宝庆和秀莲站在那儿，看着滑竿消失在黑暗里。秀莲累了，她翻起衣领，把脸缩在领子里。

“来吧，闺女，”宝庆说，“咱们走。你很累了吧？”

她走了几步才回答：“我不累。”从她的声音听来，她已经精疲力尽了。宝庆也很累了。他觉得很对不起家里的人。

别人家都在过年，他和闺女却得这么着在街上走。

他装出一副轻松愉快的样子说："秀莲，又是一年了，你又长了一岁，十五了。记住了吗？你今年应该把书唱得更好。"

秀莲没答碴儿。过了一会，宝庆又说开了，"咱们现在挣的钱不少了——可以体体面面地把你嫁出去了。"

"干吗说那个，爸？"她突然问道。她正瞧着自己的脚。一双鞋糟蹋了，差不多还是新的呢。

"这是大事。每个闺女都该结门好亲。"

她一声不吭，叫他心里发凉。他们继续往前走，她心里不明白的是，为什么爸爸老要提他们的买卖。他钱挣得多，又跟她嫁人有什么关系？

总算到了家。宝庆拍着手，像个小学生一样，高兴得欢蹦乱跳。"总算到家了，咱们总算到家了。"他不住地说，心里希望有谁能出来接接他们，可是，没人。他们自己走上楼，衣服上的水淌湿了楼道。

二奶奶已经醉了。她已经上床，打开呼噜了。窝囊废正在秀莲屋里跟大凤说话。他俩都是一副哭丧相。窝囊废醉醺醺的，话越来越多。"钱，钱，钱，"他正跟大凤说着，"钱又怎么样。为什么偏偏要在大年三十跑出去挣钱。人生几何，能有多少大年三十好过的？"

宝庆一屁股倒在堂屋里的一把扶手椅里。红蜡还燃着，烛光就像黄色的星星一样，在他蒙眬的眼前晃动着。钱……钱……钱……这么干下去，值吗？

秀莲走进自己的屋里，躺了下来。

"来，侄女儿，"窝囊废叫道，"来玩牌，让你大伯赢几个怎么样?”

“不了，大伯,”秀莲说，她已经乏得厉害，小嫩嗓子也哑得说不出话来了。“我要睡觉。”她脸冲着墙，睡了。

窝囊废叹了一口气，他站起来走到窗口，看着外面飘着的雪花。“可怜的孩子，可怜的小莲。”他悄悄地说，摇晃着他那花白的头。

九

到四月份，重庆的雾季就算过去了，但早晨起来，雾还是很浓。那雾，潮湿、寒冷，像块大幕布似的盖着山城，直到日上三竿，才逐渐散去。太阳升起如猩红色的火球，看着有点怕人。这是不祥之兆，主兵灾；它也主大晴天，就是说空袭又将来到。重庆的天气可以截然分为两季：冬冷，有雾；夏炎热，无雾——却包含着危险。谁都知道，只要天一放晴，日本飞机就又会临头。

四月底，这年头一次拉了警报。飞机并没有来，但人人都知道战乱又已来到。雾这个起保护作用的天然防线没有了，人们只好听天由命。

宝庆对空袭已经习以为常。他亲身经历过的一些空袭，想起来还叫人心惊胆战。他决定把窝囊废送到南温泉去，那儿离城有四十多里地，比较安全。他要窝囊废到那儿去找上两间房；租旅馆，赁房子，都行。要是重庆挨了炸，方家总还有个安身之处。

于是五月份那令人难忘的一天来到了。山城已是黄昏，太阳老远地，像个大火球。书场附近有些人在喊：拉警报了。也有人说，没拉警报，是讹传。外地来的难民，懂得空袭的厉害，很快躲进了防空洞。本地人还在各干各的，有的人满不在乎地在街上晃荡。这些“下江人”真是神经过敏！

空袭？连一架飞机也没有。

突然之间，飞机来了，发出一阵轰隆轰隆的响声。朝防空洞奔去的难民跑得更快了。他们听见过这种声音——是轰炸机。可是四川人却站在那儿，两眼瞪着天空。也许是自己的飞机吧，刚炸完敌区回来。根本没有炸弹，怕什么？

雾季一过，二奶奶没敢再喝酒。她不乐意给炸得粉身碎骨。活着还是有意思得多。白天黑夜，她随时准备钻防空洞。她把钱和首饰小心地装在一个小包里，随身带着。

这天下午，她正在检查这个跑警报用的包，盘算着还能不能再放点别的什么进去。最好能带瓶酒，等头晕的时候喝上两口。秀莲正看她积攒的旧邮票，大凤做着针线活儿。

猛的，只听见头顶上一声巨响，好似一柄巨斧把天劈成了两半儿。秀莲一下子蹦了起来。

宝庆光着脚从里屋跑出来，"没听见警报呀！"他说。二奶奶坐在椅子上，想站，站不起来。她手里紧紧攥着那个小包。她往起站了两次，可是腿软得不听使唤了。宝庆走过来扶她，秀莲奔到了窗边。一阵凄厉的呼啸穿房而过，声音越来越响，猛地又哑然无声了。"快躺下，"宝庆喊道。他自己也趴下了。

炸弹爆炸了——三声闷响，书场摇晃了起来。一只花瓶从桌上蹦到地下，摔得粉碎。秀莲用手指堵住耳朵，爬到靠窗的桌子底下。外面街上扬起了一阵烟尘。接着又是一起爆炸，声音短促，尖厉，一下接一下。整个书场天翻地覆，好像挨了巨人一拳，接着就听见震碎的玻璃哗哗乱响，纷纷落地。

宝庆头一个开口："走了，我估摸着。"他还在地上躺着。他说话，为的是安慰大家。谁也没答碴儿。他四面瞅瞅，连头也不敢抬起来："大凤，你在哪儿?"大凤在隔壁屋里，趴在床底下呢："妈，您在哪儿?"二奶奶还坐在椅子里，紧紧攥着那个口袋。她脚下湿了一大片。她尿了裤!

"过去了，"宝庆安慰她说。她不言语。他走过去，摸了摸她的手。手冰凉。看见她在哭，他叫大凤过来，安慰安慰妈妈。大凤打床底下爬出来，身上脸上满是尘土和蜘蛛网，眼里一包泪。

宝庆穿上了鞋袜。等二奶奶定下神来，他已经走到了门边。"你上哪儿去呀?"她喊起来了。

"去看看唐家，我得去看看他们怎么样。"

"就不管我了？我快吓死了，你倒只想着别人。"

宝庆犹豫了一下。但他还是下了楼。她又神气地跟他作起对来了，这就是说，她已经没事了。他有责任去看看唐家怎么样了。琴珠是他班里的角儿，小刘是重庆独一份儿能弹三弦的琴师。他现在必须去看看他们，以后，他们或许就会少找他一点麻烦。

外面街上和平时一样。他以为街道已经给炸没了，炸弹离得那么近。到处都是碎玻璃。一些消防队员和警察跑来跑去，街上的人并不多。太阳已经落山了。隔街望去，后面儿道街的屋顶上，彩霞似的亮着一道强光，那不是彩霞，那是房子起了火。山城的一部分已是一片火海。他的心揪得发痛。

他加快了步伐。是唐家住的那一带起了火。他的角儿!他的琴师！走到后来，一排警察挡住了他。他拿出吃奶的劲头，打人群里挤过去。整条街都在燃烧。烧焦了的肉味儿直往他鼻子里钻。他一阵恶心，赶紧走开。

末了，他爬上了山，冲着唐家旅馆的方向走去。也许他能打胡同里穿过去，找到他们。然而，所到之处，惨得叫人不敢看。靠山的街道上全是熊熊大火，浓烟铺天盖地朝他滚了过来。只听见火烧的噼啪声，被火围困的人的惨叫声，以及救火车不祥的铃声。新起的火苗，在黑暗中像朵朵黄花，从各处冒出来，很快就变成了熊熊的火舌。头顶上的天，也成了一面可怕的镜子，忽而黄，忽而红，仿佛老天爷故意看着人们烧死在下面的大熔炉里来取乐似的。

宝庆低着头，怀着一颗沉重的心走回家，眼前老晃着那一大片怕人的火。

这会儿街上已经挤满了人，大家都想出城去，所有的人力车上都高高地堆满了东西，一家家人家带着大包小包，拼命往外逃，找不到人力车的人，骂骂咧咧，有的在哭。失掉父母的孩子在嚎啕。有的人还带着嗷嗷叫的猪和咯咯的鸡。

一个人差点和宝庆撞了个满怀。他脸气得铁青，不但不道歉，还骂开了，“你们下江人，”他喊了起来，一面用手指着，“是你们招来的飞机。滚回下江去。”

宝庆不想跟他吵。显而易见，他说得不对。哪里是难民招来的飞机。他忘了那个人还在骂他，愣在那儿出神了。他一面走道，一面还在琢磨。可以写上一段鼓词，跟大家说说战争是怎么回事，为什么要抗战。

突然之间，他倒在了地上。一个发了疯的人在街上狂跑，把他撞倒了。他站起来，掸了掸衣服。这才看出来他已经走过了书场。

秀莲正在等他。她看上去是那么小，那么孤单。“爸，人家都出城去了，”她说，“我们为什么不走呢？到南温泉找大伯去吧。”

宝庆拿不定主意。完了他说：“我们怎么走？城里找不到一辆洋车，一架滑竿，汽车更甭想。今晚上走不成了。等明天城里没事了，再想办法。”

“我现在就想走，爸。我倒不怕给炸死，我就是怕听那声音。”

他摇了摇头。“我亲眼见的，江边的街道都着了火。走不过去——警察把路也给拦上了。明儿一早，我们再想办法。”

她疑惑地看着他，问：“唐家怎么样了？”

“不知道。”他的下巴颏儿直颤。“我走不过去。到处都是火，真怕人。”

她那双黑眼睛，黯然失神。她看了看天花板。“爸，明儿还会有空袭吗？”

“谁知道。”

“我等不得了，”她干笑了一声。“就是走，我也要走到大伯那儿去，我可不愿意再挨空袭了。”

二奶奶尖声叫着他们。虽然她一直在喝着酒，她的脸还是煞白的。“我不能在这儿等死，”她使劲嚷着，“动弹动弹，想点办法。”

“明儿一早，我们就上南温泉去，”宝庆说，他又疲倦，又紧张。看见她这副样子，他心里实在难过。

谁也没有睡。街上通宵挤满了人，都不敢去睡觉。谣言满天飞。每听到一起新的谣言，女人们就嚎啕大哭起来，听着叫人心碎。炸死了四千人。这是官方消息。要是一次就炸死四千人，那往后更不堪设想了。每一起谣言，都会使那骚乱的人群更加不安，更悲苦。

到夜里两点，宝庆睡不着，干脆不睡了。他穿上衣服，下了楼，走到书场里——那是他心血的结晶，是他成名的地方。当班主的宝庆，在这儿走了运，有了一帮子熟座儿。可是，眼前的景象叫他脑袋发木。贺幛、匾额还都挂在墙上，全是捧他的。他最珍惜的一些，已经送到南温泉去了。再有就是桌子、椅子、长凳。都是辛辛苦苦置下的。现在还有什么用处？那边长条桌上，整整齐齐摞着二百套新买来的盖碗。他双手捧着光头。这些茶碗是他的血汗呀！没法把它们带走。一家人也许还得长途跋涉，才到得了南温泉。还可能有空袭。也许到了明晚上，整条街都会化为灰烬，一个茶碗也不剩。是不是因为他在别人家破人亡之际，赚了两个钱，所以才得到这样的报应？

他一脑门都是汗。他忽地抬起那满布皱纹的宽阔脸膛，笑了。有了命，还愁什么？几个茶碗算什么？他走到后台，把大鼓、三弦放进了一个布口袋里。看见这些宝贝，他好受了一点。只要有了它们，他就什么也不怕了。到哪儿都可以挣钱吃饭。

他找来一张红纸，大笔书写了一张通知："本书场停业三天。"他走到书场前面，把红纸贴在最醒目的地方。完了又走回后台。这一回他跪下求神保佑。求大慈大悲的菩萨和祖师爷保佑——"菩萨保佑，保佑吧！我日后一定多烧高香。"

完了他去叫醒家里的人，已经是三点了。秀莲翻了个身，眯缝着眼。"又有空袭？"她问道。宝庆忙说不是，告诉她该动身了。她像个小兔似的一蹦就下了床。她的包早已打好，里面有两件衣服和积攒的邮票。二奶奶直打呵欠，提起了包。大凤躲在妈妈身后。她怕爸爸要她背鼓。“好闺女，”他恳求着：“帮我一把。三弦就够沉的了。”她满脸不高兴，但还是背起了鼓。宝庆锁上了书场的门。他站了一会，凝视着这个地方，满心的悲伤。他猛的转过身，跟着全家出发了。

一层薄雾笼罩着山城。成千的人仍旧挤在街上，脸发白，板着，惊惶失措。有的人迈着沉重缓慢的步子，有的人呆呆地瞧着。宝庆一家走过的街道，还在燃烧。可以清楚地看见房屋烧焦了的骨架还在冒烟，有些地方还吐着火苗。他们从一堆堆瓦砾和焦木中间走过，到处都是难闻的焦味儿。间或看见一具尸体，不时看见一根孤零零的柱子竖在那儿。有一次，在他们走过的时候，一根柱子倒了下来，扬起一阵炽热的灰烬。他们加快了步伐，用手堵着鼻子，想避开那可怕的臭气。

二奶奶吓破了胆，连骂人也顾不得了。她平日最不乐意着忙，这会儿她却总觉得大伙儿走得太慢了。她猛的站住，惨叫一声，捂住了脸。原来她踩着了一个死孩子。秀莲给一团断电线缠住了，宝庆转过身来帮她解，她惊慌得不得了，好不容易才挣脱开，拽下了一片衣裳。大凤一个劲地摔跟头，可还是紧紧地抓住鼓不放。

他们走了好几个钟头，拐弯抹角地走过一片瓦砾的街道，爬过房屋的废墟和成堆的尸体，最后来到了江边。真是触目惊心！回过头来再看看他们经历过的千难万险，一下子都瘫倒在潮湿的沙滩上，爬不起来了。一片焦土和断垣残壁。一股股浓烟，火舌直往天上冒。那一大片焦土，就像是一条巨大的黑龙，嘴里吐着火舌。这样的黑龙，足有成百条。

他们总得设法渡过江去。宝庆去找渡船。听得一声汽笛响，轮渡还照常。这就好了！许多人为了坐小划子过江，付出了吓死人的高价。有轮渡坐就好。坐小划子过大江，叫人担心害怕。

轮渡上已经挤得满满的。过了江，他让二奶奶和两个姑娘先在茶馆里等着，自己跑出去想办法。公共汽车站挤满了人，宝庆断定，哪怕等上一个礼拜，公共汽车也不能把所有等着的人都载了去。他想雇滑竿。抬滑竿的要价高得吓人。

临了儿他发现一辆公家的汽车。他陪着笑脸跟司机拉近乎。请司机喝茶，司机高兴了。过了一会，宝庆塞给他一笔可观的钱，要他把一家人捎到南温泉去，司机痛痛快快地答应了。他正想要做这么一笔生意呢！

有汽车坐，乐坏了秀莲。这就跟故事书里讲的一样。

二奶奶又抱怨开了。“早知道有汽车坐，我就多带点东西来了，”她嘟囔着。宝庆没言语。他很高兴，菩萨还是保佑了他。

窗外的景色飞快地向后跑去，秀莲很快就把她的疲劳忘掉了。什么都新鲜，美丽。南温泉真有意思，街道窄小，背靠连绵的大青山。可看的东西多着呢：潺潺的小溪，亭亭的松树，太阳是那么和蔼安详，和重庆的太阳不一样。山坳处是一片深紫色的阴影，绿色的梯田一望无际。她从没见过这么美的景色。

窝囊废见到他们，眼泪汪汪。他以为他们都给炸死了。

他的脸色黄中带灰，满布皱纹，眼睛里全是血丝。

“您好像一宿没睡，”宝庆说，“好大哥，怎么不歇歇？”

“担着这么大的心，我怎么睡？”窝囊废没好气。他扶着秀莲的肩头，孩子般热诚地说：“去睡一会儿，孩子，好好睡它一觉。等明儿醒了，上温泉去洗个澡。那才够意思呢！”他看着大家，欢欢喜喜把每个人都打量了一番。“都活着，太好了！太好了！都得去洗个澡。好呀，太好了！”他一高兴起来，就不知道打哪儿说起了。只要不住嘴就行。“我的好兄弟，”他对宝庆说，“你一定得先睡一觉。”宝庆很不以为然：“不忙，我还有正经事要办呢。”

“正经事？”窝囊废瞅着兄弟，觉得他简直疯了。“这么美的地方，还用得着办什么正事？”

宝庆把那宝贝三弦递给窝囊废，“我到镇上去走一圈，看看能不能在这儿作艺。”说完，就迈着轻快的步子走了。

十

到南温泉的第二天晚上，日本飞机又轰炸了重庆。方家和镇上的人一起，站在街上听着。

那天晚上，宝庆睡不着觉。他的书场怎么样了？挨炸了没有？他所有的一切，都化为灰烬了么？

家里人还在睡，他早早地就出了门，先坐公共汽车，又过了摆渡，回到了重庆。他要看看他的书场。他也要打听唐家的下落。要是在南温泉能作艺，他就得把琴珠和小刘找来。

公共汽车里几乎没有人。所有的人都在往城外跑，没有往回走的。急急忙忙打重庆跑出来的人，都看他，以为他疯了。他高高地昂起头，笑容满面，觉着自己挺英雄。

中午，他到了重庆。太阳高高地挂在天上，像个通红的大火盆。又有一排排的房子挨了炸，又堆起了一些没有掩埋的尸体。街上空荡荡的。人行道发了黑，湿漉漉的，血迹斑斑。头顶上的太阳烘烤着大地上的一切。宝庆觉着他是在阴间走路。城里从来没有这么热，也从来没有这种难闻的气味。他想回家去。离开南温泉跑出来，真蠢！来干吗呢？

“这阴曹地府里只有我这么个活人，”他一面走，一面这么想。一家烧焦了的空屋架中间，一只小猫在喵喵地叫着。宝庆走过去，摸了摸那毛茸茸的小东西。小猫依偎着他亲热地叫着。他想把它抱了走，可是拿它怎么办呢？可怜的小东西。它见过悲惨的场面，它会落个什么下场呢？人要是饿极了，会不会把它拿去下汤锅呢？——他不敢再往下想，加紧了脚步。

在一条后街上，他看见三条狗在啃东西。真要有点什么，他可以弄点喂那小猫去。他猛的站住了，看清楚狗啃的是什么。它们恶狠狠地嗥叫着，撕啃着一具尸体。他一阵恶心，转过身就跑。

又是一阵叫人毛骨悚然的焦肉味儿。他想吐，胃一个劲地翻腾。他背转身，躲那难闻的气息，可是，迎面扑来的气味更难闻。他看看两边的人家，想进去躲一躲。可是，房子都只剩下了空壳——墙还立着，窗户只剩下个空框儿——里面的火还没有灭。他看不出他走到什么地方来了。他一下子惊慌起来。他在荒无人迹、烟雾腾腾的阴间迷了路。

末了，他总算走上了大街。十字街头光秃秃的，一抹平。当间站着个巡警，没有交通可指挥。他一见宝庆就行了个礼，显然把他当成大人物了。宝庆笑着点了点头，继续走他的路。警察看见他，仿佛很高兴，就像宝庆也很乐意看见他一样。在这死人的世界里，看见一个活人，确实也是一种叫人愉快的景象。

宝庆加快了脚步。他不敢住下脚来张望，怕看到他所怕见的东西。一具尸体倒也罢了，烧焦了的尸体就可怕得多，几百具烧焦了的尸体，实在无法忍受。光看看那些断垣残壁，也叫他发抖。他起了一种念头，觉得在这一场毁灭之中，全手全脚地活着就是罪过。他忽然感到罪孽深重。他到这死人城里来，为的是要照料财产，考虑前程。而这么些个

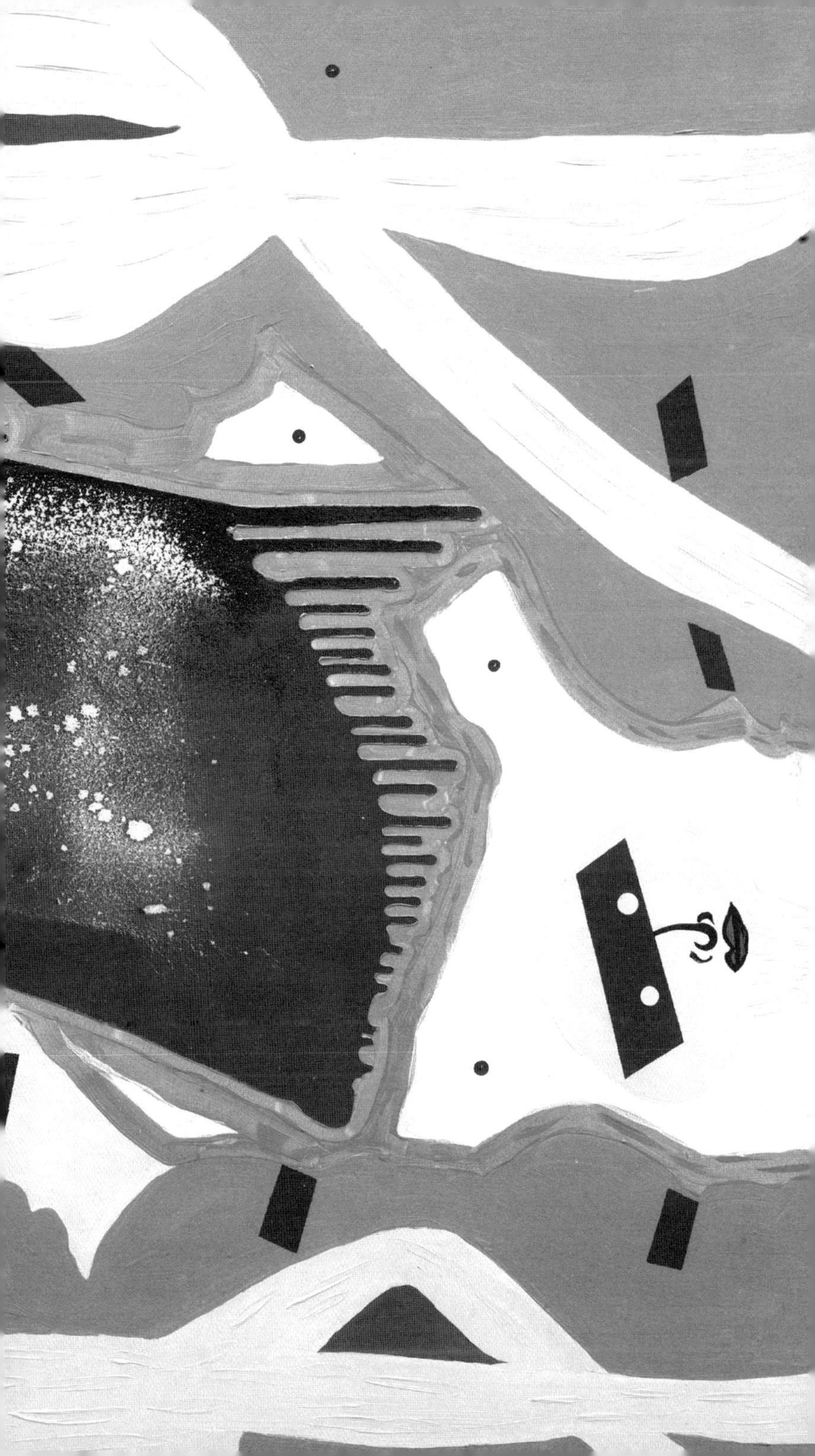

人都给屠杀了。

他又安慰自己。我辛辛苦苦，挣钱养家。我开办了书场——当然我想要看看它怎么样了。但愿书场安然无恙。这种希望像一面鲜明的小旗，在他的心里飘扬。他匆匆地走，心里不住地想，那可是我用血汗挣来的，也许它没挨炸。

到了书场那条街的路口，他不由自主地站住，一点劲儿也没有了。熟识的铺子，都给烧个精光。街当间有一堆冒着烟的木头。有家铺子只剩了个门框子。柱子上挂着一面铜招牌，还是那么亮，那么金光灿烂，太阳照在上面，闪闪发光。这是吉兆吗？他不敢朝他的书场看去。他像个着了魔的人，呆呆地站在那里。书场就在他背后，只消转过头去看就行了，可是他没有勇气。他双眉紧蹙，一条条的汗水，顺着鼻梁往下淌。大老远的跑了来，不看看他要看的东西就回去，多窝囊！

他费了好大的劲儿，才转过了头。书场还立在那儿。他的心快跳到嗓子眼了。他想放声大哭，却又哭不出来。他迈开步子走过去，又猛跑起来，一下子就到了上了锁的门前。墙依然完好，只是这地方显得那么荒凉。红纸金字的海报掉到地上了。他脚下的一张上面写着："方秀莲"。他小心翼翼地捡起海报，卷起来，夹在胳肢窝底下。

门上的锁没人动，但钌铞儿已经震断了。他打开门，走了进去。迎面扑来一阵潮湿的气息。虽说他走的时候是灭了灯的，场子里却显得很亮堂。他这才看出来是怎么回事。房顶已经给掀去了。碎瓦断椽子铺了一地。他那些宝贝盖碗全都粉碎了。他没拿走的那些幛子和画轴，看来就像是褪了色的破糊墙纸一样。

他慢慢地走过这一片叫人伤心的废墟。他简直想跪下来，把那一片片的碎瓷对上。但那又有什么用。他难过地在一把小椅子上坐下。过了一会，他仰起脸来，悄声自语："好吧！好吧！"书场是给毁了，可他还活着呢。

他走了出来，找了块砖当榔头使，拿钉子把门封上。敲钉子的声音好比一副定心丸。他总算又有点事干了。干活能治百病。他心里盘算着："换个屋顶，再买上些新盖碗，要顶好的，就又能开张了。桌子椅子还都没有坏。"他隔街冲对面那一片叫人痛心的瓦砾看去。他总还算走运。不过就是那些铺子，也还可以重建。等雾季一来，铺子又可以开张，生意又会兴隆起来。

他朝着公共汽车站走了一会儿，忽然想起书场里还有一些贵重东西。他一定要回去看一看。可以带一些到南温泉去。一转念，他又笑起自己来了。这就像用筛子装粮食，装得越多，漏得也越多。他继续走他的路。

他好受了一点。起码他已经知道了他的损失究竟有多大。这下他可以对这个挨炸的城市客观地看上一眼了。是不是能写段鼓词，《炸不垮的城市——重庆》。这完全是事实，一定会轰动。

他不知不觉，不由自主地就朝着唐家住的那一带走去。他们住的旅馆还在。这旅馆坐落在一堵高墙的后面，这堵墙遮住了室内的阳光，但却挡住了火势，救了这家旅馆。所有别的房子全烧毁了。这家旅馆看起来像一件破烂衣服上完好的扣子。

唐家也都没事。看见他，唐四爷眼里涌出了泪水。"我的老朋友，我们都以为您给炸死了。"他哽咽着说。

四奶奶掉了秤。她苍白的脸上，挂着一条条发灰的松肉皮。不过她的脾气一点也没改。“您为什么不来看看我们?”她嘟囔着说，“就我们一家子在这儿，真差点死了。”

“我这不来了吗，”宝庆说，“当初来不了，火给挡住了。”

琴珠打卧室里走了出来。她脸发白，带着病样。头发在脸前披散着，眼睛起了黑圈。“甭听我妈的废话，”她对宝庆说，“带我们走吧!”

“废话？好哇!”四奶奶怒气冲冲地说。她还是一个劲地追问，为什么宝庆不来看他们。

宝庆问小刘上哪儿去了。谁也不答碴儿。他怕小琴师已经给炸死了。他看看这个，看看那个，满眼的疑惧。

最后，还是唐四爷开了口，“真是个懒蛋，不肯去防空洞，等到炸弹往下掉了，还躺在床上……完了又不要命地跑。”

“那阵儿响动呀，真邪乎，”四奶奶打岔说，“炸弹往下落的声音就跟鬼叫似的。”

宝庆瞪大了眼睛，毛骨悚然。可怜的小刘，他的把兄弟，他的宝贝琴师!

“是这么回事，炸弹一往下掉，他就使劲跑，”唐四爷还往下说，“也不瞅脚底下，脚踩空了，一头栽到楼底下，磕了脑袋。头上肿起拳头大个包，真是蠢得要命。”

“他在哪儿呢?”宝庆问，放了心。

“还不是在床上，”四奶奶尖着嗓门说，“他就离不开那张床。”

宝庆对他们说，他想在南温泉重起炉灶另开张。他告诉他们，那镇子很小，就是能挣钱，也不过刚能糊口。两家人凑起来，挣的钱准保能填饱肚皮。到雾季再回重庆。他已经合计好了，就是三个角儿：琴珠，秀莲和他自己。

四奶奶又要唠叨。宝庆赶忙说，“我先把话说在头里。全靠碰运气。没准儿一天的嚼谷也混不上。要是混不出来，别赖我。眼下就这德性，我或许不该要你们跟我去。”

唐四爷不等他老婆喘过气来，忙说，“您是我们的福星，好兄弟，您说了算。”

四奶奶说：“上哪儿去睡觉都成，哪怕睡猪圈呢，也比呆在这儿强。”

南温泉实在太小了，养不活一个齐齐全全的曲艺班子。宝庆拿定了主意，兵荒马乱的，夏天还是就呆在这儿好，等冬天再回重庆去挣钱。他已经盘算好怎么拾掇安置他的书场。

他把唐家带到了镇上，他们都很感激，——不过没维持多久。他们又怨天尤人起来：镇子太小，琴珠唱书的茶馆不称心；她挣的钱太少，住的地方像猪圈。他们不厌其烦地对宝庆叫冤叫苦，这都是他的不是。

末末了，宝庆觉着他跟唐家再也合不下去了。他受不了，心都给磨碎了。

他担心的是秀莲。他老问她想不想搬家，称不称心。他总问，叫她起了疑。有一天，他又问起来，她冲着他说：“干吗老问我，怎么了?”

“是这么回事，”他鼓起勇气说，“你和我祖辈都不是卖艺的，我有时候想洗手不干了。我们干这个，不一定那么合适。”

秀莲睁大了眼睛望着他：“您不乐意再说书啦?”

“我乐意自己唱唱，我是说……”他心烦意乱说不下去了。“唉，作了艺就不能不跟别的艺人一样。我是说，沾上他们的坏习气。”

秀莲没懂他的心事。“我喜欢这儿，我乐意老住在这儿。”她说。“我乐意住在个美地方。这比老搬家强多了。”她伸出了细长的圆胳膊。“您看那边的山多好看。一年四季常青，那么绿，那么美。我们要是也能那样，该多好！”

宝庆微笑了。他喜欢听秀莲说话。她说起这样的事来，好像打开了他心灵上的窗户。他明白了，她不是那种喜欢到处流浪的人。她不是天生作艺的。

“好姑娘。”他暗自说道。又想到了今后，他得为她存上一笔钱；还得办个艺校。他要传授出一代艺人来。他和秀莲绝不能沾染上艺人的习气。

十一

敌机有一个礼拜没到重庆来。难民们又回到城里。他们在南温泉和乡下找不着住处，也找不着饭吃。重庆到底是他们的家。回城有炸死的危险，可总比待在乡下饿死强。

宝庆决心留在城外。他经过反复考虑，才拿定这个主意。主要是因为他那个宝贝书场得重新翻盖。城里的工人都修防空洞，修政府的楼去了。无论他出多少钱，他和书场的房东都雇不来工人。还有，他怕再来空袭。只要再来上那么一回，书场就没法再做买卖了。在这小镇上，虽说进项微薄，还可以先凑合着过。也就是自己一家和唐家，肯定都能吃上饱饭。

青山环抱的南温泉，本应是个太平去处，但宝庆发现，就是在小镇上，要操心的事也和在大城市里一般多。镇子很小，人烟稠密，彼此都认得。多数人整天无所事事，爱的就是拉老婆舌头。

只要秀莲一出门，镇上的人就盯着她看，窃窃私议。可也没什么好挑剔的。秀莲和大凤常常一起出门去洗澡，总是穿得很朴素，举止稳重大方。南温泉的人觉得她们很新奇，很注意她们。可要是琴珠跟着她们一起出门，那就热闹了。年纪稍大的人就会打唿哨，嘘她们。年青男人会跟上来，说些猥亵的话。

宝庆很为这事发愁。他的两个闺女单独上街的时候，不会有什么差错。可要跟琴珠一块儿出门，全镇的人都会拿她们当暗门子。

有一回，秀莲从外面回来，脸涨得通红，一肚子气。“我跟她上街又怎么啦？那些人干吗老欺负我？”她问，“她有什么特别的地方？不跟我一样是个姑娘吗？”

宝庆不想说得太多：“少跟她出去。”

“是她要我跟她出去的——她老想出门。”

“那你就别去。”说着，他走开了。他干吗不跟她说说琴珠？他想说，方家和唐家不一样，可这就得扯到琴珠和男人的关系上去，他没法开口。他害怕。他怕说错了话，秀莲好奇起来，也会去试试，惹出麻烦来。

爸爸不肯说透，秀莲很纳闷，也很窝火。她有点怕琴珠，不过她也想知道琴珠到底有什么特别的地方，为什么她一上街，人家都要盯着她看。

有一天，她和琴珠沿着穿镇而过的小河散步。走到南温泉尽头，小河变宽了。前面是重重青山，小溪流水从山上落下，轻轻地注入小河，激起雪白的水花。青山绿水之间，是一带树林，背衬着蓝汪汪的天。真是风景如画！秀莲着了迷。她高兴地叫起来，加快了脚步，好似要往那远山脚下奔去。

忽见一个男人，坐在小河边一块大石头上。琴珠走过去，亲热地跟他打招呼。秀莲站住了，不知怎么是好。琴珠早跟人约好了，这是明摆着的。秀莲不乐意一个人往前走，就在离他们不远的地方，靠河边坐了下来，看鱼儿在那清澈的水里窜来窜去。她觉着挺别扭。可是小鱼多有趣！有的只有一寸多长，眼睛像珠子般溜圆。她看得出神了。

琴珠一下子走到她跟前来了。“秀莲，”她叫着，嘴边挂着一丝笑容，“跟他去逛逛怎么样？这人挺不错，又有钱。他想见见你，你要什么他都肯给。”

秀莲猛地站起，好似挨了一刀。不知道怎么的，她打心眼里觉着受了委屈。她的脸红一阵，白一阵。想说点什么，又说不出来。她高高地昂起头，看了看那迷人的大青山，觉得不对劲，又回过来瞅了琴珠一眼。

完了她回身就跑。过了一会，她放慢脚步，走起来，小辫拨浪鼓似的在耳朵两边拍打着。她不耐烦地揪住小辫，继续往前走，一口气回到旅店里。

她径直上了床。半醒半睡地躺着，想着这件事。为什么琴珠要她跟个男人去逛？爱，到底是怎么回事呢？为什么女孩子能凭这个挣钱？近来她在南温泉，见过青年男女挨得紧紧地在乡间散步，或者手拉手坐在草地上。挺不错的嘛。她很羡慕他们。在她看来，那些人跟她比起来，简直是天上地下。他们天生有这种自由。她不过是个穷卖艺的，他们是有身份的洋学生。那些男学生，不会来请她去散步，因为她跟他们不一样，不是学生。可琴珠要她跟着去逛的那个男人，又是怎么个人呢？

这些男人到底图什么呢？他一定想摸摸她，就像在重庆的那个人摸琴珠一样。她是个下贱的人，这点她很清楚。她得明白这个，不要有非分之想。她就像把椅子，或者是一张桌子，可以买来卖去的。

她想起来，妈有时喝醉了酒就说：“你想怎么，就怎么着吧，总有一天我把你卖给个财主。”妈为什么要卖她？是不是嫌她挣的钱太少？亲爹娘就不会卖闺女。她的亲爹娘在哪儿呢？方家是怎么买的她？她小声哭了起来。

她不想把这件事告诉宝庆。也许最好是直截了当地问问他，是不是打算卖了她。他说过好多次，要给她找个好主。找个主和卖了她，是不是一回事？她妈常说的一句话，像霓虹灯一样在她脑子里亮了起来："小婊子，你也就是那臭×值两个钱。"嫁人也好，卖掉也好，看来都不是什么好事。

她琢磨了好多天。脸色也变了，光滑的前额有了皱纹。宝庆觉出来有点不对头。可一问她，她就冲他一乐，说没什么。

她寻思，不能把她的苦恼告诉爸爸。他是爸爸，明白不了。她的心事只能自己知道。从今往后，她是大人了，得自己拿主意。以后不能什么事都跟爸爸商量。她站起来，走到镜子跟前。她长大了。她踮着脚尖站着，笑了起来。是呀，她已经不是个小姑娘了，该懂得男女之间的事了，哪怕是自己去摸索呢。

宝庆看见秀莲变了样，心里很着急。他把心事告诉了老婆，她这几天一直挺清醒，"干吗那么大惊小怪，"她说，"你还不知道，女大十八变嘛！"

"可也变得太厉害了，简直是愁眉不展。"

二奶奶不想再往下说了。可他还没完没了。"你得对她好着点儿，替她想想。"

"我多会儿对她不好啦？"二奶奶冒火了。

宝庆赶紧溜了。他不想吵架。二奶奶也从来不记得醉后她骂了秀莲什么难听话。

有一天，二奶奶摇摇摆摆地走了进来，找宝庆说话。

“你知道我怎么想的？”她嚷道，“得给秀莲找个男人了。她长大了，像她那样子，再不给她找个男人，就得出事。得给她找个男人，我知道这个。我也是打做姑娘过来的。”

宝庆吓了一跳，“她还只有十五岁呀！”他说，勉强笑了一下。“她不会学坏，还很不懂事呢。”

二奶奶的手指头，直戳到丈夫的鼻子上。“傻瓜，要是咱们打算弄笔钱养老，就得把她卖给个财主。至少可以弄它万把块钱。要是你不乐意这么办，你就留着她卖唱。那就得给她找个汉子，要不她会惹出麻烦。”宝庆嫌她说得难听，走了出去。

几天以后，有人来找宝庆。高高个儿，挺体面，衣着讲究。他自称陶副官，腰里掖了把手枪。他彬彬有礼，说是找宝庆谈买卖。

他们到一家茶馆里去谈。宝庆不明白这位体面人物想干什么，心里直打鼓，怕是没好事儿。

陶副官喝着茶，笑了起来。“我跟你一样是北方人，”他说，“所以咱们俩就情同手足。”他笑得很和气。宝庆要了两碟瓜子花生，对乡亲表表心意。他们一面吃着瓜子花生，一面拉扯着家乡的事。宝庆很纳闷，不知道这位副官打的是什么主意。

末了，陶副官脸上和气的笑容略微收敛一点，一对大黑眼珠紧盯着宝庆。那嘴挺神气地咧了咧。“方大老板，”他说，“我是给王司令办事来的。”

宝庆不动声色，一点也不显出内心的慌乱。他眼皮也不抬，随随便便问了一句：“哪个王司令？有好几位王司令呢！”

陶副官有些不悦，显然认为他的主子应该天下闻名。“二十来年前他当过司令，”他说道，“如今是这镇上数一数二、有头有脸的人物，就住在那边公馆里，”他的手指着山边，“真是个好去处。有空请过来走动走动。”

“一定去请安。”

陶副官笑了。“前两天晚上，司令听你说书来着。”

“是吗？我没认出来，没给他老人家请安，真对不起。我在这儿人生地不熟，眼又拙。”

“他不讲究这一套。他出门从来不讲排场。越有钱，越随便。他就是这么个人。”陶副官把胳膊肘撑在桌子上，把他那油光光的胖脸伸了过来。“方大老板，”他悄悄地说，“司令可是看上你们家秀莲小姐了。”

宝庆呆了一呆，陶副官接着又说：“他打发我来，跟你讲讲条件。”

宝庆咳了一声。副官以为他这就要漫天要价了。“他有的是钱，手头又大方。他会好好待承您，还有她。他心眼好，这点您放心好了。”

宝庆的脸发了白，但还是勉强笑了一笑。“陶副官”，他说得很轻松，但语气之间，又颇有分量：“如今买卖人口是犯法的，您还不知道么？”

“谁说要买她来着？王司令是要娶她。他当然得好好孝敬你。房子、地、钱，都成。明媒正娶，还不行？不买，也不卖——嫁个贵人嘛。”

宝庆也不含糊，他得让人家知道他不图这个。他挤出一丝笑容，问道，“您刚才说他二十年前就是司令？”

“是呀，他现在才五十五岁，身体硬朗着呢。”

“才比我大十五岁,”宝庆语带讥讽。

陶副官很自持地笑了一笑。“上了年纪才懂得疼人呢。你要明白，我的老乡亲。这对他们俩都有好处。”

“他老人家有几位姨太太?”宝庆问。

“也就是五个。他总是最宠那新娶的，顶年青的。”

宝庆的脸一下子涨红了。真把他气疯了，好不容易才按捺住自己。他走南闯北，见过世面，学会了保持冷静。他啜着茶，觉出来自己的手在发抖。

“老乡亲,”他语气温和，但又不失尊严，“您想错了。我跟有些卖艺的不一样，我不做那号买卖。秀莲挣钱养家已经好几年了。她就跟我亲生的闺女一样。我要对得起她，对得起我自个儿的良心。我不想照尊驾的办法办，在她身上捞一笔钱。您是聪明人，又是我的乡亲，还有什么不明白的。就烦您这样回复司令吧!”

陶副官把脸一沉，厉声说:“可是你家里的已经答应了。她还要了价呢!”

“真的？您什么时候跟她商量来着?”

“昨天，我去的时候你不在家。”

“她喝醉了吧?”

“我可不能随便说你太太的闲话。”

“她说的都是酒后胡言，不能算数。”

宝庆的态度很严肃。他两眼瞧着前面，想心事想得出了神。

陶副官打断了他:“我不管是不是酒后胡言，我到底怎么回复司令呢？你说?”

“我说老乡亲，容我回去先跟老伴商量商量。过一天一准回复。”宝庆鞠了个躬，“给您叫乘滑竿？”

“不用。我自己带着。王司令看得起我。”

宝庆拉了拉陶副官那软绵绵的胖手。“老乡亲，”他彬彬有礼地嘟囔着，忘了他本想说什么来着。

陶副官欠了欠身，站了起来。“我明天再来，别给我找麻烦。公事公办。”

“我明白，军人的天职就是服从。”

陶副官压低了嗓门：“记住，王司令可不是好惹的，小心着点。我这不是吓唬你，咱俩到底是乡亲，我得先关照你一声。”

“谢谢您，老乡亲，我领情。”

陶副官走了之后，宝庆又在桌边坐下，嘀咕起来。他首先想到应该回家去，好好揍那娘儿们一顿。她早该挨顿揍了。不过那有什么用？只会叫她更捣坏。他站起来，沿着小河走出镇子。他走得很快，眼睛朝着地，两手紧紧背在背后。发脾气有什么用。好男不跟女斗。

他走了约摸半小时。最不好办的是，王司令是这里的一霸，势力大。要是不把秀莲给他，一家人都不得安生。宝庆想到这里，不由得发了抖。他逃不出这恶霸的手心。王司令只消派个打手，他就得送了命，也顾不了家里人了。

他又往回里走。到了旅店门口，他已经拿定了主意。他去找大哥。窝囊废正坐在当院，两眼望着天。他们一块儿走到河边，在一棵垂杨树下坐了下来。

十　二

窝囊废听着宝庆说，一言不发。宝庆一讲完，他拔腿就走。

“上哪儿去，哥?”宝庆拉着哥的袖子问。窝囊废转脸望着他，眼神坚定而有力，嘴唇直打颤。憋了半天才说：“这是我分内的事。鸡毛蒜皮的事，我不过问，大事，你办不了，得我管。我去见王司令，教训教训他，他是个什么东西。我要告诉他，现在已经是民国了，不作兴买卖人口。”窝囊废手指攥得格格作响。“哼，还自称司令呢！司令顶个屁!”他顿了一顿，瘦削的脸红了起来。“把秀莲这么个招人疼的姑娘，卖给个五十多岁的老头子，想着都叫人恶心!”

宝庆把手放在哥的肩上。“小点声，”他说，“别让王司令的人听见。坐下好好商量商量。”

窝囊废坐下了。“她挣了那么多钱养家，”他愤愤不平，“我们不能卖了她。不能，不能!”

“我没说要这么办，”宝庆反驳道。“我不过是把这事照实告诉您。”

窝囊废好像没听见。“往下说。说吧，想说什么就说什么。我不能揍弟妹，可我是你大哥，能揍你。别听老婆的，你得三思而行。”

“我要是跟她一条心，还能跟您来商量吗?”宝庆很是愤慨。“我决不答应。”

“这就对了。这才像我的兄弟，对我的心眼。要记住，咱们的爹妈都是好样儿的，咱们得学他们。作艺挣钱不丢人，买卖人口，可不是人干的。”

俩人都沉默了，各想各的心事。宝庆一下子说出了他所害怕的事。“大哥，”他说，“您想到没有，就是咱们搬回重庆去，也跑不出姓王的手心。有了汽车，四十多里地算得了什么。”

“你怎么知道他有汽车？”

“有没有我不知道，不过他是个军阀。我们就是回重庆去，他也会弄些地痞流氓去跟我们捣乱。虽说有政府，也决不会拿军阀怎么样，还不是官官相护，姓王的怎么胡作非为都成。谁来保护咱们呢。”

“那你就把秀莲给他啦？”窝囊废的眼珠都快蹦出来了。

“哪儿能呀！”宝庆答道，“我只不过是说，咱们逃不出他的手心，也不能得罪他。这件事呀，得好来好了。”

“这么个人，怎么好了法？”

“我想这么着。我去给他请安。带上秀莲，去给他磕头。他要是个聪明人，就该放明白点，安抚两句，高抬贵手，放了我们。要是他翻了脸，我也翻脸。他要是硬来，我就拼了。怎么样，大哥？”

窝囊废搔了搔脑袋。宝庆去跟人动手，是要比他跟人动手强，可他对兄弟的办法不大信服。“跟我说说”，他带着怀疑的口气问，“你要去磕头，找个什么缘由呢。”

“俗话说，先礼后兵。卖艺的压根儿就得跟人伸手。没有别的路，给人磕头也算不了丢人。干我们这一行的，还能不给菩萨，不给周庄王磕头？给个军阀磕头，不也一样？”他笑着，想起了从前。“那回在青岛，督军的姨太太看上我，叫我到她自己那住处去唱书。我要真去了，就得送命。怎么办？我冲她打发来的副官磕了个头。他很过意不去，认真听我说。我告诉他，我是个穷小子，全家都指着我养活，一天不挣钱，全家都挨饿，不能跟他去。他信了我，还挺感动，就放了我。只要磕头能解决问题，我并不嫌丢人。也许能碰上好运气。要是磕头不管用，我也能动手。豁出去跟他们干。”

“干吗不一个人去？干吗要带秀莲？”

“我带她去给他们看看，她还是个孩子，没有成人——太小了，当不了姨太太。”

“老头子还就是喜欢年幼无知的女孩子。见过世面的女人难缠。”

对这，宝庆没答碴儿。

“我跟你一块儿去。”窝囊废说，不很起劲。

“不用。您就好好呆在家里，照看一下您弟妹。”

“照看她？”

“她得有人照看，大哥！”

第二天一早，秀莲和宝庆跟着陶副官上了王公馆。窝囊废就过来照看弟妹。“好哇，”他一本正经用挖苦的口气吵开了，“你叫这不懂事的孩子出来卖艺还不够，又要她卖身。你的良心上哪儿去了，还有心肝吗？”

二奶奶未开言先要喝上一口。窝囊废见她伸手去够酒瓶，就抢先了一步。他把瓶子朝地上一摔，瓶子碎成了片片。二奶奶吓了一大跳。她愣在那儿，瞪大了眼睛瞅着窝囊废。想说什么，又说不出来。她定了定神，说：“我亲手把她养大，就和我亲生的一样。她是没的说的。不过我明白，卖唱的姑娘，得早点把她出手，好让咱弄一笔钱，她有了主儿也就称心了。该给她找个男人了。要是这么着——对大伙都好。您说我错了，好吧，——那从今往后，我就撒手不管。我不跟她沾边，井水不犯河水。”

她那松弛的胖手指，哆哆嗦嗦地指着窝囊废。

“您要后悔的。您跟您兄弟都把她惯坏了。她要不捅出娄子来，把我眼珠子抠出来。我见过世面。她命中注定，要卖艺，还要卖身。她骨头缝儿里都下贱。您觉着我没心肝。好吧。我告诉您，我的心跟您的心一样，也是肉长的，不过我的眼睛比您的尖。我知道她逃不过命——所有卖唱的姑娘都一样。我把话说在前头。从今往后，我一声不吭。”

窝囊废劝开了：“耐着性子，咱们能调教她。”他说，“她学唱书来得个快。别的事也一样能学会。”

“命中注定，谁也跑不了，”二奶奶愣愣磕磕地说。“您看她怎么走道儿——屁股一扭一扭的，给男人看呢。也许不是成心，可就这么副德性——天生是干这一行的。”

“那是因为卖惯了艺，她从小学的就是这个，不是成心的。我准知道。”

二奶奶笑了。“喝一盅，”她端起杯子：“借酒浇愁。今朝有酒今朝醉，管别人的事干什么。”她是跟自个儿嘟囔呢，窝囊废已经走了。

宝庆、秀莲和陶副官上了路，坐着王司令派来的滑竿。秀莲一路想着心事。她觉出来情形不妙，可是对于眼前的危险，却又不很清楚。她知道这一去凶多吉少，心中害怕，如同遇见空袭。听见炸弹呼啸，却不知道它要往哪儿落；看见死人，却不明白他们是怎么死的。悬着一颗心，乏，非常地乏。她全身无力，觉得自己像粒风干豆子那样干瘪。她不时伸伸腿，觉着自己已经长大成人了。她心里一直想着，有人要她去当小老婆。小老婆……那就是成年的女人了。

也许那并不像人家说的那么坏？不，她马上又否定了这种想法。当人家的小老婆，总是件下贱事。当个老头子的玩意儿，多丢人！实在说起来，她不过是几个小老婆中的一个罢了。她还很幼小，却得陪个五十多岁的老头子睡觉！她是那么弱小，他一定很粗蠢，一定会欺负她。她觉得他的手已经在她身上到处乱摸，他的粗硬的络腮胡子刺透了她的肌肉。她越往下想，越害怕。真要这样，还不如死了好。

前面是无边的森林，高高的大树紧挨在一起，挡住了远处的一切。王公馆到了，她会像只鸡似的在这儿给卖掉。那个长着色迷迷眼睛，满脸粗硬胡须的糟老头子，就住在这儿。要能像个小鸟似的振翅飞掉该多好！她一点办法也没有。眼里没有泪，心里却在哭。

滑竿慢下来了，她宁愿快点走。躲不过，就快点挨过去！她使劲憋住了眼泪，不想让爸爸看见她哭。

宝庆已经嘱咐过，她该怎么打扮，——得像个小女孩子。她穿了一件素净的旧蓝布褂子，旧缎鞋、小辫上没有缎带，只扎着根蓝色的绒线。脸上没有脂粉。她掏出小皮夹里的镜子，看了看自己。她的嘴唇很薄，紧绷着，她看起来长相平常，貌不出众。男人要她干吗？她又小，又平常。还是妈说得对。“只有你那臭×值俩钱。”想起这句话，她脸红了，把小镜子猛的扔回小皮包里。

滑竿一下子停住了。他们来到一座大公馆前面的空地上。秀莲很快下了滑竿。她站在那里，看着天上。一只小鸟在什么地方叫着，树，绿得真可爱。清凉的空气，抚弄着她的脸。一切都很美，而她却要开始一场可怕的恶梦，卖给个糟老头子。

她看了看爸爸发白的脸。他变了模样。她觉出来他十分紧张，也注意到他那两道浓眉已经高高地竖起。这就是说，爸要跟人干仗了。只要爸爸的眉毛这样直直地竖起，她就知道，他准备去争取胜利。她高兴了一点。

他们穿过一座大花园，打假山脚下走过，假山顶上有个小亭子。草地修剪得挺整齐，还有大排大排的花卉。蝴蝶在花坛上飞舞。花坛上，有的是高高的大红花，有的是密密的一色雪白的花。在温暖的风里，迎面扑来花草的浓香。她爱花，但这些花她不爱看。花和蹂躏怎么也掺和不到一块儿。走到最美的花坛前，她连心都停止跳动了。花儿们都在笑话她，特别是红花，它们使她想起了血。她往爸身边靠了靠，求他保护。她的拳头，紧紧地攥成个小白球，手指头绷得硬邦邦的，好像随时都会折断。

陶副官把他们带到一间布置得十分华丽的客厅里。他俩都没坐下，实在太紧张了。宝庆脸上挂着一副呆板的笑容，眉毛直竖，腮帮子上一条肌肉不住地抽搐，身子挺得笔直、僵硬。秀莲站在他身边，垂着头，上牙咬着发抖的下嘴唇。

时间真难挨，好像他们得没完没了地这样等下去。宝庆想搔搔脑袋，又不能，怕正巧碰着军阀老爷进来，显得狼狈。他心里默默念叨着，把要讲的话又重复了一遍。他打算等王司令一进门就跪下，陈述一切。他要说的话，已经记得烂熟。

外面一阵热闹，有衣服的沙沙声。秀莲低低地叫了一声，又往爸爸身边靠了靠。

“嘘，”他提醒她，“别害怕。”他脸上的肌肉抽搐得更快了。

陶副官进来了。跟他一起来的，不是盛气凌人的王司令，倒是一位身穿黑绸衫的老太太。陶副官搀扶着她。她手里拿着个水烟袋。宝庆一眼就看清了她干瘪的脸，阔大的嘴巴和扁平的脑袋。一望而知她是四川人。

陶副官只简单说了句：“这是司令太太——这是方老板。”宝庆一时不知如何是好。他本以为会出来个男的，却来了个女的。他早就想好了的话，一下子忘个一干二净。司令太太仔仔细细把秀莲打量了一番。她吹着了纸捻，呼噜呼噜的吸她的水烟。

怎么办呢？宝庆一点主意也没有了。他不能给个女人磕头。她地位再高，哪怕是为了救秀莲呢，也不成。他忽然想出了一个主意。他拉了拉秀莲的袖子。她懂他的暗示，慢慢地在老太太面前跪下来，磕了个头。

司令太太又呼噜呼噜地吸了三袋水烟，三次把烟灰吹到秀莲面前的地上。秀莲还低着头。她透过汪汪的泪水，看见了地上的烟灰。

宝庆呆呆地看着，心里很犯愁。怎么开口呢？他看着老太太用手抚摸着水烟袋。正在这时，秀莲抽噎了起来。

司令太太冷冷地看着宝庆，一对小黑眼直往宝庆的眼里钻。“啥子名堂？”她用四川话问，“朗个？”

宝庆说不上来。陶副官慢悠悠地摇晃着脑袋，脸上一副厌恶的神情。

“我说话，为什么没有人答应呀?”司令太太说，“我说，朗个搞起的，我再说一遍，朗个这么小的女娃子也想来当小老婆？跟我说呀!”她冲宝庆皱起眉头，他的脸一下子变得通红。

宝庆到底开了口：“是王司令他要……”

她尖起嗓门打断了他的话：“王司令要啥子?”她停了一下，噘起嘴，响鞭似地叫了起来：“你要不勾引他，司令看都不会看你一眼。”

秀莲一下子蹦了起来。她满脸是泪，冲着老太婆，尖声喊了起来：“勾引他？我从来不干这种事!”

“秀莲，”宝庆机敏地训斥她：“要有礼貌。”

奇怪的是，司令太太倒哈哈笑了起来。“王司令是个好人。”她冲陶副官望去，“好吧，副官。”副官咧开嘴笑了笑。

“我们是清白人家，太太。”宝庆客客气气地加上了一句。

司令太太正瞪着水烟袋出神呢。她打陶副官手里接过一根火纸捻，又呼噜呼噜地抽起来。她对宝庆说：“说得好！是嘛，你不自轻自贱，人家就不能看轻你。”完了她又高声说：“陶副官，送他们回去。”一袋烟又抽完了，她吹了一下纸捻，又吸开了水烟。

一时，她好像忘了他们。宝庆不知所措了。这个老太婆倒还有些心肝。她是个明白人。不简单，显然她是要放他们了。

陶副官开了口，“司令太太，他们要谢谢您。”司令太太没答碴儿，只拿燃着的纸捻儿在空中画了个圈儿——这就是要他们走，她不要人道谢。

宝庆一躬到地，秀莲也深深一鞠躬。

于是他们又走了出来，到了花园里。这一回，他们像是进了神仙洞府。真自在。花儿从来没有现在这么可爱，简直像过节般五彩缤纷。秀莲乐得直想唱，想跳。一只小黄蝴蝶扑着翅膀打她脸旁飞过，她高兴得叫了起来。

陶副官也笑了。走到大门口，宝庆问："乡亲，到底怎么回事？我一点也不明白。"

陶副官咧着嘴笑了。"司令每回娶小，都得司令太太恩准。她没法拦住他搞女人，不过得要她挑个称心的。她压根儿就不乐意他娶大姑娘，特别是会抢她位子的人。她精着呢。她明白自己老了，陪男人睡觉不行了，不过这一家之主嘛，还得当。"他噗哧地笑了起来。"你闺女跳起来跟她争，她看出来了。司令太太不喜欢家里有个有主意的女孩子。这下子你们两位可以好好回家去，不用再犯愁了。不过，你要是能再孝敬孝敬司令，讨讨他的喜欢，那就更好了。"

"孝敬他什么好呢？"

陶副官拇指和食指成了个圈形。"一点小意思。"

"多少？"宝庆要刨根问底。

"越多越好。少点也行。"副官又用拇指和食指圈了个圈。"司令见了这个，就忘了女人。"

宝庆向陶副官道了谢。"您到镇上来的时候，务请屈驾舍下喝杯茶，"他说，"您帮了我这个忙，我一定要报答您的恩情。"

陶副官高兴了，他鞠了个躬，然后热烈地握住宝庆的手："一定遵命，乡亲，兄弟理当效劳。"

秀莲满心欢喜地瞧着可爱的风景。密密的树林、稻田和水牛，组成了一幅引人入胜的图画。周围是一片绿，一切都可心，她自由了。

她也向副官道了谢，脸上容光焕发，一副热诚稚气的笑容。她和爸慢慢地走下山，走出大树林子。宝庆叹了口气。“现在他不买你了，我们就得买他。得给他送礼。”

“钱来得不易，”秀莲说，“他并没给咱们什么好处，给他钱干吗?”

“还就得这么办。要是咱们不去买他的喜欢。他没得到你，就该跟咱们过不去了。只要拿得出来，咱们就给他。事情解决了，我挺高兴。我没想到会这么顺当。”他把手搭在她的肩膀上。“你干得好。我知道给那个老婆子下跪委屈了你。她说什么来着?‘你不自轻自贱，人家就不能看轻你’。这话倒说得不错，记住这话，这也是至理名言。”

秀莲想着心事，半天没接碴儿。完了她说：“爸，甭替我操心。跪一跪也没什么。这一来，我倒觉着自己已经长大了。我现在长得快着呢，我能为了自个儿跟人斗。您知道吗，要是那个老头子真把我弄去当他的小老婆，我就咬下他的耳朵来。我真能那么办。”

宝庆吓了一跳。“别那么任性，丫头，别那么冲!”他规劝道，“生活不易呀，处处都是危险。记住这话：你不自轻自贱，人家就不能看轻你。这句话可以编进大鼓词儿里去。”

他们坐上了跟在他们后头的滑竿。刚往山下走了一半，迎面来了窝囊废，他正等着他们。他们又下了滑竿，一边走，一边原原本本地讲给他听。

等宝庆说完，窝囊废在路当间站住了。“小莲，”他叫起来。“站住，让我好好看看你。”秀莲顺着他，心想大伯该不是疯了吧。他瞅了她好半天，抚爱地上上下下打量她。末了带着笑说。“小莲，你说对了。你看起来还是个孩子，不过也确实长大成人了。就得像今天这样，就得有股子倔劲儿。这样你就永远不会走下坡路；虽说你只不过是个唱大鼓的。”

秀莲平白无故地又想哭了。

十　三

唐家这回总算是称了心，因为方家为了秀莲闹得很不顺遂。真不懂为什么宝庆不肯卖了秀莲。这个人真疯了！想想吧，为了留住个姑娘，还舍得往外掏钱。“真是个傻瓜！”四奶奶謯娽[①]着嗓门说。

宝庆忙不迭打点着要给王司令送钱去。他是个说话算话的人，晚了，又怕要招祸。难办的是他没有现钱。他跟家里的商量，想卖掉她两件首饰，她马上嚷了起来：“放屁！我管不着！你还不知道吗？我跟你大哥说过了，秀莲是秀莲，我是我。往后再不跟她沾边。为了她还想把我的首饰拿去？嘿！嘿嘿！”

宝庆勉强陪着笑。“不过——你，……，唔，你真不开窍。”

“我不开窍！”二奶奶一派瞧不起人的劲头。“你开窍？别人都指着姑娘挣钱，你倒好，木头脑袋，为了这么个贱货还倒贴。当然啦，你要是真开了窍，就不会担心我不开窍了。”

“我是说，你还不明白如今的情形……，眼面前就有危险。”

---

① 謯娽音 jiē lù，意尖声。

“我明白也好，不明白也好。反正，一个子儿也不能给你。”

宝庆要秀莲拿出点东西来。她有几件首饰。她打开首饰盒子，双手捧出来给他。一见她眼泪汪汪，他的心惭愧得发疼。“为了几件首饰，值不得哭，好孩子，”他说，“等再有了好日子，我给你买更好的。”

宝庆存了几个钱，可是非到万不得已，他不肯动那笔款。他按期存，一回也不脱空，要是一时存不上，那简直是要他的命。此外，他还有他的想法。他觉着，既是一家人，就得有福同享，有祸同当。秀莲已经大了，她尤其应该学着对付生意上的事。

末了，钱弄到手，托靠得住的人给送了去。自打那会儿起，方家就分成了三派。

二奶奶自成一派。秀莲和窝囊废是一派，跟家里其余的人别着劲儿。宝庆和大凤采取中立态度。

宝庆想息事宁人。有一天，他去找秀莲，要她向妈妈服个软儿，“这样全家就又能和睦起来了，”他满怀希望地说。

秀莲同意地点了点头。等到妈妈酒醒了，她走到妈的身边，跪下，摸了摸妈的手，像个不懂事的孩子似的对妈笑着。“妈，”她恳求说：“别老拿我当外人。我是个没爹没娘的孩子，您就是我的妈。您是我的亲妈妈。干吗不疼疼我呢?”

二奶奶没答碴儿。她像座泥菩萨似的坐着，两眼笔直地望着前面。显然她下了决心，一句也不听。这一回，秀莲低声下气哀告了半天，又是毫无结果。好吧，这也就是最后一回了。她闭上眼，低下了头。

一股怒气打她心底升起。她抬起头来，对着那张苍白的脸，猛孤丁地吓了一跳。二奶奶在哭，泪珠儿打她眼角里簌簌往下落。她低下了头，好像不愿意让秀莲看见她正在哭。

秀莲站起来，想走。二奶奶叫住她，低下头，很温和地说起来："我不是不疼你，孩子。你别以为——别以为我想把你撵出去。压根儿不是那么回事，不是的。不过我可怜的儿呀，你逃不了你的命。俗话说，既在江湖内，都是苦命人。命里注定的，逃不了。既是这么着，我也就是盼着你找个好人家，吃香喝辣的，我们两个老的，受了一辈子穷，也能捞上俩钱。你总不会让你爸爸和我赔本，是不是？我们在你身上花了那么多钱。"她抬起眼睛，定定地望着秀莲。

姑娘站在那儿，居高临下地望着她，两个小拳头紧攥着抵在腰间。她一下子想起了王司令太太的话。她嘴唇发白，说："也许我命中注定了要受罪，不过我要是不自轻自贱，就不一定非得去当别人的小老婆。"

二奶奶刚把眼泪擦干，就又拿起瓶子来喝了一口。

把心里话跟妈说了，秀莲觉得好受了一点。妈并没对她软下心肠来，这叫她很失望。她需要母爱。

当天晚上，她下了决心。要是光凭说话还打动不了妈妈，行动总该可以了。得让家里人看看，她已经是个大人了。可是怎么办好呢？她忽然有了主意。她爬下床，走到柜子边，拿出了她的邮票本。她含着泪，久久地望着它，一狠心，把它扔进了垃圾堆。一个严肃、想做一番事业的姑娘，不能浪费时间去玩邮票。怎么开始新的生活呢？她一点也想不出来。她整夜在床上翻腾，睡不着。她几次想走出去，把宝贝邮票本捡回来，但她始终没这么办。

一个抗日团体，给宝庆来了信，要求他的班子为抗战做点事情。重庆本地人有些糊涂想法，怪难民带来了战争。应当动员全国人民团结抗战，鼓舞起重庆人的斗志，让他们知道，他们跟“下江人”是同呼吸、共命运的。

宝庆接到来信，心情十分震动。当琴珠问起他们肯出多少钱时，他大吃一惊。他知道人家连车马费都不会给的。琴珠一听，摇了摇头，做了个怪脸。唐四爷两口子直摇头：“不干。”

“我来付琴珠的车马费，”宝庆没辙了，只好这么说。唐家笑得前仰后合，觉着这实在太滑稽了。四奶奶笑了半天才憋出话来：“您钱多，宝庆，好哥们，您有钱。我们穷人得挣钱吃饭。一回白干，他们下回还得来。不过您……您有钱，您为了闺女宁肯往外掏钱，也不肯卖了她。您有那么多的钱，真福气。”

宝庆让他们笑去。回到旅馆，他把事情告诉了秀莲。“我干，”她说，“我乐意做点有意义的事。”

问题来了。唱什么好呢？就是那些有爱国内容的鼓词，也太老了，不合现代观众的胃口。宝庆顺口哼了一两段，都不合适，不行。秀莲也有同感。她近来唱的尽是些谈情说爱的词儿。她试了试那些忠君报国的，很不是味。谈情说爱的呢，又不能拿来做宣传。

宝庆开始排练。他先念上一句鼓词，然后用一只手在琴上弹几下，和着唱唱。有些字实在念不上来，就连蒙带唬，找个合辙押韵的词补上。每找到一个合适的词儿，就直乐：“嗬！有了！”

在屋子旮旯里睡着了的窝囊废，让宝庆给吵醒了。他从床上坐起，揉着眼，瞅着兄弟的秃脑门在闪闪的油灯下发亮。“干吗不睡呀，兄弟？”他挺不满意，“够热的了，还点灯！”

宝庆说，他正在琢磨《抗金兵》那段书，准备表一表梁红玉擂鼓战金兵的故事，鼓动大家抗日的心劲。

窝囊废又躺下了。“我还以为你打蚊子呢，劈里啪啦的。”宝庆还在拨琴，心里琢磨着词儿，主意一来，就乐得直咧嘴。

“秀莲唱什么呢？”窝囊废问。

“还没想好呢，”宝庆答道，“不好办。”

窝囊废又坐了起来。他清了清嗓子，很严肃地说，“你们俩为难的是不识几个字。她要是能识文断字，找段为国捐躯的鼓词唱唱，还有什么犯难的。”他下了床，“来，我来念给你听。你知道我有学问。”

宝庆奇怪了，看着他。“您认那俩字也不比我多呀！”

窝囊废受了委屈。“怎么不比你多？用得着的字我都认识。好好听着，我来念。”

兄弟俩哼起鼓词来了。窝囊废念一句，宝庆念一句，哥儿俩都很高兴。很快就练熟了一个段子。窗纸发白的时候，窝囊废主张睡觉，宝庆同意了，可是他睡不着。他又想起了一件揪心的事。琴珠要是不干，那小刘也就不会来弹弦子了。

“大哥，”他问：“您给弹弹弦子怎么样？”

“我？”窝囊废应着，“我——图什么呢？”

“为了爱国，也给自个儿增光，”宝庆说得很快，“咱们的名字会用大黑体字登在报上。明白吗？会管咱们叫‘先生’。秀莲小姐，方宝庆先生。您准保喜欢。”

没人答碴儿，只听得一阵鼾声。

第二天上午，十一点，宝庆醒来一看，那把一向放在屋角里的三弦不见了。他跳下了床。怎么，丢了！没了这个宝贝，可就算玩完了。他用手揉着秃脑门，难过地叫起来。倒霉，真倒霉。宝贝三弦呀，丢了！他一抬头，看见窝囊废的床空了——他笑了起来。

他急忙出了旅馆，往小河边跑。他知道窝囊废喜欢坐在水边。他一下子就找到了窝囊废。他坐在一块黑色的大石头上，正拨拉着琴弦。这么说，窝囊废是乐意给弹弦子了。他如释重负地笑了起来，走回旅馆去吃早饭。问题都迎刃而解了，有了弹弦子的，就不是非小刘不可了。

宝庆和秀莲加入了一个抗日团体，这个团体正准备上演一出三幕话剧。幕间休息的时候，要方家在幕前演出。宝庆很激动，也很得意。

重庆来的公共汽车司机，捎来了报纸。他看着剧目广告，得意的心直跳。他、他哥哥和秀莲的名字都在上面。用的是黑体大字，先生、小姐的尊称。他像个小学生一样，大喊大叫地把报纸拿给全家看。窝囊废和秀莲都很高兴。二奶奶说话还是那么尖酸。“叫你先生又怎么样？”她挖苦地说，“还不是得自个儿掏车马费。”

彩排那天，他们早早地就起来了，穿上最好的衣服。秀莲穿的是一件浅绿的新绸旗袍，皮鞋。小辫上扎的是白缎带。吃完早饭，她练习走道不扭屁股。要跟地道的演员同台演戏，得庄严点。走道要两手下垂，背挺得笔直，这可不是件容易的事儿。

窝囊废刮了胡子。他难得刮胡子，这回不但刮了，而且刮得非常认真仔细，一根胡子也没漏网。末了，他把鬓角和脑后的头发也修了修。他穿了件深蓝的大褂，正好跟兄弟的灰大褂相配。为了显得利落，他用长长的宽黑绸带把裤脚扎了起来。

中午时分，他们进了城。宝庆打算好好请大哥吃上一顿，报答大哥成全他的一番美意。但轰炸后的重庆那么荒凉，劫后余烬的景象，倒了他们的胃口。有些烧毁的房子已经重建起来了。有些还是黑糊糊的一堆破烂，有的孤零零地只剩了一堵墙，人们用茅草靠着这堵墙搭起了小棚棚，继续干他们的营生。满眼令人心酸的战争创伤，一堆堆发黑的断砖残瓦。宝庆觉着眼前是一具巨大的尸体，疮痍密布。他一个劲地打颤。还是先吃点东西好，给身子和心灵都补充点营养。

他们来到一家饭馆，饱餐一顿，然后上戏院去会同行——地道的演员，多一半是年青人。

一见方家兄弟，大家都迎了上来。所有的青年男女，都管宝庆叫“先生”，他非常得意。这跟唱堂会太不一样了，人家那是把他们当下人使唤。

一开幕，剧团团长就请宝庆哥儿俩坐在台侧看戏。宝庆从没看过文明戏。他以为既是话剧嘛，必是一个个演员轮流走上台，一人说一通莫名其妙的话。谁知根本不是那么回事。演员们说话，就跟在家里或在茶馆里一样。宝庆瞧出来演员训练有素，剧本的技巧也叫人叹服。真了不起，真带劲儿！他直挺挺地坐着，几乎连呼吸也忘了。没有华丽的戏装，没有震耳欲聋的锣鼓声，就是平常人演平常人。他悄悄对大哥说，“这才是真正的艺术。”窝囊废点点头，“就是，真正的艺术。”

秀莲简直入了迷。这跟她自己的表演完全不同。她习惯于唱书，从来没想到能这样来表现情节。虽说是做戏，这可也是生活，她觉出来剧情感染了观众。她要也能这样该多好。

幕落了。一个挺体面的小伙子走过来，鞠了一躬，“方小姐，该您的了。”他面带笑容，放低了声音。“不用忙。我们的道具又老又沉，换一次景且得等半天呢。”

窝囊废郑重其事地走上台，秀莲跟在后面。幕前摆好一张桌子，一把椅子，还支着一面鼓。窝囊废挺有气派地站住，面向观众。一本正经地慢慢卷起袖子，搔了搔脑袋，弹了起来。

观众嗡嗡地说起话来。窝囊废犹豫了一下，接着还往下弹。他不了解剧院观众，不知道他们在幕间休息的时候，喜欢松一口气。观众没见过唱大鼓的，也不注意换景时幕前有些什么。见一个男人和一位姑娘走上台来，他们愣了一刹那，瞧了两眼。姑娘是个小个儿，脸上几乎没化装。说实在的，在那么强的灯光下，根本就看不出她的五官。不过是绿绸旗袍顶上一轮小小的圆月亮罢了。

前排有两三个人站起来，走进休息室。有人在招呼卖花生的，有人谈论剧情，或传播打仗的消息。都认为这个剧挺不错。可是，它的意义到底在哪里呢？有些人大声议论了起来。

窝囊废闭上了眼。受这样的气！这些人真野蛮！他住手不弹了。秀莲还在唱。她今天是秀莲小姐。她来是为了唱书，那么她就得唱下去。她不能在这么些个生人面前栽跟头。她继续唱，嗡嗡声越来越大。她当机立断，掐掉了一两段，把鼓楗子放下，向没有礼貌的观众鞠了个躬，走下了台。走到台侧，她掉了泪。

宝庆想安慰她，她哭得更厉害了，肩膀一抽一抽的。过来了几个年青的女演员。“别难过，秀莲小姐，”她们说，“您唱得好极了。这些人不懂行。”一个长着甜甜脸儿的姑娘，用胳膊搂着秀莲，替她擦干了眼泪。“我们都是演戏的，小东西，”她耳语说，“我们懂。”秀莲又快活了起来。

窝囊废站在台侧，脸气得通红。“我回家去，兄弟，”他说着，放下了三弦。宝庆拉住他的胳膊。“别那么说，”他挺了挺胸膛。“我还没唱呢。”

几个年青漂亮的女演员听见窝囊废的话，赶紧走过来。她们攥他的手，拍他的肩。“别，先生，别走。”窝囊废坐了下来。他的气消了。因为得意，红了脸。他如今也是个“先生”，是个真正的艺术家了。

第二幕完了以后，方家兄弟像上战场的战士，肩并肩走上了台。观众还在嗡嗡地讲话，宝庆站住，照例笑了一笑。没什么反应。他跺跺脚，晃了晃油亮亮的脑袋。停了一小会，等挤满人的剧场稍稍安静一点，宝庆拿起了鼓楗子。虽说脸上还挂着笑，他可是咬着嘴唇呢。

宝庆高高举起鼓楗子，咚咚地敲了起来。七八句唱下来，他看出听众有了点兴趣。他歇了口气，清了清嗓子。得把嗓门溜开，让场里每个角落都听得清清楚楚，得让人人都明白他唱的是什么。宝庆又等了一会，等到全场鸦雀无声，才又唱起来，声音高亢，表情细腻。吐字行腔，精雕细琢，让听众仔细玩味他唱的每一句书。梁红玉以一弱女子，不惧强敌，不畏艰险，在长江之上，迎着汹涌波涛，擂鼓助战。说书人凭一面鼓，一张琴，演得出神入化。只听得风萧萧，水滔滔，隆隆鼓声震撼着将士们的爱国心弦。霎时间，万马奔腾，杀声震天，大鼓书紧紧抓住了听众的心，三幕话剧早置诸脑后。①

三弦的最后余音也消失了。场里一片肃穆，气氛兴奋又紧张。听众屏息凝神，像中了魔，末了，突然爆发出掌声。

宝庆跟地道的名角一样，大大方方地抓住窝囊废的手，举了起来。他鞠了一躬，窝囊废也挺不自然地鞠了一躬。听众一片叫好声。宝庆庄重地拿起三弦，走下了台——这是对他大哥，优秀琴师的一番敬意。

在后台，全体演员围住了宝庆和窝囊废。拍他们的背，跟他们拉手。年青的知识分子热情洋溢，宝庆激动得说不出话。吵吵嚷嚷的年青人围了上来，他立着，眼泪顺着腮帮子往下流。

散戏后，一个瘦高个儿走了过来。他看着像具骷髅。根根骨头都清晰可见，两颊深陷。又长又尖的下巴颏儿垂在凹进去的胸口。两鬓之上的脑袋瓜儿也抽巴了，像是用绳子紧紧勒住似的。宝庆从没见过这么古怪的样子。窄脑门底下，一对大眼睛却炯炯有光，极富魅力。这对眼睛燃着动人的热情，紧盯着宝庆。这个怪人的全副精力，仿佛都用来点燃他

---

① 为了译好《鼓书艺人》，我曾向熟悉老舍的尹福来、高凤山、李振英等曲艺界前辈请教。宝庆这段唱词在英译本中是取自周玉吉抗李自成的戏，歌颂忠、孝、节、义，满门殉难；解放后该戏停演。根据老艺人们的提示，我将这段唱词改为梁红玉抗金兵。——译者注

眼睛里的那点火焰了。

“方先生，”他说，“我陪您走几步，行吗？我有点重要的事想跟您商量商量。”他语气谦和，迟疑，好像担心宝庆会不答应。

“遵命，”宝庆笑着回答，“承您抬爱。”只见这人穿着一身破西装，没打领带。领口敞开的衬衫底下，露出了瘦骨嶙峋的胸膛。

“我叫孟良，”这人说，“就是您刚才看过的这出戏的作者。”

宝庆恭恭敬敬地鞠了一躬，“孟先生，我来介绍一下，这是我大哥方宝森，这是我女儿秀莲。您的戏可真了不起。”

作家笑了起来。“老婆总是人家的好。”他老老实实地说，“文章是自己的好。我写的不能算坏，不过写剧本是件头痛的事。一般人都不了解写剧本有多困难。反反复复排练，甭提多烦人，要对观众的胃口，也是件绞脑汁的事。当然啰，剧本是有效的宣传工具。不过现在是抗战期间，穷得要命，要像模像样地演上一出戏，拿不出钱来。您是知道的。场子要出钱，租金又那么高。我们演戏给这儿的人看，激发他们的爱国心，可是怎么深入农村？那儿没戏园子。就是有，布景道具也搬不去。”

他摇晃着瘦削的脸。

“唔，唔，话剧局限性很大，不过您唱的大鼓书，倒真是个好门道，搞起宣传来再好不过。我真佩服。您凭一副嗓子，一个琴师和一段好鼓词，就能干起来。您可以在江边串茶馆，爱上哪儿就上哪儿。您演的是独角戏，但唱出的是千百万人的声音。您把观众吸引住了，记得吗？大家一动也不动，都动了心。”他那皮包骨的手指指着宝庆，“朋友，国家需要您。您的艺术效果最大，花钱最少。明白我的意思吗?”

孟先生一下子把话打住了。他站下来，看着宝庆，手插在西装口袋里。

宝庆笑了又笑，心里高兴极了。不是替自己，是替他的大鼓书高兴，也是因为这么个有学问的人，也承认它的重要。

“您明白我的意思吗?”剧作家接着往下说，又走了起来。“您得有新的鼓词。您得有适合抗战的现代题材。您和您的闺女都需要新题材。”他看着秀莲：“秀莲小姐，您一定得学习新题材。刚才听众对您唱的书不感兴趣，您伤心得哭了。别难过，唱人民需要的东西，他们就会像欢迎您爸爸那样欢迎您。”

“上哪儿去找新词呢?”宝庆问。

孟先生笑了。用那嶙峋瘦指对着自己的胸口。“这儿，这儿，到我心里去找。我来给您写。”

“您来写?”宝庆重复着他的话，“哦，孟先生，真是不胜荣幸之至。那么一言为定，打今儿起，您就是我们的老师了。”

孟先生摆摆手，像是不让他们过分热心。“别着忙呀，朋友，别着忙。您还得先当我的老师呢，完了，我才能当您的老师。您得先教我一些老的鼓词，让我学会这门艺术。我想学学大鼓书的唱腔和韵律，学着把唱腔配上词儿。我们得互教互学。”

宝庆有点怀疑，他能教这位剧作家些什么呢?不过他还是同意了。他指着窝囊废。“我哥能帮您的忙，孟先生，他又会做，又会唱。”

孟先生高兴得容光焕发。“就这么定了。我要到南温泉来写新剧本。得空我就来，学学唱大鼓，学学写大鼓词。为了报答您教我学艺的一片心，我乐意教您的闺女读书写字。现代妇女嘛，文化总是有用的。”

宝庆抬头望天，心里有说不出的高兴。终于得到了赏识！这真是大鼓艺术的胜利。他从来没想到，未来是那么光明，以往是那么有成绩。

“大伯，爸！”秀莲叫了起来，“我就要当女学生了，我要下苦功跟孟先生学。我一定说到做到。”

十　四

二奶奶从来没听说过这么荒唐的事，什么，秀莲也要念书?!她对年青的姑娘，自有她的看法：姑娘大了，不念书就会学坏；要是念了书呢，那就坏得更快，丢人现眼更厉害。“大姑娘家，早晚得嫁人，用不着念书认字。”她大声叫嚷，“知道的事多了，天知道她会干出什么事来。”

无论她怎么说，孟良都不当回事。他拿定主意，要到南温泉来教秀莲读书。他身子骨虽然单薄，可意志坚强。他要是下定了决心，哪怕是座大山呢，也得钻它仨窟窿。

秀莲急不可待，恨不得马上开始读书。上回在剧院，听众不听她的，好叫她伤心。她挺机灵，知道要应付这种场合，她还缺乏经验。她非常崇拜那些年青的女演员。她们那么自由自在，多叫人羡慕！她想，那些女演员一定都是些女学生。她自己虽说是个卖艺的，可要是有了文化，地位就不会像今天这样低贱。她决心好好跟着孟先生学。这辈子恐怕是不会有上学的机会了，不过要是她能读会写，和女学生也就差不多了。她能抽出时间来学习。

宝庆和大哥见秀莲有了读书的机会，都很高兴。他们知道她有天分。要是再受点教育，她的天分就能更好地发挥出来。

二奶奶说什么也想不通。她很担心再也镇不住这个女孩子了。想想吧，家里养着个能读会写的女孩子，那可就有得瞧的了。学生都讲自由恋爱。卖个姑娘不算什么，可要让她白白地把身子给别人……这么一想，她的心发抖了。她有时在小镇的街上走，碰到一对青年男女手拉着手走路，她就觉着恶心。

孟良第一天来教书，方家沏上最好的花茶，捧出许多好东西来给他吃。宝庆主张，第一课先教他大哥，孟先生不答应。他要教的是秀莲。他的安排是这样，他先教秀莲一个来钟头，然后跟着窝囊废学艺。据他自己讲，他可以一口气干上五个钟头，再多都行。

窝囊废高了兴。“我的时间全归您安排，”他说，“您要是乐意，咱们就干它个通宵。”

秀莲正等着上课。她努力打扮得像个女学生，穿一件白布褂子，不施脂粉。爸爸一叫，她连忙朝着堂屋走去。

可是，妈妈占了先。她一步就蹦到闺女前头，使劲推了她一把，不让她出来。她的脸煞白，横了心。“我先出去，”她说，“你在这儿等着！”秀莲没办法，只好服从。

宝庆见老婆出来，心乱如麻。她要对孟先生说什么？他和大哥都很敬佩这位有学问的人。要是二奶奶得罪了客人，怎么好。一见老婆胸有成竹地冲着他们走过来，他的脸绷得铁青。

他这一辈子，缺的就是读书识字。当初他要是想来段新鼓词，就得狠花上一笔钱，还得好酒好饭地款待写词的。眼下来了这么个人，愿意白教他闺女，还愿意白给他写新词。这样的好事，打着灯笼还找不着呢，要是他的老婆得罪了作家……

好歹向客人介绍了自己的老婆，他马上问：“秀莲呢？孟先生等着她呢。”二奶奶不理他。她两眼直勾勾对着孟先生，说开了。“先生，我们不过是穷卖艺的，”她说，“用不着念书认字。不念书更好。闺女不笨，一念了书，就得给我们添麻烦。她已经够拧的了。看得出您是个明白人，求您替我们想一想。”

窝囊废的脸发了白。他恨不能打弟媳妇一顿，只是当着这么体面的一位作家，他不敢吵架。宝庆吓得手脚无措。

孟先生却应付自如。他满脸堆下笑来，亲热地叫她：“我的好嫂子，请坐。”

二奶奶受宠若惊，坐下了。在她内心深处，害怕有学问的人。他们跟她不是一路人，比她懂得多，她总是想方设法，躲开他们。如今来了这么个人，亲亲热热地跟她说话，直冲她乐。一个作家还会管她叫“嫂子”。

孟良有的是办法。“好嫂子，您喜欢喝上一盅，这我知道，干嘛不喝呢。眼下就该喝一盅。咱俩是初次见面，所以我应当跟您一起喝一盅。俗话说，喝酒喝厚了，耍钱耍薄了。来，喝一口。”他两眼看着宝庆，“二哥，来瓶好酒，大家都喝一杯。”

宝庆佩服得五体投地。孟先生不光是有名的剧作家，还是个外交家兼魔术师。他明白要跟二奶奶讲理，那算白搭，可要灌她几杯呢，就能把事办成。

孟先生斟了三杯酒，一杯给二奶奶，一杯给窝囊废，一杯留给自个儿。他没给宝庆敬酒，因为他得保养嗓子。“干杯，”他叫起来，把杯子举向二奶奶。“干杯。”

他一口就喝干了，窝囊废不甘落后，也干了。二奶奶忸扭怩怩地表示反对，“我得慢慢儿喝，不跟你们老爷儿们比。”

“请便吧，嫂子，”孟先生笑了起来。“您随便，我们喝我们的。”他又给自己斟了一杯，又干了。他把手往上衣袋里一插，忽然作了个怪脸。“哟，嫂子，我的口袋烂了个窟窿，给我补补行吗，光棍可真难哪。”

二奶奶喝完酒，拿起了上衣。“孟先生，”她咯咯笑着，“您真随和。”她对剧作家产生了好感。不过她还是没叫秀莲出来听课。孟先生呢，为了给她个台阶下，也决定改天再来。临走，他答应二奶奶，下次来跟她打扑克，要是她喜欢，打麻将也成。他求她别把他赢得太苦了。这都叫她非常高兴。

第二天，秀莲上了课。她是个好学生。她努力做到每天认二十来个字，字写得虽然哩溜歪斜，却小而整齐。孟先生很满意。他也很乐意学唱大鼓书。窝囊废不光教他唱，还没完没了的给他讲大鼓书的典故，孟先生听得入了迷。

教过几遍，孟先生就能跟着窝囊废的弦子唱鼓书了。他的嗓子溜不开，窝囊废没提这个。只要学生有进步就得。

有一天，孟先生正唱呢，旅店老板破门而入。他气极了，摇晃着手，扯着嗓门对窝囊废喊：“滚你的。吵死了，客人都让你给闹得不得安生。我受不了。”

孟良天真地笑了。“怎么啦！我们正要找你去呢。知道吗，我特别欣赏你那四川口音。来段四川清音怎么样？我敢打赌，就凭你这嗓子，一唱准保红。”

老板给捧得晕头转向。他本来不会唱，可是孟先生一再邀请他。“来吧，朋友，来上一段。”

老板笑了起来。他见内行人唱戏都是脸冲墙，所以他也就脸对着墙，手指头一个劲儿地揪嗓子，洋相十足地唱了起来，——是介乎叫和喊之间的一种声音。几句下来，老板停住了，脸憋得通红。孟良和窝囊废不等他再开口，都拍起手来。孟良拍了拍他的背，窝囊废又是作揖，又是打躬。

老板走了以后，两个人坐了下来，相视而笑，从头再来。等完了事，孟先生就陪二奶奶打牌。两人可投缘啦。他说的话，她有多一半不明白；他呢，又不跟她争。她听，他说，她所说的一切，他也认真地听着，不时还对她的才干巧妙地恭维一番。

要是她发了脾气呢，他并不是拔脚一走了事。他像哄个惯坏了的孩子似的，想法转移她的注意力。

每逢有客来，宝庆顶怕老婆发脾气，觉着那是砸了他的台。所以一有客，他就成了温良恭俭让的模范；就是不能完全顺着她，也得把话说得甜甜地，笑眯眯地。

孟良的手段更高。他把二奶奶治得服服帖帖，使宝庆少操多少心。单为这，宝庆也感激不尽。真够朋友，又是个有学问的人。

宝庆有他的心事。他自来多疑。为什么孟良这么肯帮忙，又这么好心眼？他图的是什么呢？根据他的人生经验，凡是特意来到的，非常客气，肯于帮忙的人，都是有所图的。孟良要的是什么呢？宝庆拿不准，他可又很生自己的气，恨自己为什么要怀疑这么个好朋友。

尽管心里有疑惑，他还是忘不了孟良是他的福星。他正替大鼓名角方宝庆写新鼓词呢。有了这些新鼓词，他和秀莲的身份就比其他唱大鼓的高得多了。光为这一桩，结交孟良就是三生有幸的事。不过心里的怀疑总还是摆脱不了。

孟良为什么还不把鼓词拿出来？两个月过去了，只字未提。有天早晨，他正琢磨着要提提这件事，忽见孟良走了进来。他兴奋得两眼发亮，苍白的脸汗涔涔，螳螂似地摇晃着长胳膊。“来，二哥，”他一把抓住宝庆的袖子，说，“找个安静地方去谈谈。”

他俩迈着快步，走出了门。宝庆吃力地跟着作家，紧走还落下好几步。末了，他们来到一个长满小草的土坡顶上，一棵树叶发黄的大树底下。孟良一屁股坐下来，背靠着树干。

他打口袋里掏出七长八短一沓子纸来。“瞧，”他说，“这是给您写的三段新鼓词。”

宝庆接在手里。他的手发抖。他想说点什么，可是舌头不听使唤，说不出话来。他觉着，太阳真的是打西边出来了。三段新鼓词！特为给他写的！早先，他要是想请位先生给写上一段，不但要现钱先付，还得且等，成年累月地等。写的人满口答应，吃了他上百顿饭，临了儿，还忘了动笔。这个人可真是说到做到。还不止一段，整整三段！真够朋友，天才，大人物！

“您得明白，二哥，”孟良用谦虚的口吻说，“我从来没写过鼓词，所以我拿不准它到底是好是坏。不过这也没关系，您要是觉得不行，我就扔了它，咱们再从头来。要是大概其能用，有不合适的地方，还可以改。顶顶重要的是，您到底愿不愿意唱这一类的鼓书。”

宝庆这才说了话。“当然愿意。多少年来，我一直盼着能碰见您这么个人。我愿意为国家出把力气。多少人在前线牺牲了，我有一份力，当然也乐意出一份力。那还有什么说的，我乐意唱抗战大鼓，为抗战出把子力。”他心潮澎湃，泪水涌上了眼睛。

“我懂，”孟良丝毫不为朋友的激情所动，照旧往下说他的。“不过您要明白，要是您和秀莲唱这种新式大鼓，人家就都希望您白唱。大家还都乐意听。可您就赚不了钱了。对我也一样。现而今，剧院很叫座。看我戏的人比过去多多了，可我们赔了本。义演的场次多了嘛。当然我们乐意贡献自己的力量，不过爱国心顶不了债。塞饱肚子的东西，会越来越少。”

宝庆不听这一套。“也就是掏点车马费。开销并不大，这跟维持一个剧团不一样。”

“好，我佩服您的决心。还有一点我也要说在头里。习惯势力很不好办。人们都爱听旧鼓书。要是听点人人都熟悉的老玩意儿，他们倒觉着钱花的不冤。可要是您在茶馆里唱这种新式鼓书，座儿就会少起来。”

“要想办点新事，就得有点勇气。”宝庆坚定地说。

孟良哈哈大笑起来。“您能对付，我这就放心了。思想上有了准备就好。来，我来念给您听。第一段是个小段，很短。是歌颂大后方的。这让秀莲去唱。另外两个长一点儿，那是给您写的。它不光是长，唱起来还得有丰富的感情，火候要拿得准。只有老到的艺人才处理得好。就是您，二哥，您来唱抗战大鼓，我是考虑到您的艺术造诣，特为您写的。”

于是孟良几乎一口气念完了鼓词。“怎么样？”他急切地问。

“好极了！有几个字恐怕得改一改，不过也就是几个字。我算是服了。如今我可以让全世界的人看看，咱们中国唱大鼓的，也有一份爱国心。”

“太好了。拿去，跟大哥一块去唱唱看。要是有改动，得跟我商量。只有我能修改我的作品。有改动一定要告诉我，不跟我商量，就一个字也别改。”

“那当然，”宝庆答应着，一张张捡起孟良散放在草地上的稿纸。“家去，喝一盅。”他把稿纸叠起来，小心翼翼地放进口袋，好像那是贵重的契纸一样。

孟良摇了摇头。“今儿不去了。我困极了。一夜没睡，赶着写呢！”孟良又点了点头，“既拢上火，就得续柴。我就在这儿睡一觉。您走您的。”

宝庆跟他分了手。他高高地昂起头，两眼炯炯闪光。孟良都能通宵达旦地干，他有什么不能的。窝囊废也一样。他们要连夜把新词排出来。

十　五

重庆的雾季又来临，到处是叮叮当当锤打的声音，人们在重建家园。活儿干得很快，只几个月的工夫，战争创伤就几乎看不见了。起码，在主要街道上，破坏的痕迹已经不存在了。只有僻静地方，还有炸弹造成的黑色废墟，情势惨淡。城市面貌发生了变化。房屋从三层改为两层，都用篾片和板条架成，使城市看来更开阔了，整个城看着像个广阔的棚户区。

宝庆忙着帮书场的房东修缮房屋。他找来了工人，亲自扛材料，跟好不容易搜罗来的人手一起修屋顶。书场终于又能用了。说不上体面，可到底算个书场，马上又能开张了。

开锣那晚，演出抗战大鼓。秀莲先唱她那一段，宝庆坐在台侧瞧着。他每次瞧她，都觉得趣味无穷。这一回，他注意到她学了新技艺。她唱腔依旧，可又有了微妙的变化。她理解了唱词，声音里有了火与泪，字字清晰中听。他先愣了一下，然后也就恍然大悟。当然，这是因为她读了书。姑娘生平第一次，懂得了她唱的是什么。孟良一个字、一个字地把鼓词讲给她听，每一句都解释得清清楚楚。他把她要说唱的故事，编成一套文图并茂的连环画，让她学习，终于创出了奇迹。她用整个身心在讴歌了。

听众也觉出了变化。他们欣赏新式大鼓，也为姑娘的进

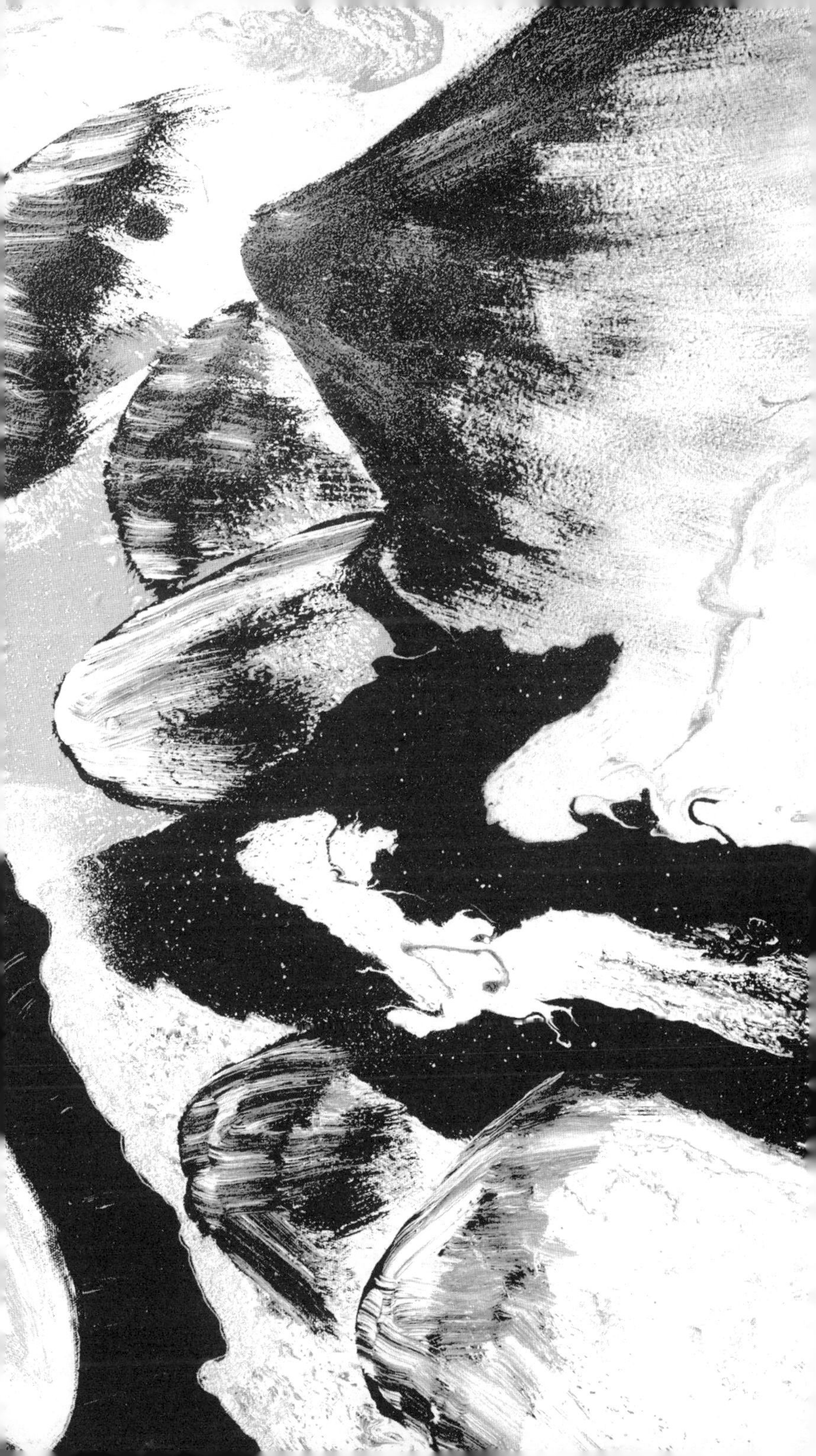

步高兴。她一唱完，掌声雷动。秀莲从来没有这么轰动过。

她飞跑回后台，小辫直舞，差点和宝庆撞个满怀。“爸，”她叫着，“真不知道是怎么回事。我上场的时候，好像一个字也不记得了，可忽然一下，鼓词又自个儿打心里涌出来，我就有板有眼地唱，一个字也不差。”她年青的脸儿红了，“为什么孟先生没来呢？我多盼着他能来听听。”

宝庆也奇怪。孟良一直没露面。秀莲叽叽呱呱说的时候，他已经在忖度着了。她跟他说，懂得了唱的是什么，事情就好办得多，孟先生教她的，真管用。

琴珠走了过来。她的脸绷得紧紧的，眉头皱着。她本打算给秀莲道喜，可又改了主意，只站在一边，听他们说话。她从来没妒嫉过秀莲，以为她根本不是自己的对手。这一回，她发了愁。真新鲜，就为了段新词，也值得给这么个毛孩子使劲鼓掌！她得不惜一切，想法儿胜过她。要是秀莲出了头，她就会把那班来捧场的最有钱的大爷给拉过去。

她咬着厚厚的下嘴唇，呆了好一会儿。然后摇摇头，转身走了。

轮到她上场，她唱了个黄色小调。但听众的爱国激情正高，不管她怎样打情骂俏，黄色小调还是吃不开。对琴珠来说，这是一次失败，听众第一次对她那么冷淡。她耷拉着脸，走进秀莲的屋子，往躺椅上一倒，沙哑着嗓子问：“有学问的小姐，你好！你那新鼓词哪儿弄来的？谁教的？是不是他的……要不你怎么唱得那么动情呢。”

秀莲飞快转过身来，脸涨得绯红。她还没来得及开口，大凤冲了进来。“琴珠，你这话什么意思？”

琴珠满不在乎地咧开嘴笑了。“我说什么啦？不爱听，堵上你的耳朵。”

大凤气得要哭。“你再说这种话，我就告诉妈去。”她生气地说，站了起来。琴珠见这情形，走了出去，临出门还回头说了句脏话。

秀莲束手无策地看着大凤。“怎么都喜欢说脏话？你瞧，妈也爱那么说。”

大凤摇了摇头。“管它呢，”她老老实实地说，“就那么回事呗！”

秀莲又羞又恼，浑身发热。她照着镜子，也冲自己说了两句脏话。这又怎么样？就讨了便宜去啦？为什么有些人说脏话那么津津有味？孟先生就不说这种话，她也不应该说。她崇拜孟先生。他能解开她心里的疙瘩，跟他在一起，她从来不觉得自己低人一等。

宝庆也唱了新词。听众很捧场，不过有些人后来说，他们到戏园子里来，为的是逃避战争现实，还是听点老词好。宝庆只笑了笑，说：“有时候，人也得试着干点新鲜事儿。”

秀莲把琴珠的话告诉了爸爸。宝庆一笑，然后说：“她懒，不乐意学新东西，心里又嫉妒。”秀莲问爸爸，琴珠说起脏话来，怎么跟妈一个样。宝庆没言语。

宝庆上楼回到自个儿屋里，觉着今天是个好日子。秀莲如今也成了拿得起来的角儿了。唐家要是再来捣乱，就叫他们带着那婊子滚。真痛快！

生意兴隆了约摸一个来月。花插着，宝庆和秀莲还为抗日团体义务演出，替前方受伤将士募捐。报纸很快登出了义演的消息。他们的名字天天见报。宝庆觉着自己真的出了名，成了受人尊敬的人物，可以跟新戏演员平起平坐了。

有天晚上，他带着秀莲下小馆，把近来如何走红，跟她说了说。他特别提道，“去年这会儿，你还什么也不是呢。如今你也成了名角儿，比琴珠的身份高多了，你应当高兴。”

她没有马上答碴儿。“怎么样?”他又问，“你怎么想?”

她勉强笑了一笑。“您觉着，要是我继续往下学新鼓词，我就可以像那些演员一样，受人敬重了么?”她渴望提高自己的社会地位，不再跪倒在王司令太太面前，也不要卖给别人去当小老婆。

“那当然，”宝庆说，“你越有学问，人家就越尊重你。”说完，又觉得不该这么说。他挺担心，唯恐读书识字会毁了介乎成人和孩子之间的她。

他们没再多说什么。一直到家，秀莲几乎一言不发，就上床睡觉去了，这使宝庆很不愉快。这些日子以来，她总是沉默寡言，心事重重。

第二天一早，唐四爷就来了，还是那么鬼头鬼脑。宝庆一看他那副样子，就知道有事。

“宝庆，”唐四爷开了口，“我替闺女跟您请长假来了。”

宝庆笑了起来。“另有高就啦?”

唐四爷眉飞色舞，手舞足蹈。“是呀，我自个儿成了个班子。找到几个会唱的姑娘，想雇她们。”

宝庆高兴得真想跳起来。近来从上海、南京来了不少卖唱的。每天都有一两个人来磨他，想搭他的班。他不乐意要。因为多一半是暗娼，哪怕她们唱得跟仙女一样好听呢，他也不乐意要这种人来跟他一块儿上台。让唐四爷要她们去，让琴珠也滚。“恭喜恭喜，”他说，“恭喜发财。”

唐四爷的口气，颇宽宏大量。“好宝庆，”他说，“我们刚到重庆那会儿，您帮过我们的忙，我永世不忘。您是知道我的，我最宽大为怀。知恩感恩，欠了人家的情分嘛，不能不报答。我跟老伴说，不论干什么，头一桩，得向着我们的好朋友方大老板一家。所以，我打算这么着办。”他停了一下，小兔牙露了出来，一对小黑眼紧盯着宝庆。“我们请您和秀莲去和我们同台演出，怎么样？当然男角儿里您是头牌，秀莲呢——唔，她嗓子嫩点，就排第四吧。”

这样厚颜无耻！宝庆就是想装个笑脸，也装不出来了。“那不成，”他急忙说道，“我有我的班子，您有您的。”

唐四爷抬了抬眉毛。“不过您得明白，好兄弟，从今往后，小刘可就不能再给您弹弦子了。我自个儿的班子用得着他。”

宝庆真想揍唐四爷一顿，给他一巴掌，踢他一脚。老乌龟！无赖！

“四爷，”虽说他的手发痒，恨不能马上揍他一顿，他还是耐住性子，稳稳当当地说，“您算是枉费心机。我们的玩意儿跟你们的不一样，再说，找个弹弦的也并不费难。”

唐四爷耷拉下眼皮，慢吞吞地眨巴着，然后溜了。

接着，四奶奶摇摇摆摆走了进来，宝庆知道又要有一场好斗了。她满脸堆着谄媚的笑，见人就咯咯地打招呼，一直走进了秀莲的屋。她手里拿着一把蔫了的花，是打垃圾箱里捡来的。她把花递给秀莲，就唠叨开了，“好秀莲，我紧赶慢赶跑来，求你帮帮忙。这个忙你一定得帮，你是个顶好心的姑娘。”

宝庆也不弱。他迎着四奶奶，热烈地恭贺她，不住地拱手，像在捧个名角儿。“四嫂子，恭喜恭喜！我一定给您送幅上等好绸的喜幛。今儿个真是大家伙儿的好日子。”

四奶奶猛地爆发出一阵大笑，好像肚子里头响了个大炮仗。“您能这么着，我真高兴。好事还在后头呢！您想得到吗？琴珠跟小刘要办喜事了。当然，是时候了。这就把他给拴住了，是不是？我们作艺人家，顶讲究的就是这个。”她像个母鸡似的咯咯笑着，冲宝庆摇晃着她那张胖脸。宝庆呢，那副神气就像是个倾家荡产的人，忽然又拾到了一块钱。

“好极了，”他硬挤出一副刻板的笑容，“双喜临门！到时候，我们全家一定去给你们道喜。”

老妖婆走了以后，宝庆的事还没完。二奶奶那儿，还有一场呢。二奶奶对于怎么掌班子，自有她的看法。她数落宝庆，这下他们可算完了。都是他的不是。他压根儿就不该学那些新鼓词。再说，他为什么不把那些卖唱的姑娘都雇下来，好叫唐家捞不着？真缺心眼！

宝庆气呼呼地出了门，去找小刘。宝庆恭喜他的时候，小刘的脸红得跟煮熟的对虾一样。“真对不起，大哥，”他悔恨地嘟囔着，“太对不起了。”

“有什么对不起的？”宝庆甜甜蜜蜜地问，“咱俩是对着天地拜过把子的兄弟，同心协力一辈子。你跟琴珠结婚，碍不着咱们作艺的事。”

小刘一副为难相。“可我答应唐家，办喜事以后，就不再给您弹弦了。婚书上就是这么写的呢，大哥。”

宝庆真想往他脸上啐一口，可还是强笑着，“好吧，小兄弟。我不见怪，别过意不去。”

宝庆飞也似的回到南温泉，背后好像有一群鬼在追。

他找到了窝囊废。“来，兄弟。”窝囊废说，“又得了两段新词。是孟先生写的。来听听！”

“先别管那些新词了，”宝庆说，“咱们这回可要玩完。”他把事情的前前后后告诉了窝囊废，临了儿，问，“怎么办，大哥？您得帮着我们跟唐家干。”

“真还是件事，”窝囊废回答着。他瞧出来，往后怕是得干活了。他忽然觉着冷。

“什么东西，”宝庆气哼哼地说，“我多会儿亏待过他们？连小刘，为了个婊子的臭货也不理咱们了。这个小婊子！让他当它一辈子王八去。”见窝囊废想装没事人儿，他严厉地说，“这么多年，您一直由我养活，您总得给我句好话。别光站在那儿不吭声！”

窝囊废叹了口气。泪珠子在他眼睛里转。他摇了摇头，说：“别发愁，宝庆，我跟着你就是了。我不是你的哥吗？我给你弹，还能不比那小王八蛋强吗？不过你得给我出特牌。牌上就写：特约琴师方宝森先生。我不乐意当个挣钱吃饭的琴师。”

宝庆答应了，激动得眼泪直往外冒。他爱他的大哥，知道窝囊废确实为他作出了牺牲。“哥，”他哽咽着说，“您真是我的亲哥，人家管您叫窝囊废，真冤屈了您。我每逢有难，都亏您救我。还是您跟我最同心协力。”

窝囊废告诉他，孟先生要他跟着进一趟城。他马上掏出钱来，叫买车票去。孟先生是他的福星，不是吗？

回来的路上，宝庆坐在公共汽车里，算计着他的得失：走了个暗门子琴珠，乌龟小刘；来了个新班子跟他唱对台戏，失去几个懒得到他书场来的主顾。换来的是，大哥来当琴师，秀莲成了名角儿，当然，还有面子。如今他也有了面子。他高兴得唱了起来，边唱边编词，“大哥弹，兄弟唱，快起来，小秀莲，起来，起来，你起来吧。”

别的乘客好奇地瞧着他，没说什么。他们想，这些“下江人”真特别！

秀莲听了这消息，乐极了。下一道关，是宝庆怎么去跟老婆说。他打算学学孟良那一招儿。他打发大凤去买酒，包饺子外带炸酱面。

第二天晚上，有人来找宝庆。打头的是小刘，愣头磕脑地就撞了进来，站在一边，光哆嗦，不说话。唐四爷跟在后面，垂头丧气，好似丧家之犬。俩人都不言语。

“怎么啦?”宝庆问。

唐四爷几乎喊起来了。“行行好吧，您一定得帮忙。只有您能帮这个忙。”

宝庆挑了挑眉毛。“到底出了什么事？我一点儿不明白，怎么帮忙呢?”想了一想，他很快又添上了一句，“要钱，我可没有。”

小刘尖着嗓子，说出了原委。“琴珠让人给逮走了。”他两手扭来扭去，汗珠子从他那苍白的脸上冒了出来。

“逮走了，”宝庆随声问道：“为什么呢?”

两个人面面相觑，谁也说不出口。末了还是唐四爷伤心地说了出来：“这孩子太大意了。她在个旅馆里，有几个朋友聚在一起抽大烟。她当然没抽，可是别人抽了。她真太大意了。”

宝庆恨不能纵声大笑，或在他们脸上啐一口。这个乌龟！不能再到街上去拉皮条了，倒来找他帮忙！……一转念，他又克制了自己。不能幸灾乐祸，乘人之危。不跟他们同流合污，但也不要待人太苛刻了。

“你们要我怎么办？”

“求您那些有地位的朋友给说说，把她放出来。我们明儿晚上开锣。头牌没了，可怎么好呢？要是您没法儿把她弄出来，您和秀莲就得来给我们撑门面。”

“这我做不到。”宝庆坚决地回答，“我抽不出空来，要是有办法的话，帮您去找找门路倒可以。”

唐四爷还是一个劲地苦求：“您和秀莲一定得来给我们撑门面。准保不让她跟别的姑娘掺和。务请大驾光临。”

宝庆点了点头。不明白自己为什么没有勇气说，要去，必得让秀莲挂头牌。不论怎么说，这个头牌一定要拿过来。他觉得好笑。唐家班的开锣之夜，倒让秀莲占了头牌！要是让他来写海报，他就这么写。

秀莲高兴得不知怎么是好。她这是第一次挂头牌。

第二天散场后，她紧紧地攥着唐四爷开给她的份儿钱，决定把钱交给妈妈，讨她的欢喜。她如今也是头牌了。挣了钱来，把钱给妈妈，看她是不是还那么冷漠无情。

她手里拿着钱，快步跑上楼，一边走，一边叫：“妈，给您。我挣的这份儿钱，给您买酒喝。”

二奶奶笑了起来。按往例，她从来不夸秀莲。不过有钱买酒喝，总是件快活事。“来，”她说，“我让你尝尝我的酒。”她拿筷子在酒杯里蘸了一蘸，在秀莲的舌头上滴了一滴酒。

秀莲高高兴兴，唱着回到自己的屋里。她把辫子打散，像个成年女人似的在脑后绾了个髻，得意地照着镜子，觉着自己已经长大了。不是吗？连妈妈都高了兴。她边脱衣服，边照镜子。大凤进屋时，她正坐在床沿上。大凤一眼瞧见了她的髻儿，嘻嘻地笑了。“疯啦，干吗呢？”她问。

十　六

陶副官是个漂亮小伙子，高个儿，挺魁梧，白净脸儿，两眼有神。他是个地道的北方人，彬彬有礼，和和气气。当初，他为人也还算厚道，但在军队里混了这么些年，天性泯灭了，变得冷面冷心。他可以说是又硬又滑。他显得很规矩，讨人喜欢，但他到底什么时候说的是真话，你永远捉摸不透。经过这么多年，他的天良早已丧尽，原先是个什么样子，连他自己也已经忘得一干二净。

他每次做交易，该得多少好处，要按实际情况来定。就拿唱大鼓的宝庆和他闺女那档子事来说，陶副官当初还真是想帮忙来着。不是吗，都是北方人，乡里乡亲的，总得拉上一把。不过，在见王太太以前，他并没有给宝庆和秀莲出过主意，教他们怎样避祸。秀莲顶撞完老太婆，陶副官忽然觉着自己成了方家的救命菩萨。他既然对他们有恩，那知恩感恩的老乡，就该表表感激之情。

他常上南温泉，几乎天天要找个借口到镇上来一趟。开头，他往往打王家花园弄一束花，或一两篮子菜来给二奶奶。这么好的一个副官，不让人家喝上一两盅，做顿好的吃，就能给打发走了吗？他确实挺招人喜欢。他带来的东西，一文不用自己掏腰包，而方家老招待他，可真受不了。

陶副官酒量惊人，宝庆从没见过这么豪饮的，喝起酒来，肚子像个无底洞。一喝醉，他的脸煞白，可还是很健谈。他从不惹事，不得罪人，偶尔吹嘘两句，也还不离谱儿。

多年来，宝庆阅历过的人也不算少，可陶副官究竟属于哪种人，他说不上来。他并不喜欢他，可也不能说讨厌他。离远了，他觉得这人毫无可取之处；但副官一来，又觉得他也还不错。

陶副官还是有些使他看不惯的地方。这人太滑，老想讨好，喝起别人的酒来没个够。

二奶奶跟陶副官最投机。二奶奶是什么样的男人都喜欢，跟陶副官尤其合得来。她也喜欢孟良，不过那完全不一样。孟良受过教育，有文化，跟她不是一路人。他也玩牌，也有说有笑，不过陶副官一来，可就把孟良比下去了。副官的话要中听得多，因为他是北方人，跟她的口音一样，见解也很相近。他要是说个笑话，她一听就懂，马上就笑。

这两个人成天价坐在一块儿逗乐，说些低级趣味的事。二奶奶打情骂俏很在行。跟男人调起情来，声调、眼神运用自如。她对副官并无兴趣，也可以说，压根儿就不想再找男人。不过跟他胡扯乱谈，可以解解闷。说到陶副官，他懂得该怎么对付二奶奶。要是她上了劲儿，他就赶快脱身，而仍跟她保持友好。跟王司令多年，他学会了这一招儿。王司令有好几个小老婆，有的也对年青漂亮的副官飞过眼儿。

陶副官对二奶奶讲起他的身世。他是个奉公守法，胸有抱负的青年。他很想结婚，成个家，但至今找不到可心的人儿。这些本地的土老帽儿，不成！说着，他摇了摇油光水滑的头。一个北方人，怎么能跟这种人家攀亲！说着，他瞟了瞟坐在窗边的大凤。太凤像只可怜的小麻雀，恨不能一下子飞掉。陶副官又缓缓地叹了口气，是呀，他还没找着个合适人家，能够结亲的。

二奶奶心里动了一动。这位副官倒是个不错的女婿。她很乐意有这么个漂亮小伙儿在身边。她已经年老色衰了，有这么个小伙子守着，消愁解闷也好。

陶副官决不放弃能捞到好处的任何机会。大凤算不得美人儿，可总是个大姑娘，结实健壮，玩上它几夜，还是可以的。她还能管管家，做个饭啦什么的。再说，这就能跟方家挂上钩，而对方家，是值得下点工夫的。方老头一定有钱，要不，他怎么能一下子孝敬王司令那么多？这个主意妙。娶了姑娘，玩她几天，再挤光那俩老的。

有天晚上，他跟二奶奶郑重其事地商量了这件事。开头她拿腔作势，故意逗他，不同意这门亲事。但陶副官单刀直入，提出了充足的理由：要是王司令再来找麻烦，可怎么好呢？你们要是把姑娘嫁给我副官，他王司令还能有什么办法？只要我陶某人辞掉王司令那儿的差事，还能不给您方家好好出把子力气？他站起来，伸屈了一下胳膊，让二奶奶看他结实的肌肉。“看我多有劲，要是我往你书场门口那么一站，还有谁敢来捣乱？我跟过王司令，这回让你爷儿们面上有光。他就不想要我这么个人？”

当晚，二奶奶跟宝庆说，要把大凤嫁给副官。宝庆先是大吃一惊。转念一想，又觉得不无道理。这位油头滑脑的副官没有挑上秀莲，真是运气。不过拿大凤作牺牲，究竟是不是应该呢？陶副官一定不会很清白，可能结过婚。就是他真的结过婚吧，抗战时期，也无从查对。他倒也具备个好女婿的条件。不管怎么说，他一天到晚泡在家里，白吃白喝，还不如干脆叫他娶了大凤去。

宝庆整夜翻来覆去，琢磨着这件事。大凤也该成亲了。可以问问她，愿不愿意嫁人，喜不喜欢陶副官。她要是喜欢，那最好不过。嫁出门的闺女，泼出去的水。记得哪本书上说过，父母不能照应儿女一辈子。要是以为自己全成，就太痴心了。

他刚跟大凤一提，大凤就红了脸。这就是说，她乐意。所以，他也就接受了。不过，他还是很不安，觉得对不起她。这孩子说来也怪，明明是亲骨肉，在家里却向来无足轻重。她的处境，一向比养女秀莲还不如。她性情孤僻，常惹娘生气。好吧，这就是她的命。既然陶副官开了口，就把她嫁给他。而他宝庆，也就尽了为父的心。喜事要办得像个样子，就小镇的现有条件，尽可能排场一点。得陪送份嫁妆，四季衣裳，还有他特意收藏着的几件首饰。不能让人家说长道短，好像嫁闺女还不如打发个暗门子。他有他的规矩。方家的姑娘出阁，得讲点排场。是艺人，但是得有派头。

刚过完年，镇上两位头面人物就送来了陶副官的聘礼，是分别用红纸包着的两枚戒指，婚书上面写着副官的生辰八字。为了下定，宝庆在镇上最上等的饭馆广东酒家摆了几桌席，还请了唐家和小刘。借此让他们知道，等琴珠结婚的时候，他也会有所表示。

秀莲几次想跟大凤谈谈这门亲事。定亲请客那天晚上，大凤穿了件绿绸旗袍，容光焕发。秀莲从没见过她这么漂亮。不过大凤整晚上一直古怪地保持着沉默，羞红的脸高高抬起，谁也不瞧。

“你走了，我真闷的慌。”当晚，准备睡觉的时候，秀莲说。大凤没言语。秀莲跪下来，拉住大凤的手。“说点什么吧，姐姐，就跟我说这么一回话也好。”

“我乐意走，”大凤阴沉沉地说。“我在这儿什么也不是，没人疼我。让我去碰碰运气。嫁鸡随鸡，嫁狗随狗。不这样，又有什么办法？我不会挣钱吃饭，我不能跟着爸和你到处去跑。谁也不注意我，谁也不要我。我恨我自个儿不会挣钱养家，我不乐意成天跟你在一块。你漂亮，又会唱，人家都看你，乐意要你。可我呢，除了陶副官，谁也没有要过我。”她淡淡地一笑。“等过了门，我也跟别的女人一样，能叫男人心满意足。”

秀莲觉得受了委屈。古怪的姐姐，竟说了这么一通话。这么多年，她秀莲可一直想对姐姐好，跟她交朋友。“你恨我吗？姐？”她有点寒心。

大凤摇了摇头。“我不恨你。你的命还不如我呢。我总算正式结了婚，你连这个都不会有。所以嘛，我可怜你。”

这真像一把利箭刺穿了秀莲的心。

“你看琴珠，”大凤继续往下说，“爸干嘛要把她这么个人请到家里来吃喜酒。她跟小刘，跟好多别的男人睡过觉。她是个唱大鼓的，跟你一样。”

秀莲两眼射出了凶光，发白的嘴唇抿成了两道线。“好，原来你把我看成跟她是一路货，”她焦躁地说，“你不恨我。你觉得我一钱不值，就像一堆脏土一样。”

大凤又摇了摇头说：“我不知道我对你应该怎么看。”

沉默了好一会，秀莲到底开了口。“姐，你就做做样子，假装疼疼我吧。谁也没疼过我。妈怎么待我，你是知道的，你总不能跟她一个样。你就说你疼我，咱俩是好朋友。你就是不那么想，光说说也好。总得给我点想头。没人疼我，我很想有人疼疼我。”她咬住嘴唇，眼泪在眼睛里直转。“就是，我希望有人爱我。”

“好吧，”大凤让了步，“我来爱你，真是个蠢东西。我是你顶好顶好的朋友。”

秀莲擦了擦眼泪，马上又问：“你跟个生人结婚，不觉着害怕吗？你想他是不是会好好待你呢？”

“我当然害怕啦，不过有什么法儿？我不过是个女孩子。女人没有不命苦的。我们就跟牲口一样。你能挣钱，所以不同一点，可你又能得到什么好处？你靠卖唱挣钱，人家看不起你。我不会挣钱，所以要我怎么样，就得怎么样，叫我结婚，就得结婚。没有别的办法。一个男人来娶我，得先在一张纸上画押，还得先美美地吃上一顿。哈！哈！”

秀莲想了一会儿。“那些女学生呢，她们跟咱们是不是一样呢？”

“这我哪知道？”大凤心酸地顶了她一句，“我又不是女学生。”她哭起来了，眼泪哗哗地往下掉。

秀莲也哭了。可怜的大凤！这么说，这么些年来，她也觉着寂寞，没人要。如今，她要出嫁了。这就是说，她，秀莲在家里的地位，会提高一点？他们也要她嫁个生人吗？谁说得上？她想起了妈的话：“卖艺的姑娘，都没有好下场！”大凤还说，她将来比她还不如，连个正式的婚姻也捞不上！她得像琴珠一样，去当暗门子。不过，靠爸爸陪送，嫁个生人，又比这好多少呢？

她走到床边坐下，床头上搁着一本书。她想读，可那些印着的字，一下子都变得毫无意义。这些字像是说："秀莲，你不过是个唱大鼓的，是琴珠第二。你当你是谁哪？是谁？你有什么打算？甭想那些了。你一辈子过不了舒坦日子。"

孟良来教课的时候，她还在冲着书本发愣。她笑着对孟良说："我想问您点儿书本上没有的事儿。"

"好呀，秀莲，问吧！"孟良把手插在口袋里，玩着衣服里子里面的一颗花生。

秀莲问："孟先生，什么是爱？"

孟良挺高兴，但又很为难。他说："怎么一下子给我出了这么个难题？这可没法说。"

"谁都说不上来吗？"

"人人都知道，可又说不清楚。你干吗要问这个呢？秀莲？"孟良那瘦削的脸显得挺认真。他在对面的椅子上坐下，好奇地盯着她。

秀莲舔了舔嘴唇。"我就是想知道知道，因为我什么也不懂。我没有兄弟姐妹，没有朋友，没人疼我。男人追我，都想捏我一把。这就是爱吗？我姐就要嫁人了，嫁给个她不知道的人。他跟她睡觉，她给他做饭。那就算爱吗？男学生跟女学生，手拉手在公园里散步，在草地上躺着亲嘴。那就是爱？还有，随便哪个男人，只要给琴珠一块钱，就可以跟她睡觉。那也算爱吗？"

孟良大声喘了口气，好像打肚子里喷出了一口看不见的烟雾。"别着急呀，姑娘！我一口气哪儿答得上来这么一大串问题。答不上来的，所以，咱们先解决它一个。比如说，你姐姐的婚事。这说不上爱，这是一种封建势力。姑娘大了，凭父母之命，就得嫁人。她要是个革新派，按新办法办，就该自己挑丈夫。”

“像琴珠那样？”

他摇了摇头。“她那样不是挑丈夫，是出卖肉体。爱情不是做买卖，是终身大事。”

秀莲想了一会儿，“孟老师，要是我跟个男人交朋友，有什么不对吗？”

“没什么不对，这事本身，没有什么不对。”

“要是我自个儿打主意要嫁他，有错儿吗？”

“按我的想法，没什么错儿。”

“自个儿找丈夫，比起姐姐的婚事来，过日子是不是就更舒心些呢？”

“那也得看情况。”

“看什么情况呢？”

“我也说不准。我已经跟你说过，这样的问题，没个一定之规。”

“好吧，那咱就先不说结婚的事儿。我问您，要是我有个男朋友，家里又不赞成，我该怎么办呢？”

“要是值得，就为他去斗争。”

“我怎么知道他值不值得呢？”

“这我怎么跟你说呢？你自己应当知道。”孟良叹了一口气。“你看，你的问题像个连环套，一环套一环。我看，还是学我们的功课更有用一点。”

秀莲这天成绩很差。孟先生为什么不能解答她的问题？他应该什么都教给她呀。她对他的信仰有点动摇了：他就知道谈天说地，对她切身的问题却不放在心上。他认为她有权自己挑丈夫，她说什么他都表示同意，甚至主张她违抗父母。他到底是怎样一种人，竟随随便便提出这些个看法，对主要问题，却又避而不谈。

雾季一过，他们又回到南温泉。在重庆的这一阵，宝庆的生意不见好，因为唐家班抢了他的生意，当然勉强维持也还可以。在重庆，常上戏园子的有两种人，一种人爱看打情骂俏的色情玩意儿，对说唱并不感兴趣；另一种人讲究的是说唱和艺术的功底。后一种人是宝庆的熟座儿。宝庆对付着，总算是有吃有穿，安然度过了夏天。

他急着想把大凤的事办了。既然已经把她许给了陶副官，他就又添了一桩心事。他这才意识到，照应自己的亲生闺女，也是一层负担。他有时觉着，他像是收藏着一件无价的古磁器，一旦缺了口，有了裂纹就不值钱了。当爸爸的都操着这份儿心。姑娘一旦订了亲，就怕节外生枝，也怕她会碰上个流氓什么的。

所以，他打算一回南温泉就办喜事。秀莲盼着办姐姐的喜事，比家里其余的人更起劲。她像是坐在好位子上看一出戏。她可以好好看看，一个姑娘嫁了人，到底会有什么变化。她也要看看，姐姐究竟是不是幸福。这样她就可以估摸一下，她自己是不是有幸福的可能。多么引动人的心，许多个夜晚，她睡不着，渴望弄它个明白。

大凤还是老样儿，整天愁眉不展，闷声不响。她埋头缝做嫁妆。秀莲注意到她有时独自微笑，想得出了神。她明白她为什么笑。可怜的大凤没命地想离开家，去自立，逃开这个由成天醉醺醺的妈妈管辖的邋遢地方。她想离家的心情太迫切了，连跟个陌生男人睡觉的恐惧，都一点儿吓不倒她。

喜事一天天逼近了，窝囊废成天价跟弟媳妇在一起划拳喝酒。他陪着二奶奶喝，觉着要是家里只有她一个人喝醉酒，未免太丢人，而他不愿意她丢人现眼。再说，大凤走了，他觉着悲哀。大凤从没给谁添过麻烦，从没额外花过家里一文钱。她总是安安稳稳，心甘情愿地操持家务。如今她要走了。

二奶奶往常并不关心大凤，不过她醉中还记得，这是她亲生的闺女，要是陶副官待她不好，她会伤心的。这种母爱是酒泡过的，比新鲜的醇得多。

秀莲想跟妈说，她盼着能在妈心里，也在家里，代替大凤的地位。不过眼下这个节骨眼说这话，看来还不合时宜。她不能不想起，大凤要出嫁了，妈又哭又叹，可是当初她被逼着去给王司令当小老婆的时候，妈没滴过一滴泪。

猛地，堂屋里一阵闹腾，秀莲走到门边去听。妈妈在扯着嗓子嚷，大伯大声打着呵欠。妈妈说的话，叫她本来就不愉快的心，一寒到底。只听妈妈在那儿嚷："大凤这一走，我得好好过过。我去领个小男孩来，当亲生儿子把他养大。眼下是打仗的时候，孤儿多得很，不是吗？要领个好的，大眼睛的小杂种，要稍微大一点，不尿裤子的。"

这么说，妈一辈子也不会疼她了，这是明摆着的。不管她是靠卖唱挣钱，还是靠跟男人睡觉挣钱，妈都不会有满意的时候。她不过是个唱大鼓的，没有亲娘。这个世道到底是怎么回事？嗯？她心酸，觉得精疲力尽，好像血已经冻成了冻儿，心也凝成了块儿。爸好，他的心眼好，可那又有什么用？他解决不了她的问题，他没法又当爹又当娘。

她觉出爸走到了跟前，于是转过身来。他显得苍老，疲倦，不过两眼还是炯炯有神。他拍了拍她的肩膀，悄悄地说，“不要紧，秀莲。等你出嫁的时候，我要把喜事办得比这还强十倍。办得顶顶排场。要信得过我。”

她一言不发，转身回到自己的卧室。爸干吗要那么说？他以为她妒嫉啦？她才不妒嫉呢。她恨这个世道，恨世界上的一切。泪涌了上来。

十　七

结了婚，大凤换了个人。短短三天工夫，她起了神奇的变化。秀莲见了，既高兴，又奇怪。姑娘变起来这么快！刚出阁的陶太太第一次回门，变得那么厉害，简直叫人认不出来了。她眼睛发亮，容光焕发，沉浸在极度的幸福之中。就连她的体态，仿佛也有了变化。结婚前，她穿起衣服来死死板板，她是衣裳的奴隶，是衣服穿她，不是她穿衣服。如今她穿起衣服来，服服帖帖，匀称合身。她结实的胸脯高高隆起，富有曲线美，这是从来没有过的，就连她那细长的胳膊，也好像变得柔和秀丽，给人以美感了。

她还是那么沉默寡言。秀莲惊讶地听见她跟妈说了一句粗话。当她还是方家那个干巴巴的小毛丫头大凤的时候，她哪敢说这种话！结婚这么能变化人。结了婚，就有权说粗话；结了婚，人还会显得漂亮。她费了好大劲，把这些想法写在一张纸上。

等没人的时候，她问大凤，婚后觉得怎样，高兴，还是不高兴？秀莲一个劲地问，可大凤好像压根儿就不听她。她只顾自个儿照镜子，把胳膊抬起来，看看衣服套在她那刚刚发育成熟的胸脯上，是不是合适。

秀莲仔细观察着，心里还是很空虚。她的词汇不够用。不过她还是记下了各式各样的问题，等着问孟良。

唐家也到了南温泉。他们挣的钱多，自然而然，就染上了恶习。唐四爷和琴珠抽上了大烟，把小刘也给带坏了。

唐四爷除了损人利己，拼命捞钱之外，抽大烟是他最大的乐趣。他一个劲地抽，不光是为过瘾，还觉着这样会抬高他的身份。人家一听他是个鸦片鬼，就会说："唐先生一定很有钱，"这话叫唐四爷听了，说不出地受用。

他抽，琴珠抽，小刘也抽。瘾越来越大，人也越来越懒，越来越脏。生意上是四奶奶包揽一切，她可没有应酬人的本事。说实在的，她真叫人一瞧就讨厌。哪怕是顶顶好脾气的人，见了她，不等她耍开她那刀子嘴跟人吹胡子瞪眼，就得火冒三丈，吵起来。唐家的生意一败涂地。在重庆，抽大烟不少花钱，地面上的地头蛇三天两头还来讹上俩钱，好也去弄点抽抽。可不是，要想白抽，最好的办法是讹那些有钱的，让他们掏腰包，这些人顶怕的就是坐牢。琴珠给关过一回，一回就够受了。为了把她保出来，她爹没少花钱。

唐家回到南温泉，已经是一贫如洗。四爷擦了把脸，换了件衣服，就去找宝庆。他烟抽多了，满脸晦气，瘦得像个鬼。不论怎么说，他还是比老婆有本事，用不着跟人吵闹，就能把买卖谈成。他出了个主意：夏天，唐家和方家合起来，在镇上茶馆里作艺。

宝庆不答应。他眼下很过得去。他正忙着排练孟良的新词，准备雾季拿进城去唱。唐家，滚他妈的蛋吧，让他们自个儿干去。不过呢，话又说回来，没准什么时候会用着小刘，窝囊废未见得肯长干下去。他没长性，保不住还会生病。说实话，他也有把子年纪了，吃惯了现成饭，乍一干起活来，确实够他受的。再说，宝庆做事喜欢稳稳当当。唐四爷去找宝庆，见他光着脊梁，穿着一条挺肥的裤子，油黑发亮的宽肩膀上，湿漉漉的都是汗。

宝庆说他太忙，没工夫考虑到茶馆里唱书的事，要他等几天再说。唐四爷觉得他架子不小，根本不把他看在眼里，随随便便就把他撂在一边。他心里又怨又恨，“哼，咱们走着瞧，看老子不收拾了你。”

他叫四奶奶去找二奶奶。她冲二奶奶大吵大嚷了一阵子。“怎么，你也疯了吗，秀莲和宝庆明明可以挣钱养家，偏偏坐吃山空，你就看着不管？真蠢！”

四奶奶一走，二奶奶就照这话，劈头盖脸数落了宝庆一通。他不理，她又絮叨了一遍。他只顾练他的新词儿，压根儿就不听她的。二奶奶急了，使劲嚷了起来。宝庆放下鼓词，站了起来。他掖了掖裤子，说：“甭说了，好不好？也听我说两句。事情是这么着，唐家跟我们不是一路人，我不乐意跟他们沾边。他们抽大烟，我们不抽，这总比他们强点。你也该知足了，你没给我生过儿子。为这，我跟你打过架吗？想娶过小吗？没有，是不是？你爱喝一盅，我不喝。这么着，咱们各干各的。我得练我的鼓词，我想为国家出把力气，我得保养我的嗓子。我要的就是这么些，能算多吗？到了冬天，我天天都得扯着嗓子去唱。我挣的钱，够你舒舒服服过日子的，所以，你就别管我的事，让唐家滚他们的吧。”

宝庆难得说这么多话。二奶奶倒在椅子上，愣着，说不出话来。这么些年了，除了刚结婚那一程子，宝庆从来没跟她讲过这么多心里话。这一回，他特意找了个她清醒的时候来跟她说，这就是说，是跟她讲理来了。他说得很对；正因为说对了，听着就更扎心。不过，她现在没有醉，所以没法找碴儿跟他吵。

末了，她说：“你说我没给你生儿子，这不假。不过，我打算抱个男孩子，这就去抱。咱们很快就能有儿子了。”

宝庆没言语。趁她眼瞅不见，冲她吐了吐舌头。老东西还想抱儿子呢，连她自个儿都照顾不了。

秀莲没事干，常去找琴珠。她总得有人说说话儿。大凤从来不多言不多语的，不过秀莲还可以叽叽呱呱跟她乱说一气儿。大凤走了，她得找个伴，而琴珠是唯一能作伴的姑娘。

再说，她找琴珠，还另有想法。这位唱大鼓的姑娘对男女之间的事儿非常在行，秀莲常问她有关这方面的事。琴珠有时跟她胡扯一通，有时光笑。你想知道吗？自个儿试试去就知道了。对秀莲这颗幼稚的心说来，琴珠教她的，比起孟老师来，明确多了。

秀莲跟琴珠来往，宝庆很生气。他忙着练他的鼓词，顾不得说她。他让老婆瞅着点秀莲，不过她光知道喝酒。

大凤又回来了。灰溜溜的，两眼无光，脸儿耷拉着，好像老了二十岁。

秀莲急不可待地等着，想单独跟她说两句话。“姐，怎么啦?”她一边问，一边摇着大凤的肩膀。“跟我说说，出了什么事儿?”

大凤掉了泪。秀莲轻轻地摇她，像要把她晃醒似的。“跟我说说，姐，到底怎么回事?”大凤满脸是泪，抽抽噎噎地说了起来：“嫁狗随狗是什么滋味，这下我可尝够了。”她卷起袖子，胳膊上斑斑点点，青一块，紫一块。“他打的。”她哽咽着，说不出话来，双手捂住了脸。

“凭什么打你?”秀莲硬要打破沙锅问到底，“为了什么呢?”

大凤没言语。

“你就让他打?”

大凤挺不服气地瞧着她。“我能让他打吗，傻瓜！我是打不过他。”

“那就告诉爸去。”

“有什么用? 爸也拿他没法儿，他老了。再说，他不过是个唱大鼓的，我呢，我是唱大鼓的闺女，他能有什么办法?”

秀莲心里一震。可怜的大凤！爸把她给了个男人，男人揍她，她一点办法也没有。她不会挣钱养活自己，所以只好忍气吞声。大凤忽然低低地哎哟了一声。“怎么啦?”秀莲挺关心，柔和地问，“怎么啦?”

“我有了身子啦，这我知道，”大凤嘟囔着说，“他也一清二楚。”有了身子，她要想另嫁别人，就不容易了。她要秀莲答应，一定不跟爸说。她梳洗打扮了一番，回家去了。脸儿高高扬着，还带着点儿笑，好像要让人家知道，她确是挺幸福。

秀莲还是告诉了宝庆。他瞪着两眼瞅着她，好像怀疑她在撒谎。他从来没想到会有这样的事。打从大凤出了嫁，他压根儿就没想到过她。这个油头粉面的狗崽子竟敢打她！怎么办? 他不能去跟陶副官吵，吵有什么用? 再说，到王公馆去，还不定会碰上什么倒霉事呢。陶副官会仗着王司令的势力，跟方家过不去。打老婆的人，什么都干得出来。宝庆真的没了辙。他对自个儿说，这件事嘛，他其实无权过问。不过呢，也许还是应该管一管。

他得好好想一想，到底该怎么办。他不让秀莲跟妈和大伯说，更不能告诉琴珠。要是唐家知道了，镇上的人就都会拿方家当笑话讲。

秀莲紧盯着爸爸的脸，两个拳头抵在腰间。“那您就让那小王八蛋揍我姐姐，不管她啦?”

他脸红了：“我并没这么说。咱们得好好合计合计，总会有办法的。”

秀莲气疯了：“我要踢出他的……”她气得直嚷，顿着脚说：“女人都是苦命。大姑娘也罢，暗门子也罢，都捞不着便宜。”接着就用了一句琴珠的口头禅。

宝庆吓了一跳，走开了。这一程子他忙着练孟良写的鼓词，没想到出了这么多的事。事情真变得快。

这件事，秀莲一直没吭气，她等着孟先生来上课。也许他有办法。他有学问，会运用他的智慧，跟这种野蛮势力作斗争。秀莲把话跟他说了，然后下了最后通牒：“孟老师，我不打算再念书了。我们家是卖艺的，没有出息。一辈子都出不了头，何必白费劲儿。我们这样的人，永世出不了头。”

孟良半天没吭声。他光坐在那儿，傻瞅着太阳光。他这么一声不吭，惹得秀莲很生气。心想，又碰到了个他不肯解答的问题。

“秀莲，”末末了，他提出了反问，“你说，中国人现在都在干什么?”

“打日本呀!”

“打赢了吗?”

“没有，正在打呀!”

“说得对。既然还没赢，为什么又要打呢？”

“要是不打，就得亡国。”

“一点不错。你能明白这个，就好办了。你看我们国家这么穷，这么弱，可也抗战三年了。我们的人民为了生存，奋勇抗战。国家就跟一个人一样，因为国家本是一个个人组成的嘛。个人经历的，特别是求生存的斗争，也跟国家经历的一样。你越是发奋图强，遇到的困难就越多。你得下决心克服一切困难，否则就一事无成。你们女人是旧社会制度的牺牲品。这种旧制度的势力还很强大，顽固，有害的影响也还大量存在。就拿我打个比方吧。我是写剧本的，我有我的问题。你是个女人，你有你的问题。在我们这么一个古老的国家里，女人总是受欺凌，受歧视的。你想要有作为，就得争取进步。我觉着今天妇女的地位，就像个跟人赛跑的小脚姑娘。当然你的脚并不小，思想也没受那么多约束。你要做的，就是刻苦用功。你姐姐挨了揍。为什么挨揍呢？因为她从来没有打算要有作为。她就知道百依百顺，三从四德。她哪知道，女人自己起来反抗，可以消灭奴役妇女的旧势力。要是我们不抗战，今天早已经亡国了。陈规陋习也一样。你不跟它斗，它就会压垮你。”

秀莲想了很久，完了说：“我还是觉着，再学下去也没用。没准我也得嫁人，也得教个臭男人揍。”

孟良笑了起来，有点不耐烦了。“哪能呢，你不会的。”他拿起铅笔，龙飞凤舞地在一张纸上写了点什么。“秀莲，我给你安排个新生活吧。我主张你去上学，跟别的姑娘一样，好好念书去。你晚上才唱书，白天反正没事干。上学去吧。这样你就可以脚踩两只船了。要是学得好，成了女学生，就用不着再唱书了。要是学不出来呢，还可以再唱书，总还比别人学识多一点。怎么样？白天上学，晚上作艺。你瞧，我希望你能自立，必要的时候，能挣钱养活自己。想想吧，要是大凤会一门手艺，她的处境就会好得多。她可以离开那个家伙，自己挣钱吃饭。要那样，她压根儿也就用不着嫁给他了。”

“这么说，我要是读了书，就不会像琴珠那样了？”

“根本就不会那样。”

“我爹妈能让我去上学吗？”

“我去跟他们说说，再把你大伯也拉来帮忙。”

“我姐怎么办呢？”

“那可就得另说了。总得想个办法。多想想，准能想出好主意来，不过也得好好想想，不能太莽撞。眼下咱们已经取得了点胜利。咱们已经下定决心，不让你像大凤那样，更不能学琴珠。你要做新中国的妇女，要做个新时代的新妇女，能独立，又能自主。你看，那多好！”

于是，秀莲一心一意用起功来。每天，太阳落山之前，她一定要学上几十个字。在她看来，一个个字像奔腾的大红马，能把她载进一个新社会。那儿没有暗门子，没有鸦片，不允许把闺女随便嫁出去受折磨。在那个新社会里，到处都是像孟老师那样有学问的人。她觉着自己也成了新中国的一部分，不再是无足轻重的了，摆脱了发霉发臭的旧时代，进入了光明灿烂的新时代。

秋天已到了，方家收拾行装，准备回城里去。他们磨磨蹭蹭，没有及时走掉。一天下午，也是没拉警报，来了一群敌机，在镇上扔了一串炸弹。谁也不明白敌人要炸的是什么。这里是游览区，有不少阔人的别墅。据传说，有些大阔佬囤积了大量石油，准备卖黑市。日本人的探子，可能就把这些油罐当作军用物资，报告了敌人。

一阵轰隆轰隆的爆炸声，又死了一批人，汽油罐倒安然无恙。

方家住在镇边的小河旁。空袭突如其来，谁也来不及躲进防空洞。他们只好跑到野地里，趴在河边的大石头底下。

除了窝囊废，全家都在一块儿趴着。窝囊废喜欢走动，又讨厌那一群群绕着岩石飞的蚊子。他慢慢沿河边走着。听见天上嗡嗡响，他漠然抬头看了看，心想，那不过是往重庆去的，总不会在南温泉下点什么。看起来倒挺好看，蓝蓝的天上飞着几只银色的飞机，高射炮响了几下，迸出几小团雪白的烟雾。真废物，一炮也没打中。真孬种，这种事，也该有人来管管！

飞机只管飞它的。窝囊废坐在他顶喜欢的一棵树底下。“还往前飞，”他对自个儿念叨着，“空袭一次，就得毁多少房子，死多少人。真不是玩意儿！多咱才能给他们点儿颜色看看？”

飞机又回来了。窝囊废奇怪起来。也许是来炸南温泉的？最好还是躲一躲。他站起来，瞧着那排人字形的银色飞机，嗡嗡地飞了过来。倒是怪好看的，好看得出奇。高射炮就是打不中。快跑吧。没准扔个炸弹下来。到那石头底下去，别呆在这树底下，万一挨一下呢。

窝囊废跑起来了。他听见了炸弹的呼啸，轰的一声，大地在翻腾。又一个炸弹嘶嘶响着掉了下来，他的耳鼓好像要胀破了。他没命地跑，炸弹崩起的一块大石头呼地飞过来，打中了他的脑袋。

宝庆在大哥常常傍着坐的一棵大树附近，找到了他。窝囊废手脚摊开，背朝天趴着。宝庆摸了摸，“哥，哥，醒醒。”窝囊废没答应。

他把窝囊废翻了个个儿。没有血，没有伤口，睡着了。他一定是睡着了，再不就是醉了。宝庆扶起他来，靠着自己。窝囊废的脑袋耷拉下来，像没了骨头似的。

宝庆不信他的哥会死。他嗅了嗅他的嘴。窝囊废的嘴唇又凉又僵，早咽了气。两手冷冰冰的，毫无生气。

秀莲也过来了，哇的一声哭了出来。宝庆轻轻把哥放倒在草地上，给他扇着苍蝇。这些苍蝇在已经停止了生命的脸上爬着，钻着。“大哥，大哥，为什么单单您……”

秀莲跑去告诉了妈，一下子全家都哭起来了。邻居也来了，都掉了泪，对方家致了哀悼之意。他们围着宝庆，宝庆站在哥的身边，呆呆的，像个石头人。他眼冒凶光，干枯无泪，满面愁容。他挪不动步，说不出话。

为什么偏偏轮到窝囊废？他是他的哥。多年来，一直靠他养活，每逢有难，都是哥救了他。哥有才情，那么忠厚，就是牢骚多点。他能弹会唱，有技艺。可怜的窝囊废！他最怕的就是死在外乡，如今偏偏是他，炸死在遥远异乡的山区里。

太阳早已落山，月亮在黑沉沉阴惨惨的天上高高升起。邻居们都回家去了，只有宝庆还站在哥的尸体旁。天快亮时，秀莲走了过来，拉了拉爸的袖子，“爸，回去吧，”她悄声说，“咱们把他抬回去。”

十　八

丧事由二奶奶操持。天还热，三天以内就得下葬。宝庆已是六神无主，他就知道哥已经炸死，人死不能复生，再也听不见哥的声音了。他的脑子发木，什么也感觉不到，吃不下，睡不着，蓬头垢面。

二奶奶却来了精神。她打点一切，做孝衣，跟杠房打交道，供神主。她帮宝庆穿孝衣，招呼他吃喝。他愣在棺材边，一声不吭，伤心不已。她时不时走过来瞧瞧，怕他背过气去。有人来吊孝，是她站在门口接应客人；宝庆知道来了人，可无心应酬。他机械地起立，行礼，接着守他的灵。人家跟他说话，他光知道点头，一点儿也不明白人家说的是什么。他成了活死人。

只有一个人，他见了，多少还有些触动，那就是孟良。孟良是那么友爱，那么乐于助人，他最能体贴人，了解人。宝庆沉浸在无边的悲痛里，不能自拔，只有孟良的热心肠，能给他些安慰。孟良这样关怀他们，方家非常感激。

他们一向认为，孟良和他们之间，有一道鸿沟。他是作家，又是诗人，来这里是为了研究大鼓书。如今他完全成了他们中的一个，是真心的朋友，一心想帮忙。朋友来吊孝，孟良陪着。帮着应酬客人，陪他们吃饭，跟着守灵。宝庆虽说是伤心不过，也觉着他虽然失去了亲爱的大哥，可也有了个真诚的朋友。

他们在山顶上买了块坟地，由孟良负责监工筑坟。棺材入了穴，宝庆按照家乡风俗，在棺材上撒了把土。他的泪已经流干。他站着，秃着头，铁青着脸，茫然瞪着大眼，瞧着坟坑，看杠房伙计把土铲进坟里。大哥就这么完了。这冰凉的土地上，躺着窝囊废。

人都散了，宝庆还站在坟头，孤孤单单，悲悲切切。不多远站着二奶奶，孟先生和秀莲。

一个脚夫挑着宝庆的鼓、窝囊废常弹的三弦，上了山。天是灰蒙蒙的，镶着白边的黑云，滚滚越过山头。在苍茫的暮色里，宁静的田野异常的绿，树木的枝条映着背后的天空，显出清晰、乌黑的轮廓。

宝庆从脚夫手里接过三弦，深深一鞠躬，恭恭敬敬把它放在坟前地上，把鼓架了起来。

宝庆高举鼓槌子。一下，两下、三下，敲起来。咚咚的鼓声像枪声，冲破了死一般的寂静。孟良觉得大地在震动，树叶在发抖。

宝庆手按鼓面，打住了鼓声，说起话来。他说："哥，哥，我再来给您唱一回。求您再听我这一回吧。咱哥儿俩不那么一样。您爱弹又爱唱，爱艺如命，但您不肯卖艺吃饭。我又是另一样，我得靠作艺挣钱养家。外人看着咱哥儿俩各不相同，可咱们不就这点差别吗？就这么一点儿。"他停了一停，恭敬地鞠了一躬。"大哥，我明白我再也见不着您了，不过我还是想请您再给我弹一回。再弹弹吧，让我再听听您好听的琴声。记得咱们在一块，唱得多痛快？如今你我已成隔世的人，不过咱还能一块儿唱。咱们一块过了四十多年哪，哥。有的时候咱也吵，但手足总还是手足。现在不能吵了，也不能争了。我只有一样本事，就是唱，所以我来再给您唱这么一回。大哥，您也就用您那巧手，再给我弹这么一回弦吧！”

宝庆又使劲敲了敲鼓。然后等着，头偏在一边，好似在倾听那三弦的琴声。站在一旁的人，只听见风拂树木发出的叹息。秀莲用手绢堵住嘴，压住自己的啜泣。二奶奶在哭泣，孟良轻声咳着。

宝庆给大哥唱了一曲挽歌，直唱得泣不成声，悲痛欲绝。

孟良挽住朋友的胳膊。“来，宝庆，”他劝道，“别尽自伤心。人人都有个归宿；有死，也有生，明天的人比今天还多，生命永不停息。谁也不能长生不老，别这么伤心。大哥这一辈子，也就算过得不错。”

宝庆用深陷的双眼看着他，满怀感激。“日本人炸死了我的哥，”他悲伤地说，“我没法给他报仇，不过我要唱您写的鼓词，我这下唱起来，心里更亮堂，我要鼓动人民起来跟侵略者斗争。”

孟良拿起鼓，挽住宝庆的胳膊。“家去，歇一歇，”他劝着，宝庆不肯走。过了会儿，他转过身来，再一次对着坟头说，“再见吧，大哥，安息吧，等抗战胜利，我把您送回老家，跟先人葬在一起。”

第二天，孟良请了个大夫来瞧宝庆。宝庆病了，是恶性疟疾。他身体太弱，病趁虚而入，把他折磨得死去活来。二奶奶又喝开了，现在是轮到秀莲来照顾病人。对她来说，这是件新鲜事，她从来没有侍候过重病人。爸病得真厉害，可别死了。她从没见过他这样，脸死灰死灰的，双眼深陷，浑身无力，坐都坐不起来。她想，人有死，有生，又有爱。生命像一年四季，也有春夏秋冬。但在冬季到来之前，死亡也会像夏天的暴风雨一样，突然来到。大伯不就是这样的么。她自己，总有一天也得死。不过死好像还很遥远，难以想象，因为她现在还很年青，健壮。孟良也跟她这样说过。谁也不能长生不老。要是爸真的跟着大伯去了，她可怎么办呢？

她更爱爸爸了，一定要救活他。她日日夜夜不离病床。宝庆只消稍动一动，她就拿药端水地过来了。有时孟良来陪她一会儿。除了爸，孟先生就是世界上顶顶可亲的人了。

守在爸床头，秀莲在漫漫长夜里，想了好多事儿。她看出来，打从大凤出了嫁，大伯又死了以后，家里整个变了样。妈一定很疼大伯。他活着的时候，她跟他吵起架来，也很厉害。可现在她常坐在椅子里，悄悄地哭，就是不醉，也这样。她又想起了那个老问题：为什么妈妈单单不爱她？拿孟良来说吧，妈信得过他，他怎么就能得她的欢心呢？

宝庆总算度过了难关。有天晚上，秀莲踮着脚尖进来，打算给他喂药，见他轻轻松松躺在床上，脸上挂着笑。脑门不再发烫，身上也不再大汗淋淋。他跟她说话，说他替大凤担心。为什么她不来吊孝，为什么他女婿也不来？出了什么事？秀莲一个劲儿安慰他，说大凤会照顾自个儿，不会有什么事。不过她知道，说这话也白搭。爸在心疼闺女呢。秀莲很奇怪。人为什么总要到事后才来操心？他早就该操这份心，不该让他闺女去遭那份儿罪！

宝庆已经见好，有天上午，正躺着休息，大凤跌跌撞撞走了进来。她把一个包袱往地下一扔，就冲爸爸扑了过去。她搂着爸哭了又哭。二奶奶听见响动，走过来瞧。她不知道怎么疼闺女才好，生拉活拽，硬把女儿从病床边拉开，把她安顿在一把椅子里。大凤止了哭，可是说不出话，像个木头人。二奶奶一个劲盘问，但闺女压根儿就听不见。折腾了约摸半点来钟，二奶奶没了辙。到了还是宝庆有气无力地开了口。“我又老又病，为你操心，叫我伤神。趁我还没死，说说你到底是怎么回事。”

“他不要我了，就是这么回事。他把我扔下不管了。”大凤放声大哭，二奶奶尖声喊了起来。宝庆瞅着大凤，呆了。他心如火焚，猛地倒在枕头上。

“他敢不要你，”二奶奶吼着，摇晃着拳头。“不要你？叫他试试，狗杂种。我跟你去，看我不收拾了他。老娘要是收拾不了他，就管我叫废物老婊子！”

“他已经走了，妈。”大凤说。

二奶奶气呼呼地瞪着女儿。“废物，怎么就让他走了？他说句不要，你就让他走啦？你是什么人？笨蛋！你有法收拾他，结了婚，就有法收拾他。”

大凤没言语。二奶奶为了平一平火气，冲进隔壁房间，喝了一杯酒。真气死人：结婚没几个月，就让丈夫跑了。她敢说闺女是好样儿的。要是闺女不规矩，也还有可说，可大凤是黄花闺女，小娃娃似的那么天真。是不是因为她年青时不守本分，报应落到女儿身上？她攥紧了胖拳头，低下了满是泪痕的脸。她嫁宝庆以前，还真风流过一阵。所有卖唱的姑娘都一样。不过闺女是清清白白养大的，怎么也落得这般下场？姑娘让个下三滥的混蛋副官给甩了！她越想越气，心都快炸了。婊子养的狗崽子！老娘要是抓住他，非把他肠子踢出来不可。

她又冲回堂屋里，紧追紧问，硬逼着大凤说了实话。

还是为了王司令那个老混蛋。这个军阀打过秀莲的主意，已经有了好多小老婆，是个色鬼，见女人就要。

“开头几天挺不错，”大凤开了口，“他待我挺好，后来王司令知道我们结了婚，吃醋了，把他叫了去，说：‘好呀！我要那卖唱的姑娘，你不弄来给我，倒给自己找了个老婆。混蛋！看我不收拾你。’他一发起脾气来，怕死人。王公馆上上下下，人人自危，这种时候，连王老太太也怕他三分。后来司令瞧见了我，就说，得把我分一半给他。他对我丈夫讲，‘卖艺人家的闺女没一个正经的，不但不在乎，还会高兴呢。’”大凤哭起来了。“老爷就是这么说的。他说我天生是个婊子，有俩男人准保高兴。”

二奶奶气得直哼哼，“往下说，还有什么，都说出来。”

大凤擦了擦眼泪，接着往下说。说她真愁坏了。不知道该怎么办。她觉着，有的时候，他仿佛情愿把她送给老爷。有的时候，又拼命吃醋。还说王司令吓唬他，要把他送回军队，还当他的上士班长，吃粮去，不让他留在王公馆享福。有一天，王司令趁她丈夫不在家，跑到她家。一来就动手动脚，可她不干。

她丈夫回家后，认为老爷已经占有了她。大凤说，她并没有不贞洁，可他不信，骂她婊子，说她什么人都要。她越分辩，他骂得越凶。每天王司令把他打发得远远的，然后跑来跟大凤纠缠，事情越来越糟。大凤说：“我有什么办法呢。背弃了丈夫，就得倒霉一辈子。守着他呢，他又得丢差使，不论怎么着，丈夫都怪我不好。”

每天晚上，陶副官当差回来，都要狠揍她一顿，她怎么辩解，都是白搭。陶副官怎么都不信。他揍她，蹂躏她。

王司令没达到目的，气坏了，撤了陶副官的差事，赶他回军队去，让他马上滚。

陶副官对大凤说，他不打算回军队去，要跑。当晚他收拾了几样东西，准备溜。大凤也跟他一块儿收拾，可是他说他不能带她。没法带。她说，他到哪儿，她也跟到哪儿。夫妻嘛，理应如此。嫁鸡随鸡，嫁狗随狗。陶副官听了笑起来，在她屁股上狠狠打了一巴掌，打得她倒在了床上。然后跟她说了实话。他早就结过婚，孩子都好几个了。他俩的婚姻，压根儿不算数。她最好回家找妈妈，把这档子事儿忘个一干二净。

“这个狗杂种，婊子养的……”二奶奶喊了起来。别的人，谁也没再开口。大凤又哭了起来。她抽抽噎噎地说，陶副官把她的首饰和所有值钱的东西都卖掉了。她带回来的，只有一个在她肚子里活蹦乱跳的孩子。

宝庆这下才猛醒过来。“大哥说得对，”他缓缓地说，“艺人都没有好下场。”

秀莲拉住了大凤的胳膊。“上我屋里去，擦把脸。”她催促道，“擦点儿粉，抹点口红，就会舒服点。”

大凤这才冲她笑了笑，眼神里透着温柔。“说得真对，好妹妹。过去的事，哭也没用。”

十 九

唐家急着趁宝庆生病的机会，捞它一把。他们算计，窝囊废死了，宝庆和秀莲没了弹弦的。要是不改行，就得来搭唐家的班子，借重小刘。唐家这回真是稳拿啦。要是方家改了行，那最好，唐家可以独霸天下，没了对手；要是宝庆和秀莲来搭班呢，唐家又可以讹它一下，要个好价儿。他们兴头得了不得，忙不迭回到重庆，口袋里仿佛已经沉甸甸地装满了大把大把的钱。

重庆的情况在变。全国都在坚持抗战，战争负担异常沉重，小民们的腰包都掏空了。投机倒把的奸商囤积居奇，大发国难财。物价飞涨，生活程度高得出奇。老百姓手里攥着一大把钱，可是买不来多少东西。少数人过着灯红酒绿，醉生梦死的生活。人民不满。于是，官方想出了个主意，在节制娱乐上下工夫，订了个规章。只许五家戏院，四家影院和一个书场在重庆开业。

宝庆有名望，唱的又是抗战大鼓，书场总算保留了下来。这时候，他还在南温泉给大哥服丧。

唐家这一下挨的不轻。独一份儿的书场眼看要到手，又黄了。他们以为宝庆走了什么歪门道，把他们的书场封了。唐家两口子急急忙忙跑回南温泉，找卧病的宝庆算账。

他们撞进来的时候，宝庆正躺在床上。他听着，脸上挂着点儿凄凉勉强的微笑。他压根儿不想听他们的。他还没退烧，打不起精神来理他们。他双眼半睁半闭，硬撑着靠在枕头上，看着两位不受欢迎的客人。唐四爷指手画脚，吹胡子瞪眼。宝庆瞧着他们，凄惨地晃了晃苍白的脸。“唉，”他有气无力地分辩，“我是个病人，打从我哥去世，没起过床，能去跟你们作对吗？你们设身处地，替我想想。我哥去世了，闺女又离了男人，揪心事儿这么多，我压根儿不想再作艺了，干吗还要跟你们过不去？”

四爷瞪眼瞅着他老婆。臃肿的四奶奶脸上，恶毒的神情和虚伪的笑容交织在一起。她朝丈夫看了一眼，略微点了一下头。这是变换战术的信号。

唐四爷马上换了一副神态，甜腻腻地问，“老朋友，您不出来作艺，别人怎么办呢？小刘还盼着给您俩弹弦呢。他成天惦记的就是这个。您得替他和我闺女想想，不能看着他们挨饿。”

“还有我们俩呢，”四奶奶又叫起来了，“总得活下去呀，钱没了，物价又这么涨，您总不能丢下我们不管。”

宝庆摇了摇头。“好吧，”他答应着，“等我好了，去找你们。”

他们垂头丧气走了出去。他们前脚刚出门，宝庆这里就掉了泪。“您说得对，大哥，”他自言自语，“艺人都是贱命，一钱不值。”

蒙眬之中，他看见大凤苦着脸在那儿晃来晃去，费劲地操持家务。为什么不下决心改行，另找一份体面的事儿？想想自己的闺女，只因爹是艺人，上了人家的当，像个破烂玩意儿似的让人给甩了。这不是人过的日子，世道真不公平。

而这，就是现实，就是社会对他的犒劳。他叹了一口气。他从来没做过亏心事，一向谨慎小心，守本分，一直还想办个学校，调教出一批地道的大鼓艺人。现在一切都完了。所有攒的钱，都给窝囊废办了后事。姑娘出嫁，他的病，花费也很大。钱花了个一干二净，连积蓄都空了。生活费用这么高，不干活就得挨饿。

想到这里，他挣扎着起了床，觉着自己已经好多了。既已见好，就不能再这么呆着。他已经能站，能走，能想了。没时间再病下去。过了一个礼拜，他去了趟重庆，发现什么东西都涨了。薪水没有动，物价倒翻了好几番。光靠薪水，谁也活不下去。人人想捞外快，没有不要钱的东西。宝庆凭三寸不烂之舌和一副笑脸，再也换不来什么好处。非大笔花钱不能办事。

老百姓懂得钱不值钱了，所以钱一到手，就赶快花掉。谁也不想存起来。

宝庆也变了。他一心一意唱书，照料书场，但再也笑不出来了。只要一有空。就会想起哥的死。他总觉得是自己给哥招了灾。窝囊废不肯卖艺，是他逼着他干的。还有那可怜的被人遗弃的闺女。她一天到晚愁眉苦脸，实在难过了，就去找妈妈，可妈一天到晚醉着，难得有一刻清醒。

宝庆认为自己应该帮帮大凤。他想法哄她，体贴她。她遭了不幸，比个寡妇还不如，往后怎么办？想到这里，他心里火烧火燎，呆呆坐着，急得一身汗。刚出嫁就遭不幸，怎么再嫁人？他脑子里萦绕着这些问题，无计可施，只好买些东西来安慰安慰她——糖果啦，小玩意儿啦，凡是一向常给秀莲买的，现在必定也给大凤买一份。

唐家一直没露面。琴珠天天来干活，唱完就走，从来不提爹妈。小刘照常来弹弦，一声不吭，弹完就回去。宝庆很不安。唐家一定又在打什么馊主意了，他已经精疲力尽，懒得去捉摸他们到底要干什么。随他们去，他厌烦地想，没个安生时候！他一天一天混日子，有时拿句俗话来宽宽心："今天脱下鞋和袜，不知明天穿不穿。"

有天下午，小刘请宝庆上茶馆，宝庆去了。小刘今儿个怎么了？往常他的脸白嗑嗑的，带着病容，这会儿却兴奋得发红。他近来常喝酒。唔，总比大烟强点。

宝庆等着小刘开口。小刘呆呆地冲着墙上的大红纸条"莫谈国事"出神。他啜着茶，不说话。宝庆急躁起来。小刘的脸越憋越红。

"小兄弟，"到底还是宝庆先开口，"有什么事吗？"

小刘的眼神里透着绝望。瘦脸更红了，敏感的嘴角耷拉着，样子痛苦不堪。

"我再也受不了啦，"他终于下了决心，难过地说，"我受不了。"

宝庆不明白，"你说的是什么，兄弟？我不懂。"

小刘两眼发红，声音直颤。"我虽说是艺人，也得有份儿人格。我跟琴珠过不下去了，她跟什么样的男人都睡觉。我本以为这没什么大关系，可我想错了。我满以为我们能过上好日子。结了婚，我弹，她唱，小日子准保挺美。我满以为结了婚她就不会再跟人乱来了。您知道她爹妈是怎么个主意吗？他们让她陪我，也陪别的男人。我受不了这个。我一提结婚，他们就笑，问我能不能养活她。为了讨她的好，我把我开来的份儿钱，多一半都给了他们，怎么就养活不了她？我要琴珠一心对我，她光瞧着我，说：‘你吃哪门子的醋呢，男人都一个样。’我怎么办呢？”小刘低下了头，悄声说了一句：“我起先以为她这样做是父母逼的，其实不完全是这样，我看她喜欢这么干，她天生是个婊子。”

“女人一开了头就糟了，”宝庆想不出更好的话来说，只好这么讲。

小刘咳嗽一下。终于下了决心，挺认真地说，“上回，他们拿她来勾引我，不让我给您弹弦。他们硬要我答应，我也就干了。您待我那么好，我对不起您。这回他们又没安好心。他们想把您撂下，到昆明去，听说那儿买卖好。城里人多，又没个戏园子。他们要我跟去，我不，我才不去呢！”

“你要不去，琴珠就唱不成啦，”宝庆说。没把他的想法说出来。“他们一定得想法儿让你去。”

“大哥，所以嘛，我才来找您给我拿主意。求您拉我一把。事情是这么着，我跟琴珠并没有正式结婚，满可以跟她断绝关系。”他那长长的细手指越攥越紧。“等我跟她吹了，唐家就拿我没法儿了。没法再摆布我。所以嘛，大哥，我就想了这么个主意。”小刘说着，犹豫了一下，脸变得通红。

“说吧，什么主意？”

“您可别生我的气。”

“怎么说呢，我又不知道你是怎么个打算。”

“大哥，”小刘眼不离茶杯，“我要是能另找个人结婚，就不用再跟唐家一起住着，他们也就拿我没法儿了。”

“对呀，这办法不错。”

“真谢谢您，要是我……”

“怎么样？”

“我说不出口。”

“说吧，咱俩是弟兄，又是老交情。”

“唔，我……我想娶您家大姑娘。”

宝庆惊呆了。仿佛一盆凉水从头浇到脚。“可咱俩是把兄弟，小刘，这怎么行呢。”

“我比您小十几岁，”小刘反驳了，“再说我那么敬重您。这些事我都想过了。您的大闺女人品挺不错，很老实。我决不会欺负她。我喜欢她。说实在的，我早就想娶她，只是没胆量跟您开口。我早就觉着您不乐意她嫁个艺人，更甭说傍角儿的了。我现在还是乐意娶她。她遭遇不幸，我一定要好好待她。我打算把大烟戒了，做个正派人。大哥，不论怎么说，咱们是同行。这样好些……我的意思是说，她嫁给我，比嫁给外路人强。”

宝庆好一会儿答不上话来。恶性循环。卖艺的讨个艺人的闺女，生一群倒霉蛋。这小子跟琴珠鬼混了这么久，琴珠耍他，骗他，这会儿他又想来娶大凤。能叫大凤嫁给他吗？他摇了摇头，想起了窝囊废说过的话：“一辈作艺，三辈子遭罪。”

他不知不觉把这话大声说了出来，小刘傻乎乎瞧着他。在宝庆面前，他活像一只小白狗，等着主人施一口吃的。

“我得跟家里商量商量，”宝庆说。

小刘笑了，“最好快着点儿，唐家要我这个礼拜就跟他们走。”

宝庆心里暗骂，这小王八蛋想讹我。还有什么坏招儿，都拿出来好了。他正想找点什么话搪塞过去，小刘又冒冒失失说了一句，“您要不答应，我可就要跟他们到昆明去了。”

宝庆气得想大声嚷起来。一点儿不讲交情，毫无义气。人和人的关系就像下象棋，你算计我，我算计你。他哪点对不住小刘？这是什么世道？还有没有清白忠厚的人？

他脸上装出一副满不在乎的神情。何必让小刘看出来他很窝火？要是琴师跟着唐家走了，他可就没辙了。

当天晚上，他跟老婆商量了这件事。把大凤嫁给小刘，好不好？当然，在她看来，没什么不好的。就是以后出了差错，也赖不着她。她没什么可说的。她借口商量正经事儿，喝了几口酒。

宝庆又去跟大凤商量。她冷冷地听着，一点儿不动心。脸上没有红云，两眼呆滞无光。宝庆觉得她的兴趣只是想再找个男人就是了。

“可是他没跟我离婚，”她说。

“用不着离，他早已经是结过婚的了。他要是敢回来，我就去告他重婚。”宝庆狠狠地说。

“好吧，爸爸，您觉着怎么好，就怎么办吧。我听您的。”

宝庆觉着恶心。闺女真听话。只因爸爸一句话，她肚子里带着一个人的娃娃，就去跟另外一个人同床共枕。他满怀羞耻。他热爱大哥，是有道理的。全家只有大哥有理想。其余的人都受金钱支配。大凤不反对嫁给小刘，是因为这能帮助父母挣钱吃饭。他笑了起来。

大凤问：“您干吗笑话我？”

“我没笑话你呀，”他半开玩笑地答道，“你是个好孩子，知道疼爸爸。真懂事。”

婚事就这么定了。

秀莲厌恶透了。打从大凤一回家，她一直想安慰大凤，做她的好朋友。如今她畏缩起来，闷闷不乐。要是姐姐不爱小刘，却能跟他结婚，那她和他的关系，岂不就和琴珠差不离，跟个暗门子一样。爸怎么办了这么档子事？他在她心目中的地位下降了。虽然不能说他卖了闺女，但毕竟是用她换了个弹弦的来。为了自己得好处，利用了大凤。这跟卖她有什么不同？

“姐，”她问大凤，“你真稳得住，就那么着让爸爸摆布你的终身？”

“不这样又怎么办呢？”

秀莲很不以为然地摇了摇头，因为生气，眼睛一闪一闪的。“要是随随便便就把我给个男人，还不如去偷人呢。你就像个木头人，任人随意摆弄。”

“甭这么说，”大凤也冒火了，“偷人，我才不干那种见不得人的事呢。你以为我软弱、窝囊。其实满不是那么回事。我自有我的想法，要不我干吗答应嫁给他。我要爸疼我，爸不疼我，我就完了。嫁给小刘就遮了我的丑。”

这下秀莲没的可说了。她奇怪，人的看法会有这么大的差别，姐和孟良多么不同。过了一会儿，她对姐说：“姐，小刘要是也敢打你，你就告诉我，我帮你去跟他干！”

唐家气疯了。琴珠气得脸发青，她其实打心眼儿里喜欢小刘。为了钱跟别的男人玩玩也不错，过后回到家里，需要有个朝夕相处的伴侣。起码他干干净净，和和气气。别的男人，什么样的都有，胖而凶，脏而丑的，都有。只要肯拿钱，她就陪他们个把钟头。她一向觉着，她跟小刘迟早会有好日子过。她待他像个慈母，喜欢哄着他玩，在一些小事儿上照顾他，让他舒舒服服。有他守在身边，是一种乐趣。当然他们也吵架，不过最后总是琴珠来收场，哄他上床睡觉，一边说，“来吧，乖乖，别生气了，妈跟你玩会儿。”

这下好梦做不成了。琴珠决定大干一场。她打算跟大凤干到底，她算豁出去了。

琴珠撞进门的时候，方家正在吃午饭。她的头发散披在背后，脸耷拉着，铁青。她跨进门来，见了宝庆，就忘了要跟大凤干的事。她冲他晃着拳头，尖声叫唤：“方宝庆，出来，我要跟你算账，就是你！”

宝庆只顾吃他的饭。大凤猜到琴珠要干什么，根本不往她那边瞧。宝庆一边吃，一边盘算着，跟琴珠吵闹不值得。她是女流，又是泼妇。让女的来对付女的。他瞅了瞅老婆。二奶奶显然也生了气，慢慢打桌边站起来，摇摇摆摆冲琴珠走过去。她那胖胳膊挥得挺带劲儿，像是要把琴珠给收拾了。她两眼瞪得老大，亮闪闪的，脸上挂着不怀好意的微笑。

“琴珠，你要干什么？”她问着，离那蓬头散发气糊涂了的姑娘还有好几步远，就站住了。琴珠看出了点苗头，往后退了几步，一只手捂着胸口。她还没来得及开口，二奶奶就说开了。琴珠以为她要用脏话骂人，正打算回嘴，只见二奶奶既没大发雷霆，也没硬来。“你知道，琴珠，”二奶奶说得挺和气，可又挺硬棒。“你要还想跟我们在一块儿干，你就得留点神。干吗那么疯疯癫癫的，好好谈谈不行吗？我们不强迫你跟我们搭伙儿。没你也成，可要是你乐意来呢，也可以。你怎么打算呢？”

琴珠本想跟方家闹一场，没想到二奶奶倒跟她讲起作艺的事儿来了。除了她不能跟小刘一块儿回家去，别的一切照常。二奶奶的话，挑不出什么毛病，不过琴珠还是得挽回面子。于是就骂开了。她用脏话把宝庆、大凤、小刘挨个骂了个遍。二奶奶回敬的也很有分量，使琴珠觉着非得从头再骂一遍，才敌得过。骂完了，她转身就走，临行告诉二奶奶，她要照常来干活，散了戏，小刘爱干什么干什么，跟她不相干。

秀莲心里很不是味儿。她从来没听见过像琴珠和妈对骂的这么多难听话。这是怎么回事？她一向以为爱是纯洁、浪漫的。可琴珠和妈说得那么肮脏，爸一言不发。仿佛他已经司空见惯，也是这么看的。

她看看爸，又看看姐，他们是那么可怜。他们希望这个婚姻能对方家的生意有好处，同时又给大凤找个丈夫。为了这，他们可以豁出去。这就是人情世故。姐不是卖艺的，她守本分，结了婚，处境就会好些。秀莲觉着大凤像个可怜的小狗，脖子上套着链子。踢它，啐它都可以。但人家毕竟认为她是个正经人，因为她是秉承父母之命出嫁的。她皱起了稚气的眉头。她的命运又当怎样？想起来就不寒而栗。她跑进自己屋里，痛哭了一场。

二奶奶给自个儿倒了一大杯。她胜利了，得意得脸都红了。她一直想要好好教训教训那个遭瘟的小婊子琴珠。这回算是出了口气，把她会说的所有骂人脏话，统统都用上了。她坐在椅子里，回味着一些顶有味的词儿，嘟嘟囔囔又温习了一遍。总算把那小婊子骂了个够，要是唐家老东西胆敢来上门，照样也给她来上一顿！

二十

宝庆忙着要给新郎新娘找间房。炸后的重庆，哪怕是个破瓦窑，也有人争着出大价钱。公务员找不着房子，就睡在办公桌上。

找房子，真比登天还难。他到处托人，陪笑脸，不辞劳苦地东奔西跑，又央告，又送人情，才算找到了一间炸得东倒西歪没人要的房子。房子晒不着太阳，墙上满是窟窿，耗子一群一群的，不过到底是间房子。宝庆求了三个工人来，把洞给堵上，新夫妇就按新式办法登了记，搬了进去。大凤有了房子，宝庆有了琴师，书场挺赚钱。还有什么不知足的?

是呀，宝庆又有了新女婿。不过他虽然占了唐家的上风，却并没有尝到甜头。他把可爱、顺从的女儿扔进小刘的怀抱，一想起这件事，就羞愧难当。他一向觉着自己在道德方面比唐家高一头；可是这一回，他办的这档子事儿，也就跟他们差不多。

琴珠在作艺上，挺守规矩。按时来，唱完就走。她不再吵了。失去小刘，仿佛使她成熟了。宝庆不止一次地看出，她那大而湿润的眼睛里，透着责备的神情。宝庆觉着她仿佛在说："我贱，我是个婊子。你不就是这么想的吗！不过，你那娇宝贝跟个婊子玩腻了的男人睡觉。哈哈。"宝庆羞得无地自容。

大凤越来越沉默。她常来看妈妈，每次都坐上一会儿。她比先前更胆怯了，干巴巴的，脸上一点儿表情也没有。宝庆见她这样，心里很难过，知道这是他一手造成的。只有他，懂得那张茫然没有表情的脸上表露出来的思想。在他看来，大凤好像总是无言地在表示："我是个好孩子，叫我怎么着，我就怎么着。我快活不快活，您就甭操心了。我心里到底怎么想，我一定不说出来。我都藏在心里，我一定听话。"

他深自内疚，决定好好看住秀莲。她可能背着家里，去干什么坏事。他觉出来，即便是她，也不像从前那么亲近他了，而他是非常珍惜这种亲密关系的。怎么才能赢得她的好感，恢复父女的正常关系呢？他步行进城，买了好东西来给她。她像往常一样，收下了礼物，高兴得小脸儿发光，完了也就扔在一边。

有的时候，他两眼瞧着她，心里疑疑惑惑。她还是个大姑娘吗？她长得真快，女大十八变，转眼发育成人了。胸脯高高耸起，脸儿瘦了些，一副火热的表情。他心里常嘀咕。她有什么事发愁吗？私下有了情人啦？跟什么男人搞上了？有的时候，她像个妇人，变得叫人认不出；有的时候，又像个扎着小辫儿的小女孩。她爱惹事，真叫人担惊受怕。

他想，应该跟老婆去说说，求她好好看住秀莲，像亲娘似的开导开导她。他当爸的，有些话开不了口。再三思量，他又迟疑不前。二奶奶准会笑话他。大凤已经是重身子了，二奶奶成天就知道宠闺女，眼巴巴盼着来个胖小子。要真是个小子，她就用不着到孤儿院去抱了。自个儿的外孙，总比不知是谁的小杂种强。二奶奶肚量再大，也没工夫去顾秀莲。要忙的事多着呢，还有那些酒，也得有个人去喝。

宝庆觉着自己没看错，秀莲连唱书也跟过去不同了。她如今唱起才子佳人谈情说爱的书来，绘声绘色，娓娓动听，仿佛那些事她全懂。可有的时候，又一反常态，唱起来干巴巴，像鹦鹉学舌，毫无感情，记得她早先就是这么唱来着。她为什么这么反复无常？像鹦鹉学舌的时候，准保是跟情人吵了架了。

有一天，他在茶馆里碰到附近电影院里一个看座儿的。这人好巴结，爱絮叨。他开门见山，要宝庆请客。宝庆答应了，看座儿的就给透了消息。据他说，秀莲很爱看电影，常上影院。看座儿的认识方家，就老让她看蹭戏。这给宝庆添了心事。秀莲总跟妈说，她去瞧大凤，实际上跑去看电影了。他小心谨慎地把这人盘问了一番。看座儿的很肯定，她老是一个人。那还好，宝庆想，撒这么个谎，没什么大不了。电影院，倒也安全无害。不过，要是她能撒这种谎，一旦真的另有打算，什么事干不出来呢？

他半开玩笑地对秀莲说："我发现了你的秘密。你上……"

"上电影院了，"她接着碴儿说，"这对我学习有用处呀。银幕上几乎所有的字，我都认识了。我光认识中文，外文是横着写的。"她试探地看着他，接着说："以后我还要像孟老师一样，学外文。我要又懂中文，又懂英文。"

宝庆没接碴儿，光严肃地说："秀莲，下次你要看电影，别一个人去。跟我说一声，我带你一块儿去。"

过了几分钟，秀莲跟妈说，她要去看大凤，然后一径上了电影院。按她现在的年龄，电影能起很大的影响。坐在暗处，看银幕上那些富有刺激性的爱情故事，使她大开眼界。有国产片，也有美国片。男女恋情故事刺激着她。她开始认为，爱情是人生的根本，没什么见不得人。女人没人爱就丢人，弄住一个丈夫，就可以在人前炫耀。她心想，要是电影上说得不对，中外制片老板，为什么肯花那么些钱来拍这些故事？孟老师说过，女人应该为婚姻恋爱自由去斗争，那和美国电影里讲的，不同之处又在哪里呢？

电影里，有的姑娘叫她想起琴珠。比方，美国电影里那些半裸的姑娘，夜总会的歌女，她们坐在男人腿上，又唱又舞，叫男人喜欢，在大庭广众之下接吻。那些姑娘看样子挺高兴，有的微笑，有的大笑，男人拿大把票子塞给她们。有些人就是这么个爱法，未见得没有意思。也许琴珠并不那么坏？至少，她没在大众面前那么干。于是，她对琴珠有了新的认识。琴珠是在寻欢作乐，跟好莱坞明星一样，而她……她想起了自己。自己不过是个无足轻重的小人儿，没有勇气去寻乐，只敢背着爸爸坐在电影院里，看别人搞恋爱。

原来大凤也是有道理的。她急于结婚，毫不奇怪。跟男人一起真有意思。银幕上的接吻场面，都是特写镜头。看了使秀莲年青的躯体热烘烘的，感到空虚难受。大凤说她结婚是奉父母之命，真瞎说！大凤准是为了寻乐才结的婚，她真有点生大凤的气了。琴珠至少还能直言不讳，而大凤却讳莫如深。她那张小脸，看来那么安详、善良，原来是在那儿享受婚姻的乐趣！

秀莲到家，回了自己的屋。电影弄得她神魂颠倒。她打算像电影上一样，做个摩登的自由妇女。她脱下衣服，坐在床上，伸开两只光光的大腿。这就是摩登。几个月以前，哪怕是独自一人，她也不敢这么放肆。这会儿她觉着这怪不错的，半倚半靠，躺在床上，伸着一条腿，蜷着一条腿。自由自在，长大了。

她坐了起来。拿起纸和毛笔，给想象中的情人写信。要摩登，得有个男朋友。男朋友是什么样人，没什么要紧。她有许多心里话要对他说。她在砚台上蘸了蘸毛笔。妈不爱她，姐嫁了人，她在自己的天地里，孑然一身。一定得找个爱人。

谁能做她的爱人呢？唔，不是有孟先生吗。孟老师是有头脑的凡人，会用美丽的辞藻，还教她念书写字。她拿起笔来，写了孟老师三个字。不对，不能那么写。姑娘家，怎么能管情人叫老师呢？别的称呼，听着又那么不是味儿，不庄重。她觉着，哪怕是在最热烈的恋爱场面里，孟老师也会很庄重。所以就这么着吧。“孟老师……有谁能爱我这么个姑娘吗？有谁会要我，能叫我爱呢？”还写什么呢，心里有那么点意思，可是写不出来。她写的那些字，乍听起来挺不得劲儿。她瞅着那张纸。所有憋在心里的话，都写在那两行字里了。

一抬头，孟老师正站在她跟前。她坐着，脸儿仰望着他，光光的大腿懒洋洋地伸着，汗衫盖不住光肩膀，手里拿了一张纸．就是那张情书。她一下子脸红起来，把腿缩了回去。

“在干吗呀，小学生？”孟老师问了。

“写封信，”她一边说，一边很快穿上衣裳。

“太好啦，写给谁的呢？”

她笑了，把纸藏了起来，“给一个人。”

“让我看看，”他伸出了手，“说不定会有错字。”

她低下眼睛，把信给了他。她听见他噗哧笑了一声，于是很快抬起头来。

“干吗给我写呢，秀莲？”他问了。

“哦，不过是为了好玩……”

他读着，眉毛一下子高高地扬起，“……‘像我这样的姑娘’，这是什么意思，秀莲？”

“我正要问您呢，”她说。在孟老师跟前，她从来不害臊。她敢于向他提出任何问题。“我想知道，有没有人能爱干我们这一行的姑娘。”

他笑了起来。瘦脸一下子抬起。“哦，秀莲，”他热情地叫起来，“你变了。你身心都长大了。我只能这么说，要是你乐意进步，下定决心刻苦学习，你准能跟别的新青年一样，找个称心如意的爱人。你会幸福的，会跟别的姑娘一样幸福。你要是不肯好好学习，当然也会找到爱人，不过要幸福就难了，因为思想不进步。你现在已经识了些字，但还得学。你应该上学去，跟新青年一起生活，一起学习。”

“我上学？哪儿上去？爸一定不会答应。”

“我跟他说去。我想我能说服他。他真心疼你，就是思想保守一点。我想他会懂得，读书是为了你好。”

下了课，孟先生见宝庆独自一人呆在那里。宝庆见了他非常高兴。在所有的朋友当中，他最敬重孟良。只有他，能填补窝囊废死后留下的空虚。

孟良直截了当地说了起来。“二哥，秀莲的事，你得想个办法了。”他说，“她已经大了，这个年纪，正是危险的时候。半懂不懂的。没个娘，也没个朋友。大凤一嫁人，她连个年龄相仿的伴儿也没了。很容易上人家的当，交坏朋友，学坏。变起来可快呢。”

宝庆看着孟良，佩服得五体投地。他怎么就能猜到自己日日夜夜担着心的事儿呢？

“孟先生，我正想跟您提这个呢。打从大凤出了嫁，我真愁得没办法。不论怎么着，我也得把秀莲看住。可我一点儿办法也没有。怎么看得住呢？我老说，这事呀，唯有跟您还有个商量。您不会笑话我。”

孟良直瞪瞪瞧着宝庆的眼睛，慢吞吞，毫不含糊地问。“您是不是已经打定主意，决不卖她呢？”

“那当然。我盼着她能再帮我几年，然后把她嫁个体体面面的年青人。”

孟良觉得好笑。“您的确不打算拿她换钱，您想的是要替她物色个您觉着称心的年青人，把她嫁出去。您还落了点什么没有？”

“落了什么啦？”宝庆觉着挺有意思。

“爱情——俩人得有感情呀！”

“爱情？什么叫爱情？就是电影上的那些俗套？有了它，年青人今儿结婚，明儿又吹了。依我看，没它也成。”

“那么，您不赞成爱情啰？”

宝庆犹豫起来。他不想得罪孟良。孟良是剧院的人，他的想法，跟有钱的上等人的想法不一样。他决定先听听孟良的，再发表自己的意见。

“我知道您不赞成自个儿找对象，因为您不懂男女之间，确实需要有爱情。”孟良说了起来，“不过您还是应该学着去理解。您别忘了，时代变了，得跟上形势。爱情跟您我已经没有关系了，但是对年青的一代说来，可能比吃饭还要紧。它就是生活。现在这些年青人都懂得，人需要有爱情，谁也不能不让他们谈恋爱。你拦不住他们，也不应当去拦。您是当爸的，有权把她嫁出去，不过那又有什么好处呢?”孟良停了一会儿，定定地看着宝庆。“唔，您下了决心，不肯卖她，做得很对。不过这还不够。为什么不干脆做到底，放她完全自由，让她受教育，充分去运用自由呢。应当让她和现代青年一样，有上进的机会。”

宝庆目瞪口呆。孟良的口气有责备的意思，他觉着冤。没把秀莲卖给人当小老婆，在艺人里面说来，已经是场革命了。他打算把她嫁个体面的年青人，这，在他已经觉着很了不起了。这还不够?孟良还想要她去自由恋爱，自找对象！在宝庆看来，自由恋爱无非是琴珠的那一套勾当。要说还有另外一种，那就是有的人不像暗门子那样指它挣钱罢了。这么一想，他的脸憋得通红。

“我知道您的难处，”孟良又安慰起他来，“要一个人很快改变看法，是不容易的。多少代来形成的习惯势力，不能一下子消除。”

“我不是老保守，”宝庆挺理直气壮，“当然，也不算新派。我站在当间儿。”

孟良点了点头。“我来问你。嫂子不喜欢这个姑娘，她不管她。您得照应生意上的事儿，不能一天到晚跟着她。要是有一天她跑了，您怎么办呢?”

“她已经自个儿偷偷跑去看电影了。”

“对呀。这就是您的不是了，二哥。您怕她学坏，不乐意她跟别的作艺的姑娘瞎掺和。她没有朋友，没有社交活动，缺乏经验。她成了您那种旧思想的囚徒。怎么办呢？她很有可能闷极了，跑出去找刺激。您的责任是要把她造就成一个正直的人，让她通过实际经验，懂得怎样生活。等她有了正当朋友，生活得有意义，她就不会跑了。”

“那我该怎么办呢？”宝庆问。

“送她去上学。她到底学些什么，倒不要紧。主要是让她有机会结交一些正当朋友，学学待人处世。她会成长起来的。”

“您教她的还不够吗？”

“当然不够。再说我也没法儿继续教下去了，我随时都可能走。”

宝庆糊涂了。“您说什么？干吗要走？”

“我有危险，不安全。”

“我不明白。谁会害您呢？谁跟您过不去？”宝庆一下子把秀莲忘到了九霄云外。这么贴心的朋友要走，真难割难舍哪。

孟良笑了。“我没干什么坏事，到目前为止，人家也没把我怎么样。不过我是个新派，一向反对政府的那老一套，也反对当官的那种封建势力。”

“我不明白。封建势力跟您走不走，有什么关系呢？”

剧作家摇了摇头，眼睛一闪一闪，觉着宝庆的话挺有趣。“您看，您的圈子外边发生了什么事儿，您一点儿都不知道。您已经落在时代的后面了。二哥，中国现在打着的这场抗日战争，可不是件简单的事儿。问题复杂着呢。我们现在既有外战，又有内战。新旧思想之间的冲突，并没因为打仗就缓和了。现在虽说已经是民国，可封建主义还存在。我们现在正打着两场战争。一场是四十年前就开始了的；另一场呢，最近才开始，是跟侵略者的斗争。到底哪一场更要紧，没人说得准。我是个剧作家，我的责任就是要提出新的理想，新的看法，新的办法，新的道理。新旧思想总是要冲突的。我触犯了正在崩溃的旧制度，而这个制度现在还没有丧失吃人的能力。政府已经注意剧院了。有的人因为思想进步，已经被捕了。当局不喜欢进步人士，所有我写的东西，都署了名，迟早他们会盯上我。我决不能让人家把我的嘴封上。他们不是把我抓起来，就是要把我干掉。”

宝庆一只手搭在诗人的肩上。“别发愁，孟先生，要是真把您抓起来，我一定想法托人把您救出来。”

孟良大声笑了起来。“好二哥，事情没那么简单。谢谢您的好意，您帮不了我的忙。我是心甘情愿，要走到底的了。我要愿意，满可以当官去，有钱又有势。我不干，我不要他们的臭钱。我要的是说话的自由。在某些方面说来，我和秀莲面临同样的问题。我和她都在争取您所没法了解的东西。告诉您，二哥，您最好别再唱我给您写的那些鼓词了。我为了不给您找麻烦，尽量不用激烈的字眼，不过这些鼓词不论怎么说，总还是进步的，能鼓舞人心，对青年有号召力。腐朽势力已经在为自己的未来担心。我们要动员人民去抗战，去讨还血泪债。而老蒋们要的是歌功颂德、盲目服从。”

宝庆摇了摇头。“我承认，我确实不明白这些事。”

“您对秀莲也不了解。我了解您和嫂子，因为从前有一阵，我也和你们一样。我现在走过了艰难的路程。我随时代一起前进，而您和嫂子却停滞不前。或许我是站在时代的前列，而您是让时代牵着鼻子走。我了解秀莲，您不了解她。这不是明摆着的吗，二哥？所以我说，要给她个机会。我给您写封介绍信，让她去见女子补习学校的校长。只要您答应，她就可以去上学，经历经历生活。您要是不答应呢，她就得当一辈子奴隶。到底怎么办，主意您自己拿，我不勉强您。”孟良拿起帽子。“记住，二哥，记住我临别说的这些话，也许我们就此分手了。要是您不放她自由，她就会自己去找自由，结果毁了自个儿。您让她自由呢，她当然也有可能堕落，不过那就不是您的责任了。很多人为了新的理想而牺牲，她也不例外。我认为，与其牺牲在旧制度下，不如为了新的理想而牺牲。”他走向门边，“我走了，天知道什么时候能再见。好朋友，好二哥，再见。”他转眼就不见了，仿佛反动派就在后面追。

二十一

孟良走了以后，宝庆呆呆地坐着，发了半天愣。又失掉了一个亲人。先是死了亲哥，接着又走了最要好，最敬重的朋友。孟良，他才华四溢，和蔼可亲，又那么贴心。他为什么要走呢？这点他闹不明白。因为不明白，就要愁闷了。好像孟良刚帮他打开了一道门缝，让他看了一眼外面的世界，又马上把门关上了，周围仍是漆黑一团。

孟良跟他，到底有什么不同？他不由自主，把自己和秀莲的老师，仔仔细细地比了一番。自己为人处世，表里不一，世故圆滑，爱奉承人，抽冷子还要耍点手腕。现在，这都显得很庸俗。而孟良是那么勇敢、坦率。讲起话来，总是开门见山，单刀直入，决不拐弯抹角，吞吞吐吐。宝庆觉着自己实在太软弱了，只知道讨好别人。

他猛地站了起来，把孟良给他的信往口袋里一搁，走出了门。不能再瞻前顾后了。他要到学校去看看。要是称心，就马上让秀莲去念书。不能再拖延了。孟良说得对，办事要彻底。要好好拉扯秀莲，尽量帮她一把，让她有成长起来的机会。要是她不成材，那是她自己的错儿。他加紧脚步，容光焕发，兴奋得心怦怦直跳，仿佛他自个儿也要开始一场新生活了。

学校设在山顶上一幢大房子里，只有三个教室。校长是位老太太，她办这所中等学校，专收想读书的成年女子，以及因为逃难耽误了学业的人。

她彬彬有礼，恭恭敬敬地听他说。宝庆毫不隐瞒，把他是干什么的，为什么要送秀莲来读书，都一五一十告诉了她，特别强调闺女干的是行贱业。老教师马上表示，她并没有成见。她说，每个人都有权利上学读书，她乐意收秀莲做学生。最好先上三门课：语文、历史、算术。一天只有三个钟头的课。往后，要是秀莲乐意，还可以学烹饪、刺绣和家政。要想找个好丈夫，这些都很有用。这一类课程的进度，没有一定之规。老师讲，学生可以回家去照着做。

据她说，多一半的姑娘不光上基本科目，还上家政，为的是受了教育，好找个好丈夫。“时代变了，”她淡淡的一笑，说：“长得再漂亮，不识字的姑娘，还是不容易嫁出去。找不着称心的丈夫。”

她的话给宝庆开了窍。她跟孟良的说法不同，可意思一样。时代变了，姑娘要是没文化，就成了没人要的赔钱货。要嫁个像样的丈夫，就得识字。

学费之高，使他吃了一惊。贵得出奇，不过他还是高高兴兴付了钱。秀莲总算是有了受教育的机会，能结交一些体面朋友。他几乎把孟良的介绍信给忘了。他后来终于想起，把信掏出来，给了老教师。她高兴极了。“孟先生有学问，有眼光，比我们强。二十年前我也跟他一样，现在我落伍了。”

第二天，宝庆送秀莲去上学。

秀莲穿了一件朴素的士林布旗袍，不施脂粉，也不抹口红。胳膊底下夹着个小白布包，里面装着书和毛笔。

一出门，宝庆就问："雇辆洋车吧？"

秀莲高高地昂起头，两眼发亮，笑眯眯地说："甭雇了，爸。我乐意走，让重庆人瞧瞧，我成了个勤恳用功的学生啦。"

宝庆没言语，见秀莲那么高兴，他很满意。

走了没几步，秀莲又低下头说："爸，还是雇辆车吧。不知道怎么的，我的腿发软。"

宝庆正打算招呼车子，她又抬起了头，说，"不用了，爸。我不坐车了，我得练习走道儿。我不乐意把钱花在坐车上，就是下了雨，我也不坐车。"

"要是打雷呢？"宝庆问。

"我就拿手把耳朵堵上。"她调皮地笑着。

秀莲正在胡思乱想，想到什么说什么。"爸，您不是说过要办个艺校吗？等着我，爸。等我毕了业，我来帮您教书。没准我以后也会写新鼓词，写得跟孟老师一样棒。"

"你吗？"宝庆故意打趣，他也高兴得很。

"就是我，"秀莲说着，挺了挺胸脯。"我记性好。我是个唱大鼓的，不过我要当学生了。我在唱大鼓的这一行里，就是拔尖儿的了。"

到了山脚下，宝庆要陪她上去，她拦住了他。"爸，"她说，"您在这儿站着，看着我往上走。我要一个人，走进新天地。"她轻快地爬上了石头台阶。

爬了几步，她转过身来冲着他笑，两手拍着书包。"爸，回去吧。一下学我就回家，我是个乖孩子。"

"我看着你上去，我看着你上去。"宝庆舍不得走。

她慢慢走到学校门口，先停了一下，看了看学校背后那些高大的松树，然后转过身来，跟山脚下的爸爸招手。

宝庆仰起脸儿来看。远远瞧着，她像个很小很小的女孩子。他清清楚楚，看见她时常用来装书的白书包。他想起了当初领她回家那一天的情景。那时她真是又小，又可怜。他一边跟她招手，一边自言自语。“好吧，现在总算是对你和孟老师，都尽到了责任。”他转身回了家。

秀莲一直瞧着爸爸，直到看不见影。然后她抻了抻衣服，整理了一下头发，走进了校门。

一进大门，她就忘掉了自己的身份。她只是“秀莲”。

是呀，她就是秀莲。往日的秀莲已经一去不复返，如今是新的秀莲了。纯洁，芬芳，出污泥而不染，真像莲花一样。

校长在教室里分派给她一把椅子，一张课桌。一起的还有二十来个学生。有的已近中年，有的还是十几岁的少女。秀莲注意到，少数穿得很讲究，多一半跟她一样朴素。有的读，有的写，还有几个正在绣花。屋当间坐着级任老师，是个四十多岁，矮矮胖胖的女人。

秀莲高兴地看出，没有琴珠那样的人。她很兴奋，乐意跟这些姑娘们在一起，和她们交朋友，照她们那样说话。她们说的事儿，或许会跟孟老师说的一个样。

不过她很快就觉出来，大家都定睛瞧着她。她让人瞧惯了，倒也不在乎。所以她就看了看坐在她身边的姑娘，笑了笑。那位姑娘没理她，秀莲红了脸，继续写她的字。忽地一下，她有了个很不愉快的想法：要是这些姑娘认出她来，那可怎么好呢。唔，肯定会认出来。因为总会有人上过戏园子。但愿没人能认出她来，可又有什么法儿呢。重庆只有两个唱京韵大鼓的，一个是琴珠，另外一个就是她。

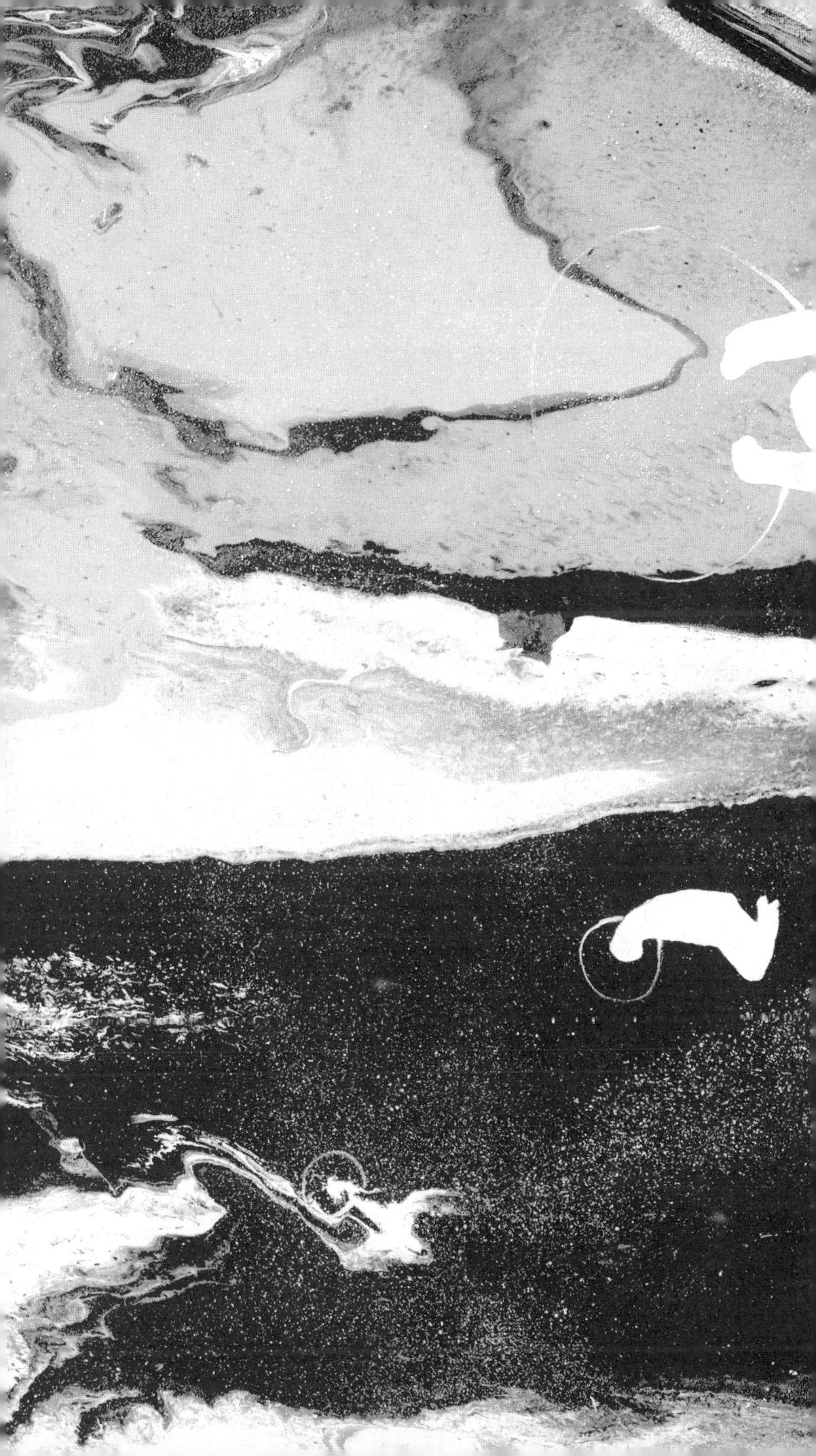

她仿佛听见她们正在高声耳语："就是她。"沉默了一会儿，她听到了嘘嘘声。一下子，像起了风暴似的，姑娘们叽叽呱呱地说开了。过了一会儿，又是沉默。只听见一个刺耳的抱怨声："哼，年头变了。没想到咱们还得跟个婊子一块儿念书。"马上又有另外一个声音接着说，"这到底是个什么学校，叫有身份的人跟个卖艺的坐一块儿？"这个女人约摸三十来岁，两眼恶狠狠，冷冰冰，不怀好意地看着秀莲。秀莲认识她，她是个军阀的姘头。另外那个姑娘，是个黑市商人的女儿。

有个姑娘捡起了一团纸，冲秀莲扔了过来。有人叫："把她撵出去，把这个臭婊子撵出去！"

老师擂了擂桌子，"注意，注意，"下面还是一片嗡嗡声。姑娘们愤怒地瞅着秀莲，大声吵嚷。

秀莲气得脸煞白。她像个石头人，呆呆坐着。她们是什么人，凭什么骂她。她转身看她们。有个姑娘拿大拇指捂着鼻子，另外一个做了个鬼脸。秀莲越想越气。

老师走到门边，喊校长。黑市商人的女儿趁机大声喊道："要是让婊子来上学，我就退学。我不能跟这种人在一起。"

"我赞成，"军阀的姘头叫起来，把她织的毛衣朝地上一摔。"把这个小臭婊子撵出去。"

秀莲站了起来，开始用发抖的手把书撕成碎片。然后，像演完戏走进下场门一样，走出了门。她听见女孩子们在她背后哄笑。恶毒的语言利箭般朝她射来。

走出教室，她迸出了眼泪，校长撵上来的时候，她已经走到了大门口。小老太太把她带到办公室，替她揩干了眼泪。"真对不起，没想到会有这样的事，我应当负责任。我听了孟先生的劝告，想收一些下层社会没机会受教育的姑娘，没料到会出这样的事。你很规矩，是她们欺侮你。我真过意不去。”

秀莲坐着，咬着嘴唇。

“别难过，我来处理这件事。我要好好跟她们谈谈。”老太太接着说：“你是个好孩子，不该这么欺侮你。”

秀莲没言语。老太太叫她第二天一定来，她摇了摇头，慢慢走回家去。

走到山脚下，她扭转头来，仰脸儿看那所大房子。她的头又昏又胀，她还得往回走，回到那满是娼妓、小老婆和肮脏金钱的世界里去。她决不再上这座山，让人家这么作践！决不再来！

她继续往回走，怀着一颗沉重的心。因为悲伤，全身都在发疼。还是妈说得对：一日作艺，终身是艺人。永无出头之日！唱大鼓的，谁也瞧不起。她不再责怪琴珠。琴珠的生活太悲惨，她是苦中作乐。还是琴珠聪明，她压根儿不打算出头，也没人去作践她。她是今朝有酒今朝醉，给所有的男人玩就是了。大凤也很对，结婚总比上学强多了。她内心有个声音说：“秀莲，往下滑，走琴珠和大凤的路吧。这条路不济，可你也就这么一条路了。快滑下来，别那么不自量了。真是个小蠢婊子。”

她不想回家去，坐在路边一块大石头上，看来来往往的车辆。没有爹娘，没有兄弟姊妹。孤孤单单，干的是行贱业，前途茫茫。今天，她想要进入一个新天地，却被人撵了出来。她算是没路可走啦！

过了街就是嘉陵江，黄黄的江水湍急地流过，都往长江口涌去。就是它！就在这儿结束她毫无意义的一生吧！不过，她并不想死。她看了看自己的脚，多美的小脚，多么结实，茁壮。还有一双白白的，有力的腿。这么早，就让它们死掉？她摸了摸脸。皮肤光光溜溜，一丝皱纹也没有。这是她的脸，不能就这么毁了它。她把双手扪在胸脯上，胸脯又柔软，又结实。不能毁了它们。

生活还在前头，现在就想到死，多么愚蠢！不上学，也能活下去。那么多作艺的姑娘，连那些当了小老婆和暗门子的，也在活。那样的事，不会要你的命。

她又迈开了步，血热了起来，她要活。一有机会，她就去看电影，享受享受。琴珠都能快活，她为什么不能。

她加快了步伐，小辫儿在微风中晃荡。她发觉人家都在那儿瞅她，可她不在乎。她叫秀莲，秀莲要去看电影了，看电影比上学强。

随后，她回了家。她本想把这件事告诉爹妈，可一见妈的脸，又不想说了。告诉她，有什么用。她不会同情自己，说不定还会笑话她。她仿佛听见妈说："狗长犄角，羊相。哈，哈！"不行，不能告诉妈妈。爸爸呢，听了会生气，不能让他丢脸。她爱爸爸，不能把这件事告诉他，谁也不能告诉。到时候她就假装去上学，但决不真去。

她屋里还有几本书，几支毛笔。她拿起一本书，看了几个字。她一下子冲动起来，把书撕成碎片，统统扔到窗外。去它的！书呀，永别了。妈不识字，琴珠、大凤、四奶奶，都不识字，她们都活得好好的。她在膝盖上把毛笔一折两半，把笔毛儿一根一根揪下来，放在手心里。然后，一口气把它们吹跑了。

二十二

自从日本人袭击了珍珠港，敌机就没再到重庆来。空袭警报经常有，但飞机始终未见。成都、昆明、桂林成了美国空军十四大队的基地后，在军事上变得比重庆更重要了。

重庆的和平假象，还有那日益增长的安全感，使方家留在重庆过夏天。重庆热得可怕，不过总算是个安身处所，书场生意又好。

有一天，宝庆又碰到了伤心的事，给他震动很大，不亚于空袭。他到学校去，想看看闺女进步怎样了。他兴冲冲穿上最好的衣服，带上给老师送的礼，在炎炎烈日下，挺费劲地爬上了山坡。

老太太很坦率，把发生了什么事，秀莲为什么不肯来，都原原本本，告诉了他。还提出要退还那一大笔学费。对这，他一点没理会。他愣住了。当然，他很快就明白，她是受了侮辱。他也体会到她那敏感的心，该是多么难过。他自个儿不也有过类似的遭遇么？一旦做了艺人，自己和全家，就得背一辈子恶名，倒一辈子霉。不过他还是得活下去，想尽量过得好一点，改善环境。不然，更得让人作践。

他心事重重，回了家。他很生秀莲的气，可又非常同情她。怎么办？他为人并不比别人差。在艺人中，算是出类拔萃的了。对抗战，作出过应有贡献。难道这些都不算数？他多次义演，连车马费都不要。他从没做过危害国家，危害社会的事。为什么人家总看不起他？他抬起饱尝艰辛的脸，长叹了一口气！

他想起了孟良说过的话。他确实不了解目前这个时代，他承认这个。孟良所说的这个时代，并没有把旧日的恶习除掉。明明已经是民国了，为什么还要糟蹋艺人，把艺人看得比鞋底上的泥还不如？

他见秀莲蹲在堂屋地上，正玩牌。他想，骂不管用，还是得哄着她。“好呀，”他笑嘻嘻地说，“小猴子，这下我可逮住你了。爸花了那么多钱送你去上学，你呢，倒玩起来了，这样对吗？”

秀莲脸红了。她抬起头，看看宝庆，没作声。她咬着薄薄的嘴唇，拼命忍住不哭出来。

宝庆继续用玩笑的口气往下说。“小姐，你上哪儿去啦？但愿你交的都是正经朋友。我真替你操心。”

她总算是笑了一笑。“哦，我不过看了看电影，我喜欢看电影。姑娘家上影院，没什么不好的。影院里黑乎乎，谁也看不见我，能明白不少事，跟在学校一样。我想呼吸点新鲜空气，到街上走走，可人人都盯着我瞧，我只好看电影去。”

宝庆皱了皱眉头。“你的书呢，上哪儿去了？”

“撕了。我再也不念书了。”

“你说这话，真的吗？”

“真的。干吗要念书？不念书，人家看不起；念书，人家也看不起。干吗要浪费时间，费那么大精神？我就想找点乐子。”她的脸发起白来，声音里饱含痛苦。

“那你就信了你妈的话，艺人都没有好下场？”

秀莲没言语。

“你想想，”宝庆接着往下说，“咱们在重庆，人生地不熟。为了落个好名声，咱俩吃了多少苦，费了多大劲。要是不那么着，今天是个什么样子？人家凭什么瞧不起咱？我们又不像唐家那样。你忘了王司令太太说什么来着？”

秀莲摇了摇头。“我没忘。她像鹦鹉学舌一样，用又挖苦又轻蔑的口气说：‘你不自轻自贱，人家就不能看轻你。’”

眼泪涌了上来。宝庆想弯下腰去，拍拍她。可不知为什么，又没那么做。

“爸，”她终于哀告了，“就让我这么着吧。这样，还好受一点。一天天混下去，什么也不想，痛快多了。”

这么说，她跟别的卖艺姑娘一样，自暴自弃了。这些姑娘受人卑视，只好自甘堕落。她们心里没有明天，抛却了正当的生活，先是寻欢作乐，沾染上恶习，最后堕落下去。年青时是玩物，老了就被人抛弃。想到这里，他的心害怕得揪成一团。好孩子，小花儿，如今也走上了这条道儿。

“我给你请个先生，到家里来教你。”他最后说。

秀莲不作声。

“秀莲，好孩子，”他恳求说：“好好想想，学校里所有的功课，在家里照样能学。”

还是不作声。他火了。真叫人受不了。她就是不说话，这个不要脸的小……他管住了自己的嘴巴，绝望地伸出两手。“秀莲，”他又恳求说，“秀莲，我也有脾气，耐心总有个限度。现在还不晚，听话吧，照我说的办。要是你去走你妈说的那条道儿……”他犹豫了一下，嘴唇刷白，脱口而出，“要是逼得我不能不按你妈的法儿办……可就来不及了。”

她一下子跳起来，冲着他，脸儿铁青，眼睛冒火。浓密的黑发飞蓬，柔软年青的身体挺得笔直，像个小野兽。“好吧，随您的便。我现在长大成人了，十八岁，能照顾自个儿了。谁敢卖了我，我就……”

他用严肃的、几乎是悔恨的口气打断了她：“我不会卖你，秀莲，这你还不知道吗。”他结结巴巴，说不下去了，“别，哦，别，别叫我难过。日子够苦的了，咱们得互相体谅。”

她一言不发，回屋去了。她躺在床上，思前想后。也许不该反对请先生，不过她对书本已经没兴趣了。还是别的事情更有意思，更要紧。不用孟良、琴珠帮忙，她自个儿就懂了。用不着等人家批准你跟男人去拉手。她不光想这么干，她想干的比这还多。爱情跟书本、音乐不一样。它藏在人的身体之内，存在于男女之间。它温暖、热烈、甜蜜、滋润。她的身体燃烧着奔放的欲望。

她躺在床上，想得出了神，手脚发僵，双手绞在一起。忽然霹雳一声，她从床上跳了起来。哎呀，打大雷，真可怕！她飞快奔进堂屋，爸还坐在那儿愣着。他看着又老了几岁，低着头，脸上满是皱纹。她在门边椅子上坐下，心里盼着爸没看见她。雷又轰隆起来，她颤抖了。宝庆忽然抬起头来。“别害怕，秀莲。雷不伤人。记得吗，孟先生说过，有文化的人从来不怕打雷，他们懂得打雷是怎么回事。”

她走回里屋，扒下衣服，静静躺下。外面温暖黑暗的夜空中，闪电一掠而过。

等，等什么呢？孟良要她等。别人也说，应该等一等。她是不是该等着爸给她找个丈夫，或者等着醉醺醺的妈来卖她？真笨！电影里的人物从来不等。他们向往什么，就追求什么，准能到手。他们从不念书。她也不要念书，不愿等待。她愿意玩火，哪怕烧了手，又有什么要紧。烧疼了，也心甘情愿。爱能解决所有的问题。

她想起李渊，心跳得更快了。她是在电影院里认识他的。他是个漂亮小伙子，是她秘密的男朋友。他大约二十五岁，高高个儿，阔大方正的脸，粗手粗脚。他五官端正，一双小黑眼温和潮润，富于表情。他看上去很粗犷，可是在她所见过的人里，也就算很有风度的了。他一笑起来，露出两排整齐漂亮的牙，莫名其妙地使她挺动心。

李渊给个官太太当秘书。这差事用不着多少文化，不过他倒是能读会写，跑街，记账，样样行。谁给太太送了礼，由他登记，外带跑腿。官太太没有职务，可秘书的薪水由政府开支。他挺讨人喜欢，活儿相当轻松，他很满意这份差事。美中不足之处，是薪水太少，不过总算有个秘书的头衔，有的时候，也管点用。

有一天，他在电影院里遇见秀莲，跟上她，交开了朋友。秀莲喜欢黑暗中有个男朋友陪着坐坐，而李渊觉着跟重庆最有名的唱大鼓的交往，十分得意。

他第一次跟她说话时，她脸红了。不过很快，俩人就规规矩矩坐到一块儿看电影了。

开头，他们的关系发展缓慢，双方都很谨慎。在黑暗中，两人的脸有时挨得很近，总是秀莲先挪开。不过他的脸还是离得不远，叫她心惊肉跳。有时李渊的脸颊几乎碰到了她的脸，她觉得全身发热。

关系越来越密，她盼着电影快完的时候，他会像男主角吻女主角那样，吻她一下。但是李渊没这样做。她焦躁起来，头一动也不动，乜斜着眼看他，他直挺挺坐着，目不斜视。她气得站起来就走，连个再见也不说。难道他不懂得女朋友的心理？她一起身，他马上发觉，说："明儿见，还是老时候。"她回了家，而他还坐着，继续往下看。

第二天，她不想去影院了。干吗要跟个麻木不仁的人一块坐着看电影？他从来就不乐意跟她一起在街上去，干吗还那么贱，要去会他？他为什么从来不请她吃饭？她怒气冲天，不过到了两点，还是匆忙赶到电影院，在往常的座位上坐下。不管怎么说，他是她第一个感兴趣的人，虽然只会木头人似的坐着，他可挺漂亮呢。

他一直在大厅里等她，是跟她一块儿进来的。他跟平常一样，也坐在老位子上。在昏暗中，他越发显得俊俏。他比以前坐得更挨近她。说话的时候，嘴唇离她耳朵那么近，她能感觉到他那灼热的呼吸。她的心跳得更快了。

他靠了过来，拿起她的手。她的手攥在他手心里，像个被人逮住的小白鸟儿，柔软、娇嫩、战战兢兢。他的手虽大，动作却很温柔。她一动也不敢动，手心直出汗。

她轻轻把手拿开，用手绢擦了擦手心。干吗让他碰她的手？不能那么贱。

散了电影，李渊的嘴唇几乎挨到她的耳朵，悄声说了话。跟他去吃顿饭怎么样？她的心怦怦直跳。事情有了进展，他要请她吃饭了。跟李渊一块儿吃饭，当然乐意，多美呀！

他带她到一个极小极脏备有单间的饭馆去。李渊请她上这样的馆子，为的是显摆一下，他见过世面。不过，他这番心机算是白搭，因为秀莲并不懂得，这种设有雅座的馆子，在重庆是最费钱的。

他要了酒。酒呛了她的嗓子。不过她还是笑着，假装挺喜欢。第一次喝，不妨尝一点，她渴望闯练人生。

李渊出奇地沉默寡言。她觉出来他的眼睛一直没放松她，眼光上上下下打量她，看她的胳膊、脖子，还有脸。

“干吗这么瞧着我？”她高高兴兴地问。

他脸红了，一句也说不出来。

酒刺激了她。她想唱点什么给他听，但是没有勇气。她有很多话要对他讲，才子佳人的鼓词都用得上。想说点自个儿心里话吧，倒又说不出来。于是俩人都坐着，愣愣磕磕，一言不发。心里的话，找不到适当的言词表达，不过俩人都觉着美滋滋的。

打这回起，他们常见面。嘴里不说什么，心里暗暗使劲，笑起来心领神会。有的时候，为了他不肯跟她一起走道儿，不愿意人家在公共场所看见他们，她气得直骂。“你当我是什么人？不喜欢我吗？我哪点配不上你？”这么一说，他就笑起来，用那双会表情的眼睛，爱慕地看着她。

挨了骂，他就买些东西送她。一盒糖，一块小手绢。她喜欢他送东西，但又迟疑着不敢收。爸爸说过，不能要男人家的东西。李渊给的，怎么能不要。不能得罪他。有一次，她犹豫着不敢要，他挺难过。

两个月以后，李渊还是只敢拉拉她的手。他有他的难处。他当然想要她，可事情挺复杂。他没钱，娶不起媳妇。

他对秀莲，也不大放心。她要是个暗门子，那可怎么好，——不过又不像。不论怎么说，她跟一般的姑娘不一样。不管是不是吧，麻烦都不少。他太爱她了，舍不得就此离开。可又非常害怕，不敢占有她，连吻一下也不敢。他浑身冒汗，迟疑不前。

他对她的态度，使她很生气。她有了男朋友，能跟她拉手，聊天。不过，他为什么不像银幕上的人那么有胆量？为什么呢？嗯，为什么？

这年夏天，重庆真热得叫人受不了。有一天，宝庆穿着夏布大褂在书场里坐着。忽然来了个听差的，叫他到个小公馆里去。他心安理得地去了，也许有堂会吧。

到了那里，人家把他一直带到一间客厅里。这时，他觉出有点不妙。迎面坐着个打扮得很时髦的女人，他认得这个娘儿们。但她显然不愿意提起过去。“你就是唱大鼓的方宝庆吧，”她气呼呼地嚷着说。

他点了点头，摸不着头脑。

“你有个闺女叫秀莲？”

他又点了点头，提心吊胆的，心里憋得很难受。

“唔，老东西，打开天窗说亮话。你闺女卖×，得找个阔主儿，不该勾引穷公务员。”这位太太打扮得妖里妖气，服饰考究，头发烫得一卷一卷的，手指甲经过仔细修剪，涂着蔻丹。不过，天呀，她说起话来真寒伧！老百姓从来不说这种肮脏话。他自己也不说。这娘儿们说的都是下流话，夹着窑子里的行话。

等她说完，他面带笑容说：“您给说说吧，我一点儿也不明白。”

“还有什么可说的，你这个老——！”她喊了起来，“我的秘书，在你那婊子闺女身上花了五万块钱。”她朝地板上吐了一口，宝庆赶快往外挪了挪，叫她够不着。

“真有这么回事吗？”他问。

“这还假得了？你自己的闺女，还不知道？”

他摇了摇头。“我清清白白把她养大，送她上学。她还是个黄花闺女哪，从来没干过那种事儿。听了您的话，我该怎么说呢，真是有口难言哪。”

她冷冷地、但又狠狠地瞪他一眼。“已经把李渊抓起来了，”她说，“他退不出赃，承认把钱花在你闺女身上了。你最好把钱拿出来，省得丢人。”

“拿钱可以。不过拿了钱，就得放人。我不能花冤枉钱。”

“拿钱来，当然放人。”她厉声说。她觉着钱比人要紧。五万块，花在个婊子身上！她这一辈子，还没遇到过这么窝火的事儿。

宝庆急忙赶回家。他问秀莲认不认识李渊，她红了脸。“他送过你东西吗？”爸生气地盘问。

她点了点头。“几盒糖，一块小手绢。就这些，我还不希罕呢。”

“没别的吗？”

“没有，他请我吃过饭，我并不饿，可他非要我去。”

宝庆头偏在一边，仔细看了看她。五万块！糖、一块小手绢，还请吃饭！她有了男朋友，这事倒痛痛快快承认了。孟先生说过她要谈恋爱了，这不就来了吗。李渊这个人，到底怎么样？是不是应该给她另找个人儿，赶快把她打发出去？要是惩罚她，她一定会跑掉。

“秀莲，”他假装漫不经心地问：“你俩是怎么回事，关系到底怎么样？”

“哦，不过是朋友关系，”她也回答得挺随便。“我们一块看电影，有时候拉拉手。就这么些，没别的，没干什么见不得人的事，也没有什么特别有意思的事。”

“哼，”宝庆摇了摇头。“不管怎么说吧，你的男朋友坐牢了。他拿了人家五万块钱，说是都花在你身上了。”

爸的话，真叫秀莲没法信。有人为她坐牢！真浪漫！真跟鼓词上说的一个样！李渊为了爱她，在监牢里可能快死啦！虽然他不大会谈情说爱，可还真够味儿！就像鼓词里的落难公子一样，总有一天会放出来，娶了她去，从此幸福无比。一定要给他送点吃的和香烟什么的去。她觉着自己像艳情故事里一个忠诚的妻子，要到监狱里去探望心爱的人。唔，眼睛里得挂上点泪，脸上要带点凄凉的微笑。可怜的李渊，真是又可爱，又大胆呀！

“秀莲，”爸爸严肃地说了，“我真不明白你。还有心思笑！我们在这儿，好不容易才有了点好名声，可你呢，不听话，冒冒失失，给我们丢人现眼。”

秀莲看着他，脸上还挂着笑，心里一点不服。恋爱有什么丢人？可怜的爸，他太老了，不懂。要是爱情见不得人，为什么还有人唱情歌，银幕上也演它？美国不是很强大，跟中国一块儿打日本吗？既是那么着，爱情一定也错不了。

“好吧，秀莲，”爸说了，“你还有什么说的？”

“我就有这么点要说。恋爱不丢人，也不犯罪。李渊为了我坐牢，我觉得挺骄傲。我只要爱情，爱情，爸爸。您听见了吗，爱情！我要的是爱情！”

宝庆立时下了决心。她既是真的爱上了李渊，就得采取措施，等年青人一放出来，赶快让他们结婚。

二十三

宝庆掏腰包，付了那五万块钱。钱虽不值钱，可到底是他辛辛苦苦用血汗挣来的。拿出这么一笔，他很心疼。有了钱，李渊也就放了出来。

李渊丢了差事。他没钱，没住处，没饭吃，只好来跟方家一块儿过。方家吃得好，宝庆能挣钱。不过李渊不愿意白端人家的碗，他盼着有份儿差事，自食其力。没跟秀莲交朋友以前，他一直过得很节省，所有的开销，都记着账。

秀莲见了他，非常高兴。但相处不久，就腻歪了。跟他在一块的时候，他总是直挺挺地坐着，连摸摸她的手都不敢。他一坐半天，再不就是出门瞎转悠。找差事，可总也找不着。秀莲很烦他。她没有设身处地替他想想：他不好意思吃饱，悲苦不堪，十分害臊。非常想亲近她，又不敢采取主动。

大凤快坐月子了，二奶奶成天围着闺女转，没心思顾秀莲，倒叫宝庆松了口气。宝庆一跟老婆提起这些揪心事儿，她就笑："我不是跟你说过了吗，该给秀莲找个丈夫了。你不肯卖她，又舍不得把她嫁出去。好吧，这下她自个儿找了个男人来。哼，让她留点儿神吧……"

二奶奶酒过两盅，想起秀莲被她说中了，就更来了劲。"现在卖她还不晚，"她跟宝庆说，"趁她还没出娄子，赶快出脱了她。等有了孩子，或是弄出一身脏病，就一文不值了。用你那笨脑袋瓜子，好好想想吧。趁她这会儿还看不出有什么不妥，赶快卖了她。”说完，她把头发盘成个髻儿，穿好衣服就去看大凤了。

宝庆明白她的话有理，不过他也有他的难处。李渊失了业，不能撵他出去。秀莲跟男朋友朝夕相处，难免不出差错。怎么好，他拍打着脑门。真是孤单哪！要是窝囊废，或者孟良还在，总还有个商量，这会儿，他可就得自己拿主意了。他不能成天守在家里看着他们，想给李渊找份儿差事，又找不着。

当然啰，最好是把小伙子请出去。能不能在别的县城里，或者秀莲去不了的什么地方，给李渊找个事？只要把李渊打发了，他就可以跟秀莲认真谈一谈，给她找个合适的主儿。这些日子来，他找不到跟她单独说话的机会，因为李渊总跟着。

有一天，宝庆在街上走，猛地站住。有了主意了：再找个靠得住的年青人，来竞争一下。他选中了张文。小伙子挺漂亮，以前又欠过他的情分。宝庆拿出了不小的一笔数目。有了钱，张文就会听话，服服帖帖。他不知道张文是个便衣，眼睛里只认得钱，有奶便是娘。

张文认真地听着宝庆，不住点头，表示已经懂了。他的任务是看住李渊和秀莲，不伤大雅地假装献献殷勤，作为朋友，常上门去看着点儿。是呀，方大老板不乐意李渊跟秀莲亲近得过了分，他得看住他们俩。“没问题。方老板只管放心，李渊那小子，甭想沾边。”

张文是民国的一分子，是时代的产物。他从小受过训，他的主子从纳粹那里贩来一套本事，专会打着国家至上的幌子来毒化青年。张文从一小就会穿笔挺的制服，玩手枪，服从上司，统治下属，谁是他的主子，他就对谁低眉顺眼，无条件服从。

他没有信仰，既不敬先辈，又不信祖训。权就是他的上帝。在他看来，你不杀人，也许就会被人杀掉。要是单枪匹马吃不开，就结个帮，先下手为强，干掉对方。

他会打枪，会盯梢，为了钱，什么都做得出来。政府常雇他。眼下他正在家赋闲，宝庆的托付来得正是时候。他记得那唱大鼓的小娘儿们，要是他记得不错的话，是个挺俊的俏姑娘。他挺了挺胸脯。"没错，方老板，您只管放心，我一定看住她……"

宝庆很高兴。有张文在，李渊一定不敢去亲近他女儿，一定会另打主意。又来了个男的，李渊说不定知趣就走了。

这办法真妙！宝庆信得过张文。张文能干，只要给钱，使唤起来得心应手。战前，大城市里像他这样的人多得很。只要有钱，叫他们干什么，没有办不到的事。宝庆以为，张文属于老年间的那种人，拿了人家的钱，一定会给人尽心。付了钱，他放了心，相信小伙子一定会把事儿办得妥妥帖帖。

"可别来硬的，兄弟，"宝庆提醒他，张文点了点头。

秀莲一见张文，心就怦怦直跳。真标致，又有男子气概！他有点像小刘，不过比小刘讨人喜欢得多了。小刘身体虚弱，张文结实健壮。衬衫袖子里凸出鼓鼓的肌肉，头发漆黑，油光锃亮，苍蝇落上去也会滑下来。他老带着一股理发馆的味儿。在她看来，他挺像个学生，不过已经是成年人了，真有个模样儿！

秀莲对李渊的心思究竟怎样，不消几天，张文就有了底。嗯，姑娘家，不过是想有个人爱她。张文这回拿了人家的钱，受命而来，有任务在身。不过，在她面前跟李渊比个高低，倒也怪有意思。

李渊非常敏感，知难而退。打从张文天天来家，他出去一逛就是半天，吃饭时候才回来。秀莲一点儿不惦记他。跟张文在一块儿，多有意思。他很像美国电影中的人物，很中秀莲的意。他谈天说地，对答如流。当初悔不该跟李渊好。

有的时候，她扪心自问，跟张文说话这么放肆，是不是应该。她觉得自己简直像个堕落的卖艺姑娘，坐在男人家的膝盖上，由人玩弄。爸爸从来不许她这样。不许她在后台跟别的姑娘打闹。如今，她可跟这么个漂亮小伙儿调笑起来了。

她有的时候很同情李渊。他木头木脑，什么也不懂。她同情起李渊来，恨不得把张文掐死。张文说起话来没个够，一个劲显摆他见多识广，懂得人情世故。他仿佛在用无形的鞭子，狠狠抽打李渊，李渊结结巴巴，无力还手。张文很乖巧，对她的心思摸得很透，一见她脸色不对，马上改口说个笑话，逗得她哈哈大笑。她觉着，能领会他的笑话，简直就跟他一般有见识了。

张文不光见多识广，还很精细。不消多久，他就弄清楚了秀莲有几个金镏子，几副金镯子，每个有多大分量。秀莲首饰数目之少，使他颇为失望。他一直以为她爸很有钱。他为什么不多给她些首饰？“你唱了这么多年，”他说，“你爸爸赚了多少钱！哪怕一个月只给你二百块呢，你今天也发财了。他这是糊弄你呢。”

秀莲从没想到过这个，张文这么一说，听着挺有道理。爸是该开一份儿钱给她，干吗不给呢？别的姑娘，人人有份儿钱。最好完全自立。应该跟琴珠一样，跟爸讲好条件。这天晚上，她仔细想了想钱的问题。她是得弄点钱。有了钱，就能嫁个称心的丈夫，养活他，他就不会笑话她是卖艺的了。可怜的大凤，就因为不会挣钱，爸要她嫁谁，就得嫁谁。

这天晚上，妈提了个装得满满的箱子，去看大凤。孩子随时都可能生下来。天气又闷又热，像是要打雷。要是打起雷来，秀莲可不敢回屋睡觉。场散了好半天，她还坐着不睡。张文一向晚上不来，李渊呢，又不在家。等了好半天，爸才回来了，“别怕雷呀，闺女，”他说，“那不伤人。”

“我怕，我没法儿不怕。”她答道，拿毯子蒙上了头。

第二天早晨，天灰蒙蒙的，要下雨。真热，空气黏糊糊，湿棉花似的，往人脸上、胳膊上贴，叫人哗哗地直流汗。秀莲坐在屋里，穿一件爸给她买的洋服。天闷热得透不过气来。她拿着把木柄扇子，拼命扇着。忽然间，屋子暗了下来，就像有人一下子把窗帘拉上了似的。秀莲走到窗口去看，天上布满大片大片镶银边沉甸甸的灰云。猛地，一道电光掠过，一个大炸雷把浓云劈成两半。秀莲拿手捂住了脸。打雷了呀，只有独自一人。爸不在家，妈去照应大凤了。雷声又起，她屏住了呼吸，仿佛有一滴雨，啪的一下落到了屋顶上，接着就哗哗地下起来了。又是一道电光，她吓得尖声叫了起来。打窗户边跑开，一下子和张文撞了个满怀。她紧紧抓住他，求他保护。

“怎么吓成这样？”他说，“怕什么？没什么可怕的，我躲雨来了。”他的脸和她挨得很近，笑着。又一个大炸雷，她蹦起来，把脸藏在他怀里。他用胳膊搂住了她。她觉出来他半抱着她，在挪步。她不由自主地站住了。又是一阵响雷，她两腿发了软，身子更紧地向张文靠过去。她忽然发现她已经不是站着的了，她躺在床上，张文就在她身边，他那强壮的身躯紧紧压在她身上……

她闭上了眼睛，她的理智停止了思索。外面雨下得很大，没人会来，而就她一个人和张文躺在床上，这对吗？她的道德之眼紧紧合上了。或许，他会像电影里的男人那样吻她，这是那个可怜的李渊所做不到的。她的心跳得快极了。

她睁开了眼。这个男人很有魅力。这样近距离地看着他的脸，并不像她所想的那样洁净而光滑。他的鼻子边长了三个小小的痣，鼻梁上有一个细微的红色伤疤。她从没注意到这一点，是谁伤的他？她想轻触他的脸。

外面闪电了。秀莲低下头，将脸依偎在他的胸前，像一只受惊的小猫。她突然感觉到他的手已经在她的袍子里。她想挪开它，但电闪雷鸣未完之前，她不会这么做。她必须这么做，这是为什么？这是爱。但这不是……或者是？她试着动动腿，然而它们就像被粘住了一样——霸道、探寻的手已经滑进来了。难道……她是一把华丽的嵌满珠宝的琴，等待弹拨？

她的心开始狂跳。那只手又开始游走，她感到哪里有一股暖流。这时，她觉得晕眩了。

但是她必须挣扎。这不合适。她想爬起来、讥笑他。她睁开眼，张文的脸是红的。他的眼睛里是一种冷淡的、命令式的目光。她的身体颤动着，能感觉到他的肌肉跳动。她试着移动，而他的胳膊太有力了。她用手挡住他的嘴，强扭着挣脱出来，从床上跳起来。她现在是安全了。跑吧，像风一样飞奔吧。但是那雷……她静静地站着，急促地呼吸着，双手紧握，她的身体里，一种可怕而将要沉沦的情绪在蔓延。

他的胳膊环绕着她。他把她的脸转过来对着他，微笑着亲吻她。她将脑袋别过来躲着他，然而他们的唇仍然合着，他的唇温热、结实。她睁开了眼睛，然后又敏捷地闭上了，因为外面电光闪烁着。她吓倒了，一个趔趄，恍惚起来。

他把她放到床上。她放松、舒心地看着他。他的头猛地倾下来，唇吻到她的胸，再次点燃她体内的火焰。她感觉到了他粗重的呼气，他身体里迅猛涌起的肉欲冲击着她的身体，伴随着一种熟练的征服欲。外面雷鸣依旧，但她已经不再害怕。现在，在她的身体里正雷声轰鸣，咆哮着、召唤着，用强烈的火焰灼烧着她。爱……这是爱……突然，他停了，软了。他的头窝在她怀中。她能听见他的心跳，还有自己的。她身体某个未知的地方在一张一翕。

他动了一下要起身。不，不要，他不能走。她的心里一阵恐慌。她找寻着他的唇亲吻他。他又靠近了她，他的爱升腾了，强烈地爆发了，她几近晕厥。

之后，是出奇的安静，无力而眩晕中的宁静。她迷失了。甚至连记忆都快要变成空白。但是她却感到心满意足的放松，体验到了这个年纪应该体会的滋味。平静，仿佛从未这么平静过。

这个时候，他要走了，而她没法挽留。她躺在他离开的那儿，脸上是微笑的，带着泪。

“我得走了，”他说，摸了摸自己光溜溜的头发。“明儿见，我明儿也许来。”

“也许，”这两个字像一记耳光，打疼了她。也许……这是什么意思？她坐了起来，打算好好想想，可是脑子不听使唤。他走了，一点不像个情人，连句温存体贴的话也没有。……她走向窗前，站下来朝外看。

天晴了。近处的屋顶像刚洗过似的，干干净净。周围一片宁静。她伸了个懒腰，照了照镜子，上起装来，穿好衣服，下楼到书场里去唱书。

唱完书，她又回到屋里。闩上门，坐在床上发呆。眼泪涌了出来。泪哭干了，她爬上床，又想了起来。

一切都完了，她变了个人。肯定的，变了。她又想哭。爸一直要她自重，可这下，再也难以挽回了。她心神不定。真受不了，她再次爬下床，开了灯，对着镜子照。

哪儿变了？瘦瘦的小脸儿，变了吗？人家会不会看出来，在背后指指点点，“瞧她，她干了丑事。”

以后，决不能再上他的当，决不能太下贱。她懂得爱情不能这么贱，她得留神。琴珠说过，弄不好，姑娘家就会出丑，必须十分小心。

雾季又到。大凤的儿子已经满两个月了。他胖乎乎，圆滚滚，总是笑。大凤还是那么沉默寡言，但很愉快。宝庆和二奶奶高兴得要命。外孙子！真是个宝贝蛋！连小刘都动了心。他戒了大烟，一心扑在三弦上，决心当个好丈夫。

二奶奶到晚上才喝酒，她怕白天喝醉了，会摔了孩子。除了对秀莲，她对谁都和和气气，好脾气。她不跟秀莲说话，一对小眼睛冷冷的，好像是在说："滚出去，我有外孙了，他是我的亲骨肉，你算什么东西？小杂种，谁理你呀？"

李渊准备到缅甸去谋生。他走的那天，宝庆对张文说，他的事儿已经办完，以后用不着他了。张文一笑，跟他要遣散费，宝庆给了。他临别对秀莲笑了笑，就走了。宝庆仔细看了看女儿，她近来瘦了，也许是苦夏。她从来没这么瘦过，他想，大概是因为长大了。她已经发育完全，脸儿瘦得露出了尖下巴，显得更俊俏了，不过太瘦了一些。也许她还是爱李渊。

"来，莲儿，"他拉起她的手，"看看你姐的孩子去。小宝可有意思啦。"

"我今儿不去，"秀莲忧郁地说，"我明儿再去。"她回了卧室。她已经有了。是张文的孩子。快两个月了，在肚子里，不过是小小的一块。

爸进来了。"秀莲，你要知道，"他干笑了一声说，"我最后一件心事，就是你了。该出嫁了吧？你要是乐意，我一定给我的小秀莲找个体体面面，忠厚老实，勤勤恳恳的人。"

秀莲不作声。

"闺女，你到底怎么个想法？"

"我还小，"她闷闷不乐地说，"不用忙。"

"好吧，咱们改日商量，不过得把你的想法告诉我。我是为你好。走吧，一道看看那孩子去。"

秀莲摇摇头。爸走了以后，她躺了下来。张文的孩子。张文已经对她说过，他不能结婚，因为他得给政府干事。张文决定着她的一切。她下过决心，不让他再亲近她，可他每次来，都威逼她。她每回和他见面，就成了琴珠。哪怕是在内心深处，一想起她和张文的丑恶关系，就感到羞耻。孩子是她罪孽的活见证。孩子一出世，全世界都会知道，他娘又贱，又罪过。娘是唱大鼓的，又没有爹，真是个可怜的孩子！

二十四

琴珠真是时来运转。战乱把国家、社会，搅得越发糟了。知识分子和公务员，一天比一天穷；通货膨胀把他们榨干了。发国难财的人，倒抖了起来。

社会的最上层，是黑市商人、投机倒把分子、走私贩和奸商。他们成了社会的栋梁。虽然粗俗无知，但有的是钱。

这类人中，有一个叫李金牙的。他本是个洋车厂老板，一来二去，倒腾了一辆卡车跑单帮，发了大财。他用那辆舶来的大卡车，给政府跑运输。每次给政府运三吨货，按官价收费；私自带半吨货，按黑市价卖出。没多久，就大发横财。通货膨胀怕什么，他的钱多得花不完。钱实在太多了，不花，留着干什么呢，花吧。他穿的是上等美国衣料，戴的是价值一万块钱的手表。虽然一个大字不识，他那淡紫色的西装上衣口袋里，却别着四支贵重的美国自来水金笔。有的时候，他觉得应该别五支，摆摆阔。别人别一支，他就得别五支。这些笔是他随身的资本，哪天手气不好，输个精光，就可以抽出两支笔来作抵，押上一笔钱。谁都得有支笔，所以笔就值了钱。

大金牙是民国的产物。哪怕同胞们已经一无所有，他可是样样都得挑顶好的。他的手绢是用手工印染的印度绸做的；金烟盒里，满装着俄国和美国舶来的香烟。虽然普通市民已经穿不暖，吃不饱，他的衣柜里却什么都有，挂满了一套套西服。他的一头黑发，擦的是从巴黎运来五十块美金一瓶的头油。摆弄驾驶盘，免不了出臭汗，为了遮盖汗臭，洒了一身科隆香水。买一瓶这种香水的钱，够一百个孩子吃一个多月的。他浑身上下值钱的东西，和一个美国百万富翁的穿戴不相上下。

他在饭馆里吃饭，一顿饭的花费，够一个普通人家半个月的花销。每天晚上都得弄个女人来过夜，给的钱够她用一年。耍起钱来，赌注都是千元大钞，小票子用起来太烦人。他每次去缅甸，带回一些金笔，一两箱白兰地，就够他一个月花的。

但他还不满足。总得为将来打算打算。他想买上几辆卡车，开个运输公司。那他就可以不干活，干赚大钱。他还想成个家，弄个媳妇儿。

卖唱的琴珠，再合适不过。他在书场里见过她几面。那真是个妙人儿！他花了一千块，跟她有了交情，真叫他难舍难分哪。她会花钱，这不正对他的心眼么？他为了变着法儿用钱，把脑袋瓜都想疼了。

琴珠一切的一切，都叫他称心。真是情投意合。她善于察言观色，对他体贴入微。她也好吃，这点更是知己。尤其妙的是，她的名字总是高高地写在书场海报上，叫他看着舒服。他是个无名小卒，娶了琴珠，一定能给他扬名。

这件事，大金牙还得跟新娘她爹唐四爷讲讲价钱。有钱没钱，唐四爷一瞧便知。有四支金笔的人，肯定花钱如流水。四爷也明白，男人一旦相中了，是舍得大把花钱的。唐四爷有个有模有样的女儿要卖，她的名字天天见报，和第一流名角一起登台表演，一定卖得上大价钱。

他要大金牙给他一大笔现款，和一辆美制大卡车。钱，几个钟头以后，就可能贬值，不过卡车是不会贬值的。大金牙答应了这个要求。自己人嘛，一辆卡车，小意思。唐四爷不费吹灰之力，就弄了辆卡车。他那诡计多端，十分贪婪的脑瓜儿，又琢磨开了。要姑爷在快开张的运输公司里，给他安插个顾问，或者经理职务当当。大金牙说，要什么都行。唐四爷后悔得要命。要真是一开口就来财，本该要两辆卡车的，钱也该加倍。他还试探着问大金牙，能不能定期每月给他十两大烟土，治他的风湿病？大金牙作了个满不在乎的手势。“当然可以，这也好办。”后来，唐四爷还要姑爷把所有的存款交给他保管，万一姑爷有个三长两短，由他掌握保险。大金牙这下不答应了。

唐四爷在签婚书时，满心委屈，觉着人家冤了他。

婚礼在重庆最豪华的饭店举行。虽然他跟琴珠一千块钱一夜，一直睡到结婚前夕，可他还是坚持要正式举行仪式。钱算得了什么，婚礼才值得纪念。至于琴珠，她心满意足。她做梦也没想到，她还会正式结婚当新娘。

琴珠要秀莲给她当傧相。起初，秀莲不答应。她满心悲苦，没有心思。不过后来她看出，琴珠确实出于好心，真心愿意找她。可请的姑娘多的是，偏偏要请她。琴珠见她迟疑不决，拿胳膊搂住她，用恳求的眼光，哽咽着说，“来吧，秀莲。我要出嫁了，给我当当傧相吧！我是不规矩，你呢，清清白白，不过你还是来吧。让我了了心愿，结婚的时候，起码傧相是个童女。图个吉庆，我的终身，也会吉祥如意。”

秀莲肚子里的娃娃，轻轻动了一下。她觉得这未免太捉弄人了，不过还是答应来做傧相。

婚礼盛大，全部仪式和装饰都象征着当前的时代。礼堂里挂满了万国旗，包括最黑的黑非洲国家的旗子；还有各式各样绸缎喜幛。五彩缤纷，鲜艳夺目，看上去叫人头昏脑胀。乐队是从当地杂技团雇来的，奏的曲子，就是玩魔术的打帽子里抓出兔子，或者，打袖子里掏出鸽子时的伴奏。有一段音乐是专门为空中飞人用的。即使宾客们觉得滑稽，新郎可并没有发觉有什么不对头的地方。音乐到底是音乐，乐队越庞大，音乐就越高明。他就是这么看的。

他为了婚礼，认真打扮了一番，还专门雇了两个听差来侍候。他的西服上装是黑白格的，图案鲜明。他带了条支得高高的硬领，打着从印度进口的红黄相间的绸领带。上装口袋里，别着那四支颇有名气的自来水金笔。他脚蹬一双黑色长马靴，打磨得照得见人影。这双靴子是从一个英国陆军军官那里买来的，带有全副银马刺，每走一步，就发出刺耳的响声。他的上衣纽孔里，插了一朵极大的白色羽毛做的花，下面挂着一根绸带，写着："新郎"。

琴珠一心想打扮得像个阔太太。她那白绸子的结婚礼服，是她丈夫从缅甸带回来的。礼服底下，穿了三套内衣，吊袜带，紧身裤，还有好几米缎带。白头纱顶上，别了一块五颜六色的绸手绢，浑身上下戴满了珠宝。她所有的假珠宝，统统带上了，有不少是新买的，也有真的金刚钻，是新郎给她的。她高高的胸脯，束着紧身衣，遍布闪闪发光的宝石。两手每个指头，至少有一个戒指，右臂从手腕到肘，戴满了钻石镯子。她手捧一大束梅花，枝丫甚长，香气扑鼻。上面满是花朵，瞧着仿佛是举着棵小树呢。她认为新娘就该用纯洁的象征来装点，所以一刻也不肯放下这棵树。

多数客人跟汽车运输业和曲艺界有关系。不是朋友，就是对头，来此是为了白吃一顿，或者抽抽外国香烟。四爷把姑爷如何有钱，讲得天花乱坠。光是待客的美国香烟就取之不尽。美国香烟的确很值钱，谁不愿意来参加婚礼，白捞几支呢？

乐队奏起了兔子打帽子里蹦出来时的伴奏曲，新郎新娘被人蜂拥着，走了出来。唐四爷今天算是露了脸。他把脸上那些抽大烟的痕迹，洗刷一净，胡子也剃了个精光。一对小眼睛高兴得发亮，薄薄的嘴唇在又大又尖的鼻子底下，笑得合不拢。真是个好日子！这一回，闺女总算卖了个大价钱！一辈子的梦想，终于实现了。

四奶奶穿着一件五颜六色的绣花旗袍，瞧上去像座铺满了春花的小山；又像海上一条蒙有伪装的大航船，到处都花花绿绿的，弄得人闹不清它到底是在往哪个方向开航。她费尽心机，才把自个儿塞进了那件衣裳里，箍得她气都喘不过来，但还是神气十足。当她摇摇摆摆，爬上礼堂的台阶时，有几个孩子挡了她的路，她马上伸出手来，拧他们的耳朵，熟练地用下流话骂了起来。

秀莲穿了件一色的粉红旗袍，手里拿了把野花，一边走，一边动人的笑着。她往礼坛上走的时候，有的人拍起手来。她好像并没看见他们，头昂得高高的，姑娘家，走起路来腼腼腆腆，规规矩矩的。在这一帮打扮得花里胡哨、庸俗不堪的人群里，她真像一朵朴素的小花，仪态自然。

新郎新娘走在最后，琴珠扭着屁股，叮叮当当摇晃着手镯；新郎昂首阔步，在她身边迈着鸭子步，为的是显摆他那马靴和银马刺。

他们一出现，礼堂里就热闹起来。大金牙早就说好，要朋友们给他叫好，他们也确实很卖力气。有的拍手，有的朝他们撒豆子和五彩纸屑。仪式举行完毕，新郎新娘相对一鞠躬，众人齐声大叫："亲个嘴!"他们当真亲了嘴。这象征着他们的爱情经过当众表演，已经把过去的丑事都遮盖了。

于是新郎给了新娘一个镏子，一对钻石镶的手镯，额外还添了一支上等美国金笔。

证婚人是一位袍哥大爷，为了表示祝贺，讲了一番话。他的话当然难登大雅之堂，不过听众一再鼓掌，淫秽的气氛登时活跃起来。客人们使劲叫喊，要新郎报告恋爱经过。

秀莲觉得不舒服，孩子在她肚子里，一个劲地踢腾。屋子里挤满了人，气闷极了，她觉得喘不过气。琴珠好意请她当傧相，说什么也得给琴珠争点儿面子，至少要坚持到仪式完毕。她脑门上出了大颗大颗的汗珠。她直挺挺地站着，一动也不敢动，咬着嘴唇，不让自己叫出声来。忽然，她两眼一黑，失去了知觉，倒在地板上。

她醒来的时候，已是躺在自己屋里的床上，爸坐在床边，脸惨白，拉得长长的，眼睛很古怪地发着亮。

他有好一会儿说不出话来。到了，他舔了舔发干的嘴唇，"是谁坑了你?"他费难地问，"是谁?"

她简简单单，把事情告诉了他，丝毫不动感情。把事情说出来，她倒平静了。把秘密公开讲了出来，她觉得痛快；在她肚子里蹦着的孩子，好像也不那么讨人嫌了。

宝庆没有责备她。他光点了点头，拍了拍她的肩膀，就走了。可心里却在翻江倒海。这个下贱胚张文，恨不得生吞活剥了他。没想到钻了他的空子，糟蹋了他的女儿！

他在下午常去的茶馆里，遇到了张文。他一见张文，就知道秀莲说的句句是实话。张文拿笑脸儿迎他，可是不敢正眼瞧他。

“你打算怎么办？”宝庆开门见山地问。

“什么怎么办呀？”张文问。宝庆再也控制不住自己，冲那油头滑脑的家伙就是一拳。张文很快闪过一旁，手往口袋里一伸，一支枪口就对准了宝庆。因为恨，也因为怕，宝庆的脸抽搐起来。

“你这个老废物，再敢来找我的麻烦，”张文不慌不忙，打牙缝里挤出这句话，“我就像宰个耗子似地宰了你。”

宝庆脑子一转，深深吸了口气，立时拿定了主意。他脸上挂着笑，大声说起话来，让在场的每个人都听得见，“开枪吧，我反正也老了。你还在娘胎里，我就走南闯北，凭本事吃饭了。”他慢慢冲着这个土匪走过去，一双大黑眼直勾勾地瞪着张文的脸。“开枪吧，小子，开枪。”

张文鼓了一会儿眼睛。没人这么顶撞过他。他以前每次拿枪唬人，多一半人都怕他，他不加思索，就立时宰了他们。宝庆却公开向他挑战，叫他开枪。张文杀过很多人，不过他不想当着这么多证人，落个蓄意杀人。

他的枪口朝了下。他把头歪在一边，冲着宝庆笑了起来。“我哪能把岳父大人给杀了呢？我不是那号人。”

“你打算怎么办？”宝庆严厉地问。

“听您的吩咐，方老板。”

“你打算娶她吗？”

“我当然乐意，可是我不能。”

“为什么?”

“那就是我的事儿了，老家伙。”张文朝外迈了一步，摇了摇头。“我就是不能，给政府干事，不能结婚，这你还不知道吗。”

“你以后不许再上我的门。”

张文笑了起来。他弹了个响指，冲地上吐了口痰。“我什么时候想去就去。”

宝庆想起，张文最爱的是钱。也许……“你要多少?”他问，定定地看着这小子，“你要多少？我有钱。”

“钱我要，老家伙，”张文笑着说，“不过，人我也要。她是我的人了，她爱我。我就是她的丈夫，不信你问她去。”

宝庆气糊涂了。“狗杂种，”他叫了起来，“天打雷劈，不得好死。”

张文觉着挺有趣。“骂人不好，老家伙。跟政府的人打交道，最好留点儿神。你的好朋友孟良已经尝到滋味了。他以为能跑掉，可还是落了网。怎么样？你放明白点儿。秀莲肚里的孩子是我的。我想拿她怎么办，是我的事，跟你不相干。你放心，我错待不了她。你要是放明白点，我也错待不了你。”他摸了摸油光水滑的脑袋，点上一支烟，踱了出去。

宝庆像个梦游人，慢慢悠悠地回了家，径直到了秀莲屋里。秀莲不愿多讲话，问她什么，她光笑笑，直摇头。

“你怎么，咳，怎么就让他糟蹋了呢?”宝庆一个劲问。他简直疯了。脑门发烫，心发疼。“跟我说说，怎么，怎么回事。”他哀求道，他伸出手来想摸摸她，又缩回了手。她始终半笑不笑地瞅着他。

他没注意到二奶奶和大凤已经走了进来。他看见的只有秀莲的脸，薄嘴唇紧紧地抿着，眼睛里黑沉沉的，叫人捉摸不透。啪的一声，一大口黏痰吐到了秀莲脸上，宝庆跳了起来。他双手抓住老婆，把她拖了出去。他在门外打了她一耳光，然后回到屋里。闺女就是作了孽，也不能啐她。

大凤掏出自己的手绢，给秀莲擦着。“跟我说说吧，”她央求道，“你的难处，干吗不说说呢，说出来就痛快了。”

秀莲拿手捂住脸，哭了起来。“你怎么打算呢？”大凤又问，“跟他去吗？你真爱他吗？”

“有什么别的法子呢？”秀莲可怜巴巴地说，“像妈那个样儿，我在这儿，怎么待得下去。”

“他会跟你结婚吗？结了婚，能养活你吗？他到底可靠不可靠呢？”

“我不知道，我哪儿知道呢？我见了他就昏了头，他要怎么样就怎么样。也许这就是爱情。挺难受，可又丢不下。”

“他真喜欢你吗？我不懂什么叫爱情，不懂你说的那个爱情。他对你，是不是跟你待他的心肠一样呢？”

“我不知道，我不知道，”秀莲攥紧了拳头，捶起床来，“我什么也不知道。我难过，我又不难过。我不跟他去，上哪儿去呢？不去，我就成了个下贱东西，给全家丢脸。去呢，也不会有好下场。”

过后，大凤对宝庆说，秀莲想跟她的情人去。宝庆没法，只好答应。他想到他的生意，全完了。秀莲唱的那一场，谁能顶得了？琴珠嫁了人，也走了！他想起来，他跟小刘可以来段相声，这也许是个办法。

他下楼，到书场里去。当晚，他和小刘来了一段，不过，很不成功。

散了戏，宝庆在书场大门口雇了个拿枪的把门，叫他无论如何，不让张文进门。他买了把锁，把秀莲锁了起来。他不怕张文，就是张文拿枪打他，他也要跟他见个高低。

二十五

过了一个礼拜，宝庆家来了六个拿枪的汉子。他们走到书场楼上，把宝庆看守起来。然后张文走来，给秀莲开了锁，叫她跟他一起走。

秀莲一见张文，又是哭，又是笑。可一见他的枪和那帮人，就瘫在床上。

“秀莲，跟我一块走。”张文用命令的口气说，脸色死白死白的。

她一动不动。

“走吧，把所有的东西和首饰都带上，”他又命令似的说，声音尖得刺耳。

她还是不动。

他不耐烦了。“怎么了?”他问，“怎么了?”

“我得跟爸说一声，你不该拿枪吓唬他。”秀莲说。她已经打定主意。

“你不是我的人吗?”张文担起心来了。

“我是你的人，孩子是你的，”秀莲指着肚子说，“不过，我不能就这么跟你走，我得跟我爸爸说一声。他，他是我的……”她咬住了嘴唇。

“走吧，”张文催她，“别净说废话！耽误工夫！带着你的首饰。”

“我跟你走，首饰也忘不了。不过我一定得跟爸爸说一声。你可以拿枪吓唬他，我不能。”

“先把首饰给我。”张文不耐烦了。

“不行，我得先看看爸爸。”

“好吧，去吧。”

秀莲自己也不知道，她是怎么走进了爸爸的屋。

宝庆很镇定，泰然自若。他坐在把椅子里。两条汉子站在他对面，枪口对着他。他安详地看了看秀莲，脸上一点表情也没有，好像眼面前的事，压根儿跟他没关系。

秀莲起先走得很慢，然后，不由自主地冲着他，急忙跑过去。她本有一肚子话要说，可是一句也说不出来，只会跪在他面前哭。末了，她气咽声嘶，好不容易才说出来，“爸，您白疼我了，叫我走吧，我没法儿不走。”

宝庆说不出话。他的手紧紧攥着椅子把，发起抖来。忽然，他冷笑了一声，说，“走，走，走。女大不可留，走吧。”

张文走了过来。他不看宝庆，拉起秀莲：“走。”

她拿了衣服首饰，低着头跟张文走了。出了门，她看了看天，天上有只鸟儿在飞。她想，不管怎么说，总算自由了，像那只鸟儿一样。

张文把她带到个僻静胡同里。所有的房子都炸坍了，不过废墟里也还有人住。有的房子倒了墙，有的没屋顶。一座房子里，有间火柴盒似的小屋，墙被炸弹震歪了，跟天花板分了家，所以屋里亮得很。屋里有一张竹床，两把竹椅，一张桌子。

“这就是咱们的家，”张文说。

秀莲看不下去。这地方太可怕了，到处是耗子、臭虫。不过她不愿意让他看出她的心事，她看了看他。“咱们的家，还挺不错的，”她说。她希望张文对她好，减轻她离开爸爸的痛苦。

床上放着她带来的包袱，里面包的，多一半是鞋袜。她想起口袋里还有些首饰，就都拿了出来，搁在他手心里。“给你，我拿着也没用。”

看见金子，他的眼睛放了光。为了报答她，把她搂在怀里。

他们商量该怎么收拾屋子，秀莲出了很多主意。屋子小，跟洋娃娃住的一个样。把屋子好好收拾一下，朋友来了，也好坐下喝杯茶。她从此要过新的生活了。等有了大点儿的屋子，再搬过去。这些想法使她高兴起来，脸上的愁云散了好些。哪怕只有间半截墙，火柴盒似的屋子呢，也得过下去。

他俩上饭馆吃饭。饭后张文说了说今后的打算。最好天天在外边吃饭，他说。这笔开支还出得起，房子太小，做起饭来，转不开身。他不喜欢睡觉的地方有饭菜味儿。秀莲打心眼里赞成，她压根儿不会做饭。老在外面吃才好呢。首饰让他卖了换饭吃，真不赖，她高兴了。

他们上街买东西，回来的时候，买了一床厚厚的川绣被子，两个枕头。有了它们，屋子里看着体面顺眼多了。新被子很漂亮，她快活起来，脸上有了笑容。

日子一天天过得很快。生活像两岸长满了野花的清澄小溪，潺潺地流过去了。在秀莲的小天地里，倒也风和日丽，微风习习。废墟的霉味，垃圾和死尸的臭气，大耗子到处乱窘，她都不在意。张文不在家的时候，她就忙着给孩子织衣服，打扫房间。她哼着旧日常唱的鼓书，抚摸着日益膨胀的肚子，说不出的愉快。有了孩子，该多么快活。

张文对他的俘虏很得意，常带朋友来看她。他们一来，总弄得她这个没有正式结婚的新娘困窘不堪。爸一向不让她跟人交际，她不会应酬人。这么小的屋子，一下子来上一大帮，又都是男人，只有她一个女的。他们认为所有唱大鼓的，都不是好女人，当然也就不会拿她当正经人看。他们每次来，秀莲都担惊受怕，不敢作声。要是客客气气，冷淡了客人，客人不高兴，张文要骂她。热乎一点儿，张文又气得发疯，骂她下三滥。他们多一半很放肆，只要张文一转过身去，就动手动脚。她躲不开，因为屋子里挤满了人，房间又那么小。

张文把秀莲带走的当天，二奶奶就把大凤和小刘搬进秀莲屋里。她想叫外孙守在跟前，好逗乐。秀莲怎么样，随她的便，犯不着去操心。二奶奶一向讲究实际。姑娘家出个丑，没什么了不起，没准她自己还乐意呢。丈夫是个笨蛋，活该遇着这么档子事儿。她有了外孙子，又有的是酒喝，别的事，管它呢。

这一向，宝庆沉默寡言，闷闷不乐。挨老婆的骂，他从来不还嘴。要是有人问起秀莲，他就说她病了，或者转个话题，夸夸小外孙。朋友们很体贴，从来不打听，可也总有些人，好奇，不知趣。

他夜里翻来覆去，老睡不着觉。秀莲走了，家里显得空空荡荡。她伤了他的心。别人骗他，犹有可说，可是秀莲，他最心爱的女儿干这样的事儿，真叫他受不了。一想起她对他的欺骗，心里就疼得像刀子扎。

他并不是个遇到打击就心灰意懒的人。他也许会痛心一辈子，但责任还是要负起来，只要秀莲需要，他准备竭尽全力去帮助她。迟早张文不是甩了她，就是卖了她。他要找到她，看住她，在她需要的时候，拯救她。他没有力量去跟张文和他那帮土匪拼，不过，他可以在必要的时候，拉自己的闺女一把。他花了几个钱，打听到他们的地址。来报告的人，详详细细把情况告诉了他，连房间是个什么样子，秀莲怎么收拾布置，张文的那帮子朋友如何难缠，都绘声绘色告诉了他。

他想起秀莲住在那样的地方，守着间那样的小破屋，就难过得心疼。他有钱给他们赁间房，但他不打算这么做。不能为了闺女，跟那个坏蛋张文言归于好。办不到。

最好是把一切都忘掉。怎么忘得掉呢？秀莲是他的心头肉。虽说恨张文，在伤心之极的时候，他也丢不下他一手养大的孩子。他想把心思全放在小外孙身上。可他每次抱起胖外孙，就免不了心烦意乱地想起，秀莲怀了孕，快给他添第二个外孙了，还是张文的孩子！

他努力想忘掉秀莲和她男人。还有更要紧的事，等着他去做呢。他得想法儿把孟良救出来。想到这儿，他站起来，发了狠。只要他还有一分钱，一口气，一份力，他就要想办法把朋友救出来。孟良才是真心朋友。秀莲的事，他早就提醒过，只怨宝庆当时不开窍。孟良帮助过他，鼓舞过他，给他机会，让他为国出力。

搭救孟良的新使命，在他心里燃起了新的火焰。他不再一蹶不振，愁容满面，而是一心一意，又有了生活的目的。

他到处打听，找当官的，找特字号的，四处花钱，打听孟良到底给关到哪儿去了。

当官的听了他的要求，都不免吓一跳，露出害怕的神色。“别管这事，”他们说，从他们的态度可以看出，他们觉着他是白费劲。

有的人干脆对他说，为了这么个古古怪怪的作家去奔走，真是发了疯。他这才明白，哪怕走袍哥的路子，也行不通。那是当今政府的事儿。官儿们给他上了一课。他们不肯直截了当跟他明说，怕他把话讲出去。他们绕着弯儿说话，含含混混，不得要领。有个人说，“战争时期，只有带兵的有权势，枪一响，文官就吃不开了。”

宝庆听了他们的指点，去找带兵的。他给军官唱过堂会，认识不少人。他们对他挺客气，有的也对他的才情夸上两句。唔，现在正用得着他们，不妨去找找。可是，军官们一听他有事相求，多一半就忙得见不了客。顶多派个秘书，或者传令兵出来见见。不消多久，宝庆不用开口，就知道他们千篇一律必是这样回答：“剧作家，小说家，都靠不住。本该把他们搞掉，省得他们找麻烦。”有一位高级将领，好奇地瞧着他，不怀好意地问：“你活够了，想找死吗？还是唱你的大鼓去吧，老头子！剧作家，你就别管了，还是让他在监牢里呆着吧。”

宝庆鞠个躬，走了出来。他没了辙。世道真变了。中国人自古以来，就敬重斯文，连唐玄宗还不敢得罪李白呢；可今天军人就敢把学者抓起来，关在监牢里。说不定孟良已经掉了脑袋。他猛地站住，恐怖紧紧地抓住了他的心。当今政府到底是怎么回事？难道现而今的领袖，见识还不如个孟良？他连忙看了看四周，害怕他心里的疑问，会被人听见。他加快了脚步。

这天晚上，他去找孟良在剧院的一些朋友。这些人告诉他，他们正连日地奔走，想把孟良营救出来，可是一直打听不着他关的地方。他们认为他还活着，别的就不知道了。想在报上登个寻人广告，看看会不会有人知道他的下落，来报信。可是给新闻检查当局挖掉了。他们还没有绝望。不管找不找得到，还是要找下去。有位青年把宝庆拉到一边，跟他说了起来。“要是做得太显眼，弄得大家都知道我们在营救他，特务机关，没准就会把他干掉。”他说，“可是话又说回来，要是我们不去动员群众关心他的事，要救他就更没有指望了。所以必须十分谨慎小心。”宝庆越听越糊涂，他只明白这位青年是要他别太莽撞，怕对孟良不利。

夜里，他躺在床上，想了又想。事情真复杂。从前，他以为要打胜仗，必得有力量。中国若是人人身强力壮，准能打败日本。打败了日本，就天下太平，有好日子过了。他揉了揉秃脑袋。事情显然没那么简单。日本倒还没打败，瞧瞧自己，落了个什么下场，孟良又落了个什么下场！孟良，他一心劝人爱国，一心想要国家富强，反被政府关进牢里；张文那样的坏蛋，倒自由自在。这究竟是什么世道呢？

他躺着，背朝天，脸埋在枕头里。别再费那份脑筋，去想什么了。他只想睡，想忘掉一切。干吗要想？脑袋疼得厉害，别再费那份儿心劲了。最好跟老婆一样，傻头傻脑，成天醉醺醺。只有她，这年头，还可以轻轻松松地活下去。她真有福气，无忧无虑。

实在精疲力竭，没有力气再操心，再想。

第二天早晨，他早早地就起来了，振作了不少，精力也恢复了。睡眠真是功效神奇。他活着，他还有才干。人生似乎好过了一点。他把小宝抱了起来。孩子咧开小嘴笑了，高兴得呜呜直叫。

宝庆看了看老婆，她坐在椅子上，身边放着一瓶酒。“小宝他姥姥，”他嘴上带着挖苦的笑，说：“你真有福气。”

“我吗？”老婆嗑着葵瓜子，应声问道，“我要是真有福气，就不会生在这年头了。”

这话很出乎宝庆的意料。唔，看来她也不能完全不动脑筋。

二十六

钱花完了！张文卖了秀莲所有的首饰，把得来的钱吃了个一干二净。秀莲的肚子一天比一天大，大得她连门都不敢出，一副寒伧样子，怎么见人。

她没想到怀了孕的女人会这么难看。脸完全变了模样。早晨起来，脸肿得松泡泡的，笑起来挺费劲。就是拿她仅有的一点化妆品涂抹起来，也掩盖不住病容。这副模样，真是又难看，又可怜。腿和脚都肿了，有时连鞋都穿不上。

张文对她，已经没一点儿温情。即使亲近她，也无非是发泄兽性，兽性一旦满足，就把她扔到一边。有一次，为了嫌她挡路，使劲打她的肚子。还有一次，因为嫌她在床上占的地方大，骂了起来。“滚你妈的一边去，大肚子娘儿们，”他嚷着。她脸冲着墙，低声抽泣起来，什么也没说。

第二天早晨，她一片诚心，低声下气地招呼他。她觉得，哭未免太孩子气了。自己的肚子太大，挤了他，挨他骂一句，也不算什么。她很过意不去。

张文可没有心思跟她谈情说爱。他坐在床上，点上一支烟，眯缝起眼睛，想心事。忽然，冲她长喷一口烟，笑了起来。“秀莲，跟你爸要俩钱去。咱俩得吃饭，我一个子儿也没了。”

她睁圆双眼看着他。他不是当真的吧？难道他不知道，爸爸已经不要她了？她对不起爸，没脸见人。“哦，”她低声说，“哦，不，我不能那么办。”

“蠢货，”他生气地呵斥她，“你爹有钱，我们短钱使。他抢了你的钱，你为什么不弄点回来？”

她摇摇头。她不能再去欺负爸爸。不能再做丢人的事，去跟爸爸要钱。张文捏紧了拳头，好像要打她。她看出他要干什么，可还是坐着不动。张文大声骂了一句，披上褂子，登上裤子，走了出去。

她一个人在床上躺了两天。没有吃的，也没有钱。她什么也不想做，只顾想心事。身子越来越重，已经到了步履艰难的时候。因为饿，她一阵阵恶心。

张文回了家。他自己一去两天，一句没提，她也不问。她躺在床上，笑着，希望他能走近前来。他一边脱衣服，一边问，“你干吗不去卖唱？咱们得弄俩钱，不是吗？这倒是个办法，找个什么地方唱唱大鼓去。”

“我这副模样儿，怎么去呀？”她勉强笑了笑。“扛着个大肚子，人家该笑话了。等把孩子生下来就好了。再说，除了我爸的班子，也没处唱去。重庆就这么一家书场。”

“那你就回去给他唱。”

“那不行。我不能这么着上台去唱书，给我爸丢人。”

“什么？丢人？丢谁的人？”张文不明白。女人家怀了孕有什么可丢人的，何况还是个唱大鼓的呢。作为女人，秀莲挺可爱；可是她不肯出去挣钱，真叫人恼火。“去，给你爸唱书去。”他又下了命令。

“我不去，”她哭起来了，“我受不了，我不能这么着去给爸丢人。”

“丢人！”他轻蔑地嗤笑了一声，“一个唱大鼓的，还讲得起丢人不丢人？”

秀莲心里有个什么东西啪地一声断了，她对他最后的一丝情意，也完了。从今以后，事情不能再这么下去了。她没想到他会说出这种话。他根本不爱她。她为他离开家，断送了自己的前程，而他对此，却完全无动于衷！

当天晚上，张文又走了。一去就是三天。秀莲气息奄奄，分不出白天黑夜。死吧，痛苦也就从此结束了。死了倒省得遭罪，可是还有孩子呢！娘犯了罪，造了孽，为什么要孩子也跟着去死？

第二天，她起了床。虚弱不堪，路也走不动。打张文走了以后，她只吃了一点糍粑，喝了两口水。她得出去走走，透口气。走起来真费劲，每走一步，脚如针扎，腿肿得寸步难行。朝哪儿走？她不知道。她一步一步地往前挨，蹒跚着，走几步就停下来歇一歇。走了不久，她看出已经走到爸爸家那条街的尽头。不能去，决不能去。她扭转身，很快回到小屋里。

也许张文的朋友会来找他。在这样冷清清、孤单单的日子里，有个人说说话也好。她可以求他们去找张文，把他叫回家来。可是没人来，她猜得出，这是为什么。他们以前来，是为了看她，看看重庆唱大鼓最有名的角儿。这会儿，她又病又丑，谁还希罕来看她？大肚子女人，有什么好看！她在小屋里走了几步，一屁股坐在床上。

孩子又在踢腾，她难过得很。可心头的难过更厉害。可怕的是今后，要是孩子生在这个又小又破的屋子里，怎么好？汗珠子一颗颗打她脑门上冒出来。她什么也不懂。要是活生生的孩子一下子打她肚子里蹦出来，怎么办？听说女人生孩子的时候，会拼命叫唤，真有那么可怕吗？好像肚子里每踢腾一下，她的难过就增加一分，越来越难以忍受。

她昏昏沉沉地躺着，哪怕张文回来看看也好。胡同里一有脚步声，她就抬起头来听。这个破胡同里，男男女女，来来往往，脚步声一直不断。她知道张文不会再来了。说不定爸爸，或者大凤会来看她。光是这么想想，也使她得到不少安慰。不过她心里明白，他们是不会来的。他们过的，是跟她截然不同的生活。就像地球绕着太阳转一样，他们循规蹈矩，过的是规规矩矩的生活。而她呢，却走投无路，再也过不了正经日子。

两天以后，张文冒冒失失撞了进来。他穿了件崭新的西式衬衫，打着绸领带，一条色彩鲜艳的手绢，插在上衣口袋里。他晒黑了，挺漂亮。她一见他，就为他的离去，找了种种理由：他可能是想法儿挣钱去了，好吃饭呀，他爱她，所以拼命地为了她干活去了。她见了他，把心里的怨气压了一压。不论怎么说，他是她的情人，是她的男人。可是，张文没有理她。他忙着打行李。她看着他，莫名其妙，手捂着嘴，不让自己哭出来。他把他的短裤、衬衫，还有她给洗干净的袜子，都拾掇起来，装进一只浅颜色的新皮箱里，那是他刚刚拎回来的。她的眼泪掉了下来，不过还是没说话。

他停下手来，看着她。眼神不那么凶了，透出怜悯的神色。他那抿得紧紧的嘴上，挂了一丝笑。“我以后不回来了，”他说，“我要到印度去。”接着又打他的包。

她愣住了，一下子没明白过来。哎呀，印度，那么远。她打床上跳下，拉他的袖子。“我也去，张文，你上哪儿，我也上哪儿。我不怕。”

他笑了起来，“别那么孩子气。扛着那么大肚子，怎么跟我去。带着个快冒头的小杂种，跟我去，那才有看头呢！快住嘴吧，我要做的事多着呢。”

她心里一寒到底。她放了他的胳膊，坐在床上，眼睛瞪得溜圆，害怕到极点。“我怎么办呢？你要我怎么办呢？”她问。

“回家去。”

“不等……”

“还等什么？”

“不等孩子生下来啦？”

“咳，回去吧！别再叨叨什么等不等的了。放聪明点儿吧。你把我吃了个精光，我所有的都花在你身上了，这还不够吗？咱不是没有过过好日子。我尽了我的力量来满足你，现在我要走了，办不到了，别那么死心眼。”

她扑倒在地板上，抱住他的双腿。“你一点也不爱我了吗？”

“当然爱你，”他更快地收拾起来。“我要是不爱你，你还能怀上孩子吗？”

她躺在地上，精疲力竭，站不起来。她有气无力地问：“咱俩今后，今后怎么办呢？”

“那谁说得上？别指望我了，你是知道我的。我心肠软。要是到了印度，有哪个姑娘看上我，我就得跟她好。我对女人硬不起来。人有情我有义嘛，对你不也是这样吗？已经给过你甜头了。”他嬉皮笑脸看着躺在他脚下的秀莲，摸了摸自己贼亮贼亮的头发。“你已经尝到甜头了，不是吗？”

收拾完东西，他在屋子里周遭看了一遍，是不是还丢下了什么。完了，用英文说了句："古特拜，"就没影儿了。

他留下一间小屋，一张竹床，床上有一床被子，因为太厚，装不进皮箱。此外还有两把竹椅子，一张竹桌子和一个怀了孕的女人。

秀莲在床上躺着，直到饿得受不住了，才爬了起来。她脑子里只有一个念头，就是得挣钱养活自己和孩子。也许能靠卖唱，挣点儿钱糊口。只要熬到把孩子生下来，就可以随便找个戏园子，去挣钱。不管干什么，只要能挣钱，能养活孩子就成。她尝够了这场爱情的苦头，真是竹篮打水一场空。还不如让人卖了呢，就是父母之命，媒妁之言，也比这强。

第二天，她整整躺了一天。起床的时候，腿肿得老粗，连袜子都穿不上了。她知道自己很脏，好多天没换过衣服，发出一股叫花子的味道。下午，她到江边一些茶馆里去转了转。茶馆老板听说她想找个活儿干，都觉得好笑。扛着个米袋大的肚子，谁要呀！

她迈着沉重的脚步，回了家。辫子散了，一头都是土。肿胀的双腿，跟身子一样沉重。嘴唇干裂得发疼，眼珠上布满血丝。走到大门口，她在台阶上坐下，再也挪不动步了。多少日子没换衣服，衣服又湿，又黏。干脆跳到嘉陵江里去，省得把孩子生出来遭罪。

她挣扎起来，又走回小屋去。屋门开着，她站住，吃了一惊。谁来了？张文改变主意了？还是有贼来偷她那宝贝被子呢？她三步并作两步，往屋子里赶，说什么也不能让人把被子偷走……突然，她收住了脚步。黄昏时暗淡的光线，照着一个低头坐在床沿上的人影。

“爸，”她叫起来，“爸！”她跪下来，把头靠在他膝上。撕肝裂肺地哭了起来。

“听说他走了，”宝庆说，“这下你可以回家了。我一直不能来，他吓唬我说，要宰了我。现在他走了，这才来接你回家。”

她抬起头来看他，眼睛里充满疑惧和惊讶。“这个样子，我怎么能回去，爸？”

“能，全家都等着你呢，快走吧。”

“可是妈妈……她会说什么呢？”

“她也在等你。我们都在等你。”

宝庆卷起铺盖，用胳膊夹着，带她走了出去。“等孩子生下来，我要跟着您唱一辈子，”秀莲发了愿，“我再不干蠢事了。”她忽然住了脚。“等等，爸爸，我忘了点儿东西。”她使劲迈着肿胀的腿，又回到她的小屋里。

她想再看一眼这间屋子，忘不了呀！这是她跟人同居过的屋子，本以为是天堂，却原来是折磨她的牢房。她的美梦，在这儿彻底破灭了。她站在门口，仔仔细细，把小屋再次打量了一番，深深记在心里。然后，她和爸爸手搀手，走了出来。他们是人生大舞台上，受人拨弄的木偶。一个老人，一个怀了孕的姑娘，她正准备把另一个孤苦无告的孩子，带到苦难的人间来。

大凤满怀热情地迎接妹妹。二奶奶在自个儿屋里坐着。她本打算坚持己见，不跟秀莲说话。可是见了她从小养大的女儿，眼泪也止不住涌了出来。“哼，坏丫头，”她激动地叫了起来，“来吧，我得把你好好洗洗，叫你先上床睡一觉。”

对面屋里，大凤的儿子小宝用小手拍打着地板，咯咯地笑。秀莲见了他，也笑了起来。

二十七

秀莲又成了家里的人。她很少麻烦爸爸。她已经长大成人，比以前懂事多了，也体贴多了。有天早晨，她要宝庆给她买件宽大的衣服。她知道爸爸一向讲究衣着，所以特别说明，不要绸子缎子的，只要最便宜，最实惠的布的。

宝庆要她到医院里去作产前检查。起先她不肯，怕医生发现她没结过婚。宝庆懂得医学常识，跟她说，检查一下，对孩子有好处。大夫不管闲事，只关心孩子的健康。爸爸这么热心，终于打动秀莲，她上了医院。尽管她受了那么多折磨，医生还是说她健康状况很好，只是得多活动。

每天吃过午饭，宝庆总督促她出去走走，她不肯。在重庆，谁都认得她。她不乐意在光天化日之下，去抛头露面，丢人现眼。宝庆也不勉强，但还是提醒她，要听大夫的意见。于是，每天晚上，等散了戏，爷儿俩在漆黑的街道上散步。在这种时候，宝庆才发现，秀莲真是大大地变了样。他们在上海、南京、北平住的时候，晚上散了戏，爷儿俩在街上走，秀莲蹦蹦跳跳走在前头，不时拉拉他的手，没完没了地提问题。如今她走得很慢，老落在后面，仿佛她没脸跟他并肩走道儿。怎么安慰她呢？他挖空心思，想不出道道儿来。

“要是能找到孟先生就好了，”他说得挺响，“什么事他都能给说出个道理来。”

“我什么也不打算想，”秀莲闷闷不乐地说，“我一心一意等着快点儿把孩子生下来。最好什么也不想。”

宝庆无言可对。要是她不打算想，何必勉强她呢。他嗓子眼里，有什么东西堵得慌。在昏暗的黑夜里，他觉得她是个年青纯洁的妈妈，肚子里怀着无罪的孩子。不管孩子的爹是谁，孩子是无辜的。他会像他妈一样，善良，清白。

“爸，您会疼我的孩子吗?”她突然问，“您会跟疼小宝一样疼他吗?”

又像是早先的小秀莲了，给爸爸出了个难题。

“当然啰，”他哈哈地笑了起来，“孩子都可人疼的。”

“爸，您得比疼小宝更疼他，”她说，“他是个私孩子，没有爹，您得比当爹的还要疼他。”

“那是一定。”他同意了，她为什么要提起孩子是私生的？为什么要特别疼她的孩子呢？为什么他要比当爹的，还要疼这个孩子呢?

过了一个礼拜，秀莲生了个女儿。五斤重，又红，又皱巴，活像个百岁老儿。

在秀莲看来，她是世界上顶顶漂亮，顶顶聪明，顶顶健壮的孩子。她今天的世界，就是这一间卧室，一个小小的婴儿，睡在她的身边。

生孩子痛苦不过，但痛苦一旦过去，秀莲觉得自己简直得到了新生。极度的痛苦，那一连几小时折磨她的产钳，把她的罪孽洗净了。她赎了罪，如今平静了。她完成了女人的使命，给人世添了个孩儿。她瞧着可笑的小皱脸儿，紧紧搂住她的小身子。这是她的宝贝，她的骨肉，血管里流着的，是她的血液。她身上没有张文的份儿。幸亏是个闺女，不是小子。如果是小子，她就要担心他会变成张文第二。她是秀莲的缩影，会长成世界上最最漂亮的姑娘。她从来没有享受过的爱，她的女儿都会享受到。她要去挣钱，好供孩子上学，不重蹈她的覆辙。在她想象中，女儿已经长大，成了女学生，打学校放学回家，来见她了。也许自个儿也得从头学起，好教孩子。

她把奶头塞进孩子嘴里，一股奶水溅出来，流满了小红脸蛋。她又把奶头往孩子嘴里塞了塞。饥饿的嘴唇一个劲地吮，把她的奶一口一口吸进去。这就是爱的象征：她胸膛里的爱，流入了下一代的嘴。她懂得，从今往后，她的生活就是给与，不能只接受别人的赐予了。一直到死，她的作用就是给与，给与下一代。

二奶奶来照顾她。她有点醉了，很想说几句话，损损秀莲。这个没出息的闺女，生了个女孩，无非是婊子养了个小婊子，一环接一环，没有个完。要是生了儿子，秀莲就是作点孽，也还算值。姑娘家，只会惹麻烦。不过，一见秀莲那胀鼓鼓的奶堵住了孩子的嘴，她一肚子气都消了。“真有你的，儿呀，”她简直羡慕起来了，“生了个好样儿的闺女……菩萨保佑你吧!”

秀莲生孩子，宝庆作了难。生小宝那会儿，他帮小刘办过宴席，给孩子洗三。满月的时候也请了客。这是规矩，宝庆乐意让邻居们瞧瞧，他是个富裕体面的老丈人，又是快活的外公。可是，一个没爸爸的私孩子，怎么办呢？他搔了搔脑袋。就是跟二奶奶去商量，也白搭，她一定会干干脆脆地说不行。他不愿意问秀莲，怕伤了她的心。他左思右想，不知如何是好。三天过去了，秀莲没作声，就是想要洗三，也来不及了。到快满月的时候，他还是拿不定主意。

他仔细察看秀莲的颜色，看看没给孩子洗三，她是不是生了气。看不出她有什么不高兴。相反，她这一向兴高采烈。为了多发奶，她吃得很多，脸儿长得又胖，又光润，恢复了往日的容颜。做母亲的快乐，使她看起来容光焕发。她把头发挽成髻，像个结了婚的妇人。她所有的时间，都花在照料孩子上。有时候，他听见她对着孩子唱从前常唱的鼓书，心就得意得怦怦直跳。她真是重庆最可爱的小妈妈。

究竟要不要请客，朋友和对头的不同态度使他下了决心。有的艺人上门来恭喜他，态度显得很诚恳。他们认为，私生的孩子比结了婚生的更好，因为这证明妈妈很风流。

也有些守旧的老派人物，知道孩子是私生的，从来不提这个。这是为了给宝庆留面子。他们这么体贴，他心里热乎乎的。当然他也明白，他们为了维护自己的尊严，已经公开表示过，他们并不赞成私生的孩子。

一些向来跟他作对的人，就难缠了。他们散布流言飞语，巴不得找机会刺他一下。他们跑到家里来，大声说："方老板，恭喜恭喜。听说秀莲添了个小闺女，当爸爸的怎么样了？"

有这么几拨子人，跑来笑话了他一通。之后，宝庆就决定不庆满月了。干吗要请那帮子可恶的家伙，让他们笑话？他不觉得有什么丢人，他们要是馋了，自个儿回家摆宴席去吧！

这么决定了，可是他心里很不痛快，觉得对不起秀莲和孩子。不过她俩谁也没抱怨。

满了月，秀莲回到书场去唱大鼓。

上台前，她问宝庆："爸，我穿什么呢?"

"什么漂亮穿什么。"他说。她又成了他班子里的角儿，他很高兴。

"爸……"她还想说点什么，可没说出来。

"怎么啦?"宝庆问。

"真怪，我真不知道该穿什么。我想当女学生，结果生了个私孩子。想逃出书场，倒又回来了。真有意思，不是吗?"她没笑，泪珠在她眼里滚。

宝庆一时找不出话来说，只说了句，"你就想着这是帮我的忙吧。"

她穿了件素净衣服，脸上只淡淡抹了点脂粉。化装的时候，她自言自语，"穿件素净衣服，给过去的事送葬。"

她热烈地亲了亲孩子，就到书场去了。

走上台，她决定唱一段凄婉动人的恋爱悲剧。

她使劲敲鼓，歌声低回婉转，眼睛只瞧鼓中央，不看听众。她打算一心扑在唱书上，好好帮爸爸一把，只有帮了爸爸，她才活得下去。

她唱着，头越来越低，悲剧的情节跟她自己的很相仿佛，她不想让听众看见她眼里的泪。

一曲唱完，她抬起头来，安详地看着听众，好像是在说，"好吧，现在你们对我怎么看?"她鞠了个躬，转身慢慢走进了下场门。

掌声很热烈。听众瞧着她，迷惑不解。她比以前更丰满，更漂亮了，可是愁容满面。她还年青，但已经饱尝了生活的苦果。

五个月飞快地过去了，秀莲的孩子还没个名字。宝庆每天都要仔细打量孩子，一心盼望她确实长得不像她爹，不然就太可怕了。怎么给她起名字呢，她可以姓张，也可以姓方，不过都不合适。他恨“张”这个姓，因为她爹姓张；方呢，又不是秀莲的真姓，她本是个养女。结果，大家都管孩子叫“秀莲的闺女”。

二奶奶从来不管这个孩子，她认为，她只能爱她的外孙小宝一个人。她对宝庆已经作出让步，对秀莲总算过得去，这也就够了。

宝庆这才明白，为什么秀莲要他加倍疼爱她的孩子。不过他知道，要是让人家看出来他偏心，家里就会闹得天翻地覆。秀莲的孩子是私孩子，只能当私孩子养着。

“我明白，”他告诉秀莲他不能特别照应她的孩子时，她这么说，“我自己心里也很乱。有的时候，我疼她疼得要命，有的时候，又恨不能把她扔到窗户外头去。”

一个月以后，琴珠回来找活干。她丈夫把所有的钱都花光了，他俩准备离婚。

离婚，她才不在乎呢。她摇摇头，又笑了笑，挺了挺高耸的胸脯。“我爱唱书，”她喊着，“所以我就回来了！”

琴珠非常羡慕秀莲的孩子。“你真走运，宝贝儿。”她跪在地板上，抚弄着娃娃粉红色的脚指头。“我就是生不出来，你到底还有个孩子。有个亲生的孩子，比世界上所有的钱加起来还强。”

秀莲点了点头。她不知道该笑还是该哭，真是又想笑，又想哭。她只是紧紧地把孩子搂在怀里，感激地笑了。

八年抗战结束，日本投降了。这个时候，秀莲的孩子已经学会走路了。重庆市民通宵狂欢，连塞不饱肚皮的大学教授和穷公务员，都参加了庆祝活动。人人都高喊“中国万岁!”为国家流过血，除了破衣烂衫和空空的肚皮之外，一无所有的伤兵，也这样叫喊。军官们在衣服外面套上军装，把勋章打磨得锃亮，在大街上耀武扬威。其实呢，他们之中有的人，根本没靠近过前线。

普通市民有点不知如何是好。抗战八年，过的是半饥半饱的日子，现在胜利了，可是他们连买杯酒庆祝胜利，都拿不出钱来。只有空喊口号不用花钱，于是他们就喊了又喊，一会儿参加这股游行队伍，一会儿又参加那一股。

宝庆守在家里，他不想加入庆祝胜利的行列。他低头坐着，想着八年来发生的一切。失去了最亲爱的大哥；最心爱的女儿，又让个土匪给糟蹋了，如今有了孩子；顶要好的朋友坐了牢。天下太平了，孟良会不会放出来呢?

宝庆叹了口气，又笑了一笑。总得活下去。很快就可以和战前一样生活，从北平到南京，爱到哪儿到哪儿，哪儿有人爱听大鼓，就到哪儿去。是呀，还得上路。卖艺能挣钱。不管花开花落，唱你的就是了。不管是和平，还是打仗，卖你的艺，就有钱可挣。卖艺倒也能宽宽裕裕过日子。

要做的事太多了。想办个曲艺社，没搞成；曲艺学校也还没影儿。总有一天，这些事都得好好办一办。

几天以后，方家开始收拾行装。宝庆出门买船票。一夜之间，船票猛涨，有了卖黑市票的。他们当初来重庆时，也是这个样子。他用了一天工夫去送礼，求人情，讨价还价，最后把现钱差不多花光了，才在一只船的甲板上，弄到了几个空位子。两天以后就开船。

宝庆变得年青起来，精力充沛，劲头十足。要复员了，他兴奋得坐不住，睡不着。回下江去，他的一切，都跟来的时候差不多。行李不比来时多，顶宝贵的东西，就是三弦和鼓了。只有家里的人口增添了。失去了亲爱的大哥，添了两个外孙，还多了个小刘。

满心欢喜之余，他想起了那些运气不如他的同行，比如唐家。他去问他们，愿不愿意跟他一道走。本来犯不着去找他们。不过大家都是同行，把他们留在陪都，钱又不多，未免不忍心。可是宝庆去约他们的时候，唐四爷倒摇了摇头。他乐意留下。重庆的大烟土跌了价，琴珠哪怕不唱书，也能挣大笔的钱，养活俩老的。

二十八

开船的前一天，宝庆去跟大哥告别。大清早，他跑到南温泉，爬上山，到了窝囊废的坟头，哭得死去活来。痛哭一场，他心里好受了一点。仿佛向最亲近的大哥哭诉一番，泪水就把漫长的八年来的悲哀和苦难，都给冲洗干净了。

他最痛心的是秀莲。大哥跟他一样疼她，像爸爸一样监护着她。要是他活到今天，她哪至于落得这般下场，丢这么大丑！大哥的坟就在长满青草的山坡上，宝庆跪在坟前，觉得应该求大哥原谅，没把孩子看好。诉说完心里的话，他恳求窝囊废饶恕，求他保佑全家太太平平。烧完纸，他回了重庆。

一肚子委屈都跟大哥说了，宝庆心里着实舒坦了不少。他像个年青人一样，起劲地收拾行李。二奶奶向来爱找麻烦，她想把所有的东西，从茶杯到桌椅板凳，都带走。宝庆的办法，是把这些东西送给在书场里帮忙的人，给他们留个纪念。

秀莲和大凤把两个孩子一路用得着的东西，都拾掇起来。这么远的路，大人好说，孩子可不能什么都没有，要准备的事儿多着呢。

收拾完东西，秀莲抱起孩子上了街，想最后一次再看看重庆。在这山城里住了多年，临走真有些舍不得。她出了门，孩子拉着她的手，在她身边蹒跚地走着。她知道每一座房子的今昔。她亲眼看见原来那些高大美观的新式楼房，被敌人的炸弹炸成一片瓦砾，在那废墟上，又搭起了临时棚子。她痛心地想到，战争改变了城市，也改变了她自己。

在山的高处，防空洞张着黑黑的大口，好像风景画上不小心滴上了一大滴墨水。她在那些洞里消磨过多少日日夜夜！她好像又闻到了那股使人窒息的霉味儿，耳朵里又听见了炸弹爆炸时弹片横飞的嗞嗞声。是战争把人们赶到那种可怕的地方去的，许多人在那里面染上了摆子，或者得了别的病。亲爱的大伯也给炸死了，她倒还活着。她使劲忍住泪，觉得她和她那没有名字的小女孩，活着真不如死了好。

她什么也不想再看了，可还是留恋着不想走。这山城对她有股说不出的吸引力。为什么？她一下子想起来，这是因为她在这个地方失了身，成了妇人。她哭了起来。良心又来责备她了，为什么不跟爸爸到南温泉去，上大伯的坟？

她抱起孩子，继续往前走。街上变了样子。成千上万的人打算回下江去，在街上摆开摊子，卖他们带不走的东西。东西确实便宜。打乡下来了一些人，想捡点便宜。城里也有人在抢购东西，结果是回乡的难民多得了几块钱。

秀莲看见人们讨价还价，不禁想起，她就跟摊子上那些旧货一样。她现在已经用旧、破烂、不值钱了，和一张破床，或者一双破鞋一样。

她忽然起了个念头，加快了脚步，一直去到大街上一处她十分熟悉的拐角处。她想去看看她和张文住过的那间小屋。那是她成家的地方，是囚禁她的牢笼。她在那儿，备尝人间地狱对一个女人的折磨。她收住脚，想起了她的遭遇。

她的腿挪不动步，心跳难忍。孩子在她手里变得沉重起来，她把孩子放下。在那间小屋里，她的爱情幻灭了，剩下的，只有被遗弃、受折磨的痛苦。别的可以忘却，唯独这间小屋，她忘不了。家具上的每根篾片，每件衣物，那床川绣被子，天花板上的窟窿，以及她在这间屋里所受的种种虐待，她一直到死的那天，都难以忘怀。一切的一切，都已经深深埋在她心中。

她抱起孩子，强迫自己继续往前走。走到胡同口，已经是一身大汗。胡同看起来又肮脏，又狭窄。她放下孩子，弯下腰来，亲了亲她热烘烘的小脑袋。

噢，进去看看那间小屋！那一个个大耗子窟窿还在吗？里面有人住吗？她走进大门，朝她原来那间小屋张望。里面有人吗？小屋的门慢慢开了，一个年青女人走了出来。她穿了件红旗袍，脸上浓妆艳抹。秀莲转过身，紧紧地把孩子抱在怀里，跌跌撞撞走了出去。唔，又有一个年青女人住在这里，没准是个妓女，当然也可能是刚刚结过婚的女人。唉，管她是什么人，女人都一样，既软弱，又不中用。

她费了好大劲儿，才走了出来。房子仿佛有根无形的链子，拴住了她。她眼前浮现了张文的形象。她恨他。万一他突然出现，要她跟他走，那怎么办？她急急忙忙走了出来，孩子在她怀里又蹦又跳。赶快跑，决不再见他！一直等到她跑不动了，才停下来喘口气，转过头去看，他是不是追了上来。她周围是炸毁了的山城。城市可以重新建设起来，但是她旧日的纯洁，已经无法恢复了。

走近书场，她恢复了神智。真是胡思乱想！只要她不自取毁灭，什么也毁灭不了她。她可能太软弱了，年青无知。

但是她也还有力量，有勇气。她不怕面对生活。她突然抬起头，两眼望天。幸福还是会有的。她决心争取幸福，并且要使自己配当一个幸福的人。

她亲了亲孩子。“妈妈好看吗?”她问。

孩子咯咯地笑了，嘟嘟囔囔地说：“妈妈，妈妈。”

“妈胆大不?”

“妈妈!”

“咱俩能过好日子吗?”

孩子笑起来了，“妈妈!”

“咱们一块儿去见世面，到南京，到上海去。妈妈唱大鼓，给你挣钱。妈什么也不怕。”

回到家里，她态度安详，笑容满面。宝庆盯着她看了好一会儿。她必是遇到了什么事儿。又爱上什么人了?赶快上船，越快越好。

他们又上路了。小小的汽船上，挤满了人。一切的一切，都跟七年前一样。甲板上高高地堆满了行李，大家挤来挤去，因为找不到安身之处，骂骂咧咧。谁也走不到餐厅里去，所以茶房只好把饭菜端到人们站着的地方。烟囱在甲板上洒满了煤灰。孩子们哭，老人们怨天尤人。

唯一不同的地方，是乘客们心中不再害怕了。仗已经打完，那是最要紧的。连三峡也不可怕了。船上的每个人都希望快点到三峡，因为那就靠近宜昌，离家越来越近了。

大家都很高兴。北方人都在那儿想，他们很快可以看到黄河沿岸的大平原，闻到阳光烘烤下黄土的气息了。那是他们的家乡，他们的天堂。南方人想到家乡的花儿已经开放，茂密的竹林，一片浓绿。大家唱着，喝着酒，划着拳。

但是宝庆却变了个人。他没有七年前那么利索，那么活跃了。时间在他身上留下了痕迹。两鬓已经斑白，脸儿削瘦，眼睛越发显得大，双颊下陷。不过他还是尽量多走动，跟同船的伴儿们打招呼，还不时说两句笑话。他常在甲板上坐下，看秀莲和她的孩子。七年，好像过了一辈子，这七年带给她多少磨难！

夜走三峡太危险，船儿在一处山根下停泊了。山顶上是白帝城，宝庆一家从船上就可以看到它。

第二天一大早，船长发了话。机器出了毛病，要在这儿修理两天。

第三天傍晚，又来了一条船，在附近停下来过夜。

宝庆走过去看那条船，旅客们大都准备上山去看白帝城。宝庆前一天已经去过了，没再跟着大家去。他转身往回走，沿着江岸，慢慢地踱着，双手背在背后，想心事。

没走几步，有人拍他的肩膀。一回头，高兴得大眼圆睁。面前站着剧作家孟良。喜气洋洋，满脸是笑。他说他就在刚才来的那条船上。他瘦极了，像个骷髅一样，原来刚放出来不久。

“胜利了，”他笑着说，“所以他们就放了我。您问我是怎么出来的，但是我觉得更重要的是要弄清楚，他们是怎么把我弄进去的。”

宝庆点了点头。“我一直不懂他们为什么要抓您，您有什么罪？我想要救您，可是谁都不肯说您到底关在哪儿。”

“我知道。朋友们都替我担心，不过倒是那些把我抓进监牢的人应该担心……他们的日子不长了——”

他俩都没说话。宝庆想着孟良遇到的这番折磨。静静流去

的江水，野草的芬芳气息和晴朗的天空，使他们的心绪平静了下来。

宝庆要孟良看看秀莲。他红着脸，告诉孟良她已经有了孩子。孟良并不觉得有什么奇怪。他说："我以后再去看她，可怜的小东西。她跟我一样，也坐了牢。我坐的是真正的牢，她坐的是精神上的牢。"

宝庆叹了口气。"我真不明白她，也劝不了她，没法儿给她出主意。我最不放心的就是她。八年抗战，兵荒马乱的，像我这么个艺人，也就算走运，过得不错了。很多比我有能耐的人，还不如我呢。只有秀莲，她真成了我的心病了。"

"我明白，"孟良站起来，伸了伸腿。"好二哥，您的行为总是跟着潮流走，不过您不自觉罢了。"

"您打个比方给我听听。"

"您不肯卖她，就是个很好的例子。不过那并不是您的主意。时代变了，您也得跟着变。嫂子觉着买卖人口算不了什么，因为时代还没有触动她。今天还有很多人，没有受到时代的触动。嫂子常说的那句话，'既在江湖内，都是苦命人。'八百年前就有人说过了。可她还在说，仿佛挺新鲜。您看，您就比她进步，您走在她头里。"

"您这么说，我可真要谢谢您了！"宝庆点了点头。

"看这条江水里，"孟良接着说，"有的鱼会顺着江水游，有的鱼就只知道躲在石头缝里，永远一动也不动。"

"是有这样的鱼。"宝庆说。

"嫂子一动也不动，您向前进了，知道买卖人口不对。不过您也只前进了一点儿。在其他方面，您又成了个趴在石头缝里的鱼，一动也不动。您不愿意承认秀莲需要爱情，所以您就不能给她引道儿。秀莲需要爱情，得不到就苦恼。她第一个碰到的男人，就骗了她……她以为那就算是爱情。爱情和情欲不容易分清，是您把张文介绍给她的……要是您懂得恋爱并不丢人，就应该坦率地跟她谈一谈，把她引到正道上来。结果呢，您用了一套手腕去对付她，就跟您平日对付同行的艺人那样，这就糟了嘛。您打了败仗，是因为您不懂得时代已经变了。秀莲挺有勇气，想闯一闯，可是闯得头破血流，受到了自然规律的惩罚。二哥呀，您跟她都卷进了旋涡。”孟良用手指头指着江心的旋涡。

宝庆往前探了探身子，想仔细瞧瞧飞逝而去的江水。“我希望她能平平安安走过来。”

“明儿我们就要过三峡了，”孟良说，“险滩多得很。有经验的领航，能够平平安安地把一只船带出最最危险的险滩。所以我早就说，要送秀莲去上学。等她有了知识和经验，也许就不会在人生的大旋涡里，迷失方向了。我帮了倒忙，真是非常抱歉。没想到学校会坏成那个样子。像秀莲这样的姑娘，当然受不了那种侮辱。我要见了她可真过意不去。我对她像对自己的女儿一样。不过，我虽然不是成心的，却成了她不幸的根源。”

沉默了好一会儿，宝庆问：“您以为，要是秀莲在那个学校里上了学，就不会惹出麻烦来了吗？大谈恋爱自由的年青人，就不会出娄子吗？”

“任何时代，任何地方都会发生恋爱悲剧，”孟良说，“不光秀莲如此。有了知识和经验，对她会有些帮助，但是不能保证一定不发生悲剧。您不要以为秀莲生了个孩子，就一切都完了，她这次恋爱的本身，也是一次经验教训。吃了苦头，她的思想会成长起来。失了身，并不等于她就不能再进步。您只要好好开导她，鼓励她，她会重新获得自信和自尊心的。”孟良盯着看宝庆，仿佛怕宝庆不相信他说的话。他解开衬衫，露出一道道伤疤，“我坐牢的时候，他们就这么对待我，这是拿香烧的。”

宝庆大吃一惊。孟良接着往下说：“伤疤都已经长好了，我还是我。我还是要写书，想说什么说什么。这些伤疤不丢人，我并没有因为一时受苦，就向恶势力投降。他们一天不把我抓起来，我就要继续工作下去。只要能开出自由之花，哪怕是把我的骨头磨碎，拿去肥田，我也不怕。在某种意义上说来，秀莲受到的伤害，和我受的相仿佛。我说出了真理，所以坐了牢。我写出了我所信仰的东西，所以受折磨。秀莲想要按照她自已的欲望去重新安排生活，结果呢，也受到了惩罚。新时代会来到的，不过，在新时代来到之前，很多人会牺牲。”

孟良住了嘴，歇口气。宝庆抬起手来，想摸摸他胸膛上的伤痕。可是孟良很快把衬衫扣上了。“我没什么，”孟良说，“秀莲受到了惩罚，您不光要可怜她，您得想法了解她。她很聪明，有进取心。您要是能明白，她不过是时代的牺牲品，就可以鼓励她，教育她，使她对未来重新产生希望。不要害怕张文。他和他那一类人，终归是会被消灭的。他和秀莲的结合，是两种不同势力之间的冲突。您看！”他指着江水，“那个旋涡里有一条鱼，一只耗子在打转。耗子很快就会死，鱼却会游出旋涡，活下去。当然，那只耗子也有可能蹦出来。要是张文和他那一类人继续存在下去，我们的国家就完了。只要中国有了希望，秀莲今后还会得到幸福。她要得到幸福，也许不是件容易的事情，不过您我一定要好好为她打算打算，引她走上幸福的道路。”

落日在江面洒上了一道金色的余辉，把一个小小的旋涡，给照得亮堂堂的。宝庆仿佛在那里面看见了秀莲微笑着的脸儿，水草在她脸的周围荡漾，像是她的两条小辫子。他哼起了鼓词儿上的两句话：

长江后浪推前浪，
一代新人换旧人。

* * * *

编者注：《鼓书艺人》，1948 年至 1949 年写于纽约，当时未曾发表出版。因中文原稿遗失，后由马小弥根据英文译本 *The Drum Singers*（郭镜秋译，1952 年纽约 Harcourt, Brace and Company 出版）复译为中文，即本作。

图书在版编目（CIP）数据

鼓书艺人 / 老舍著. —南京：译林出版社，2012.5
（老舍作品集）
ISBN 978-7-5447-2531-6

I.①鼓… II.①老… III.①长篇小说－中国－现代
IV.①I246.5

中国版本图书馆 CIP 数据核字（2011）第 257963 号

鼓书艺人　老　舍／著

责任编辑　王兰英
特约编辑　刘　佳
装帧设计　鹏飞艺术
校　　对　刘文硕
责任印制　贺　伟

出版发行　译林出版社
地　　址　南京市湖南路 1 号 A 楼
邮　　箱　yilin@yilin.com
网　　址　www.yilin.com
市场热线　010-85376701
排　　版　鹏飞艺术
印　　刷　三河市华润印刷有限公司
开　　本　889 毫米 × 1194 毫米　1/32
印　　张　8.5
版　　次　2012 年 5 月第 1 版
印　　次　2024 年 8 月第 2 次印刷
书　　号　ISBN 978-7-5447-2531-6
定　　价　48.00元